SAMMLUNG KLASSISCHER WERKE

Der Steppenwolf

HERMANN HESSE

荒原狼

[德] 赫尔曼·黑塞 著 钟皓楠 译

图书在版编目(CIP)数据

荒原狼 /（德）赫尔曼·黑塞著；钟皓楠译. -- 杭州：浙江文艺出版社, 2025. 6. -- ISBN 978-7-5339-7959-1

Ⅰ. I516.45

中国国家版本馆CIP数据核字第2025DD8055号

策划编辑	周 易	封面设计	山川制本workshop
责任编辑	周 易	营销编辑	张 苇
责任印制	吴春娟	数字编辑	姜梦冉　诸婧琦
责任校对	朱 立		

荒原狼

[德] 赫尔曼·黑塞 著　钟皓楠 译

出版发行	浙江文艺出版社
地　　址	杭州市环城北路177号
邮　　编	310003
电　　话	0571-85176953（总编办） 0571-85152727（市场部）
制　　版	浙江新华图文制作有限公司
印　　刷	杭州富春印务有限公司
开　　本	787毫米×1092毫米　1/32
字　　数	162千字
印　　张	10.125
插　　页	5
版　　次	2025年6月第1版
印　　次	2025年6月第1次印刷
书　　号	ISBN 978-7-5339-7959-1
定　　价	56.00元

版权所有　侵权必究

我借助疯狂而令人疲惫的旅行再次穿越世界,
冲向新的苦难与新的罪恶。
每次面具被撕下、理想走向崩溃,
这种可怕的空虚和寂静就会预先降临,
这是一种致命的困厄、孤寂与无所依凭,
如今我就漫游在其中。

● [德]赫尔曼·黑塞

目 录

出版者序　　　　　　　　　　*1*

哈里·哈勒的笔记
只写给疯狂者　　　　　　　*33*

出版者序

本书是一个人留给我们的笔记，我们根据这个人自己也曾多次使用的名号称呼他为"荒原狼"。他的手稿是否需要一份具有先导性的前言，这个问题我们暂且抛开不谈，无论如何，我觉得有某种必要，在荒原狼所留下的纸页前面再添几页，尝试记下我对他的回忆。我对他所知甚少，也就是说，我完全不清楚他的全部过去与出身。但是他这个人却给我留下了一种强烈的、无论如何都可以说是引发了我同情的印象。

荒原狼是一个年约五十岁的男人，几年前的某一天，他来到我姑母家，想要租一个家具齐全的房间。他租下了阁楼上面的房间和旁边的小卧室，几天以后，他又带着两个行李箱和一个大书箱来了，和我们一起住了九个月或者是十个月。他的生活方式非常安静，独自一人，如果不是因为我们的卧室彼此相邻，有时候会偶然在楼梯上和走廊里碰到，我们很可能根本就不会认识，因为这个人不善交际，是我迄今为止见过的最不善交际的一个人，他确实就像他有时候自称的那样，是一匹荒原狼，是一个陌生、狂野但也羞怯的生物，甚至是一个来自和我不同世界的羞怯的生物。他基于自己的处境和命运，生活在多么深刻的孤寂之中，他又是如何把这种孤寂的状态当作了自己的命运，这些我却只有在阅读他遗留下来的笔记的时候才得知。但我在这之前还是通过几次小小的偶遇和对话，对他有了一点了解，并且发现我通过阅读他的笔记形成的印象实际上与我们现实交往中看到的那个自然更为苍白、更不完整的形象非常吻合。

　　荒原狼第一次走进我们的房子，向我的姑母求租的时候，我偶然地撞见了他。他是在午餐时间来的，桌上还摆着盘子，距离我去办公室还有半个小时的休息时间。我从来没有忘记第一次与他相遇所留下的那种奇特而又矛盾的印象。他先按了门铃，然后穿过玻璃门走了进来，姑母在半明半暗的走廊里问他来做什么。但是他，荒原狼，就像是怀着某种预感一样，高昂着轮廓尖利、留着短发的头颅，用神经质的鼻子向四周嗅了嗅，在没有给出回答或者没有报上名字的情况下就先说道："这里的气味闻起来真好啊。"他说话的时候露出了微笑，我善良的姑母也露出了微笑，但是我却觉得这种问候语有点古怪，对他有点反感。

"好吧，"他说，"我来这里是想看看您出租的房子。"

当我们三个人走上通往阁楼的楼梯的时候，我才看清这个人的样子。他不是非常高大，但是却有着高大之人常有的步态和头颅高昂的习惯，他穿着一件时尚的、舒适的冬季大衣，其余的衣着也很得体，但是并没有经过精心打扮，胡须刮得干干净净，头发非常短，间或闪现出一丝灰白。他的步态我一开始根本就不喜欢，显得有点费力，有点犹豫不决，这和他锐利、有力的侧影还有说话时的语调和情绪并不相称。直到后来我才注意到、了解到，他患有疾病，走起路来很费力。他的脸上带着某种独特的微笑，这种微笑在那个时候让我觉得很不舒服，他打量着楼梯、墙壁、窗户和楼梯间里高高的老旧橱柜，他似乎很喜欢这一切，同时又觉得这一切都有点可笑。这个人给我的总体印象就是他好像来自一个陌生的世界，从一个大洋彼岸的国度来到我们这里，觉得这里的一切尽管很漂亮，却有一点荒谬。我不得不说他很有礼貌，也很友善，他立刻就接受了这栋房屋、房间、租金和早餐，还有其他的一切安排，没有提出任何异议，但是在我看来，这个人的身边似乎还是萦绕着一种不善的或者是怀有敌意的氛围。他租下了阁楼上的这个房间,还租下了另一间卧室,听着我们介绍暖气、热水、服务和房屋管理的事项,专注而友善地倾听着所有这些内容,对一切都表示赞同,而且立刻就预付了租金,但是他在做所有这些事情的时候都显得不太对劲,似乎自己都觉得自己的行为很好笑,没有把这件事情太当真,就好像租一个房子、和别人讲德语对他来说是一件非常罕见和新鲜的事情,事实上,他内心却完全被其他的事情占据。我的印象就是这样,如果这个印象没有和其他小小的细节交错在一起,从而得到纠正,那么这不会是一个很好的印象。首先是这个男人的脸孔,我在一开始就很喜欢它,尽管它展现出了疏远的神情,我还是很喜欢它,这也许是一张有些独特、有些忧伤的脸孔,但也是一张清醒的、非常深思熟虑的、饱经沧桑的和富有精神力量的面孔。然后使我的态度变得更加温和的是他礼貌和友善的态度,尽管他似乎是努力表现出这样的态度,但是完全没有一丝傲慢——恰恰相反,这其中有某种几乎动人的、几近恳求的意味,我后来才找到解释,但当时立刻就因此而对他产生了一点好感。

在参观完两个房间和结束交谈之前,我的午休时间就结束了，我不得不去我的店里。我向他告辞，离开了姑母。当我在傍晚回来的时候，她告诉我，这个陌生人租下了房子，在这几天里就会搬进来，他只提出了一个请求，也就是不要把他的居住信息报告给警察，因为他是一个病人，没有办法忍受在警察局的办公室里站上很久，完成这项登记。我清清楚楚地记得我当时有多么惊讶，警告我的姑母不要答应这个条件。在我看来，正是这个人身上令人难以信任的陌生气质非常符合他害怕警察这一点，他不想要引起怀疑。我向我的姑母说明白，她绝对不应该答应这个奇怪的请求，尤其是对方完全是一个陌生人，这种情况有可能会招致非常可怕的后果。但这时我才发现，姑母已经说过可以满足他的愿望了，她已经彻底被这个陌生人俘获和迷住了，因为她从来不会把房子租给和她没有建立起某种充满人性、充满友善、类似于自己的姑母或者甚至是母亲般的关系的人，这一点也被之前的有些租客充分利用过。在最初的几个星期里，事情也是这样，我有时候会对这个新租客发表怨言，而我的姑母总是非常温和地为他进行辩护。

　　没有去警察局报到这件事情让我觉得很不舒服，我至少想知道我的姑母对这个陌生人有什么了解，关于他的出身与目的。她已经对此有了一些了解，尽管在我中午离开以后他只待了很短的一段时间。他对她说，想在我们的城市里停留几个月，看看图书馆，参观一下城市里的古迹。实际上他只想租这么短的时间，并不合姑母的意，但是他显然已经赢得了她的喜爱，尽管他登场的样子有些古怪。简而言之，两个房间已经租了出去，我的反对来得太晚了。

"为什么他要说这里的气味闻起来真好呢？"我问道。

我的姑母有时候有着非常准确的预感，这时她说道："这一点我很清楚。我们这里经常散发着干净与秩序的气味，散发着某种友善和体面的生活的气味，他很喜欢这种气味。他看起来很不习惯这种气味，一直都缺少这种感觉。"

好吧，我想，那这就是我的问题了。"但是，"我说道，"如果他并不习惯有序和体面的生活，那么他该怎么过上这种生活呢？如果他不讲究卫生，把一切都弄得很脏，或者每天晚上都醉醺醺地回到家里，那么你该怎么办呢？"

"我们会看到的。"她说，并发出了大笑，于是我就听之任之了。

事实上我的担忧毫无道理。这个租客尽管绝对过的不是什么有序的、理智的生活,却没有给我们带来任何麻烦和损失,我今天想起他的时候心里还很高兴。但是在内心,在灵魂深处,这个人对我们两个,对我和我的姑母造成了极大的困扰和负担,坦白地说,我在很长时间里都无法摆脱他的影响。我有时候会在晚上梦见他,感觉因为他、因为仅仅有这样一个人的存在而心烦意乱、焦躁不安,尽管他对我来说已经变得称得上亲切。

两天以后,一个马车夫把这个名叫哈里·哈勒的陌生人的东西送了过来。一个非常漂亮的皮箱给我留下了好印象,一个平滑的大行李箱看起来似乎留下了早年长途旅行的痕迹,至少它上面贴的泛黄的标签来自不同的旅店和运输公司,也包括海外国家的。

然后他本人也出现了,我逐渐了解这个男人的奇特时光也随之开始。在一开始,我这一方没有做什么事情。尽管在我看到哈勒的第一时间,我就对他产生了兴趣,但我在最初的两个星期里没有迈出过一步,去探访他或者是和他交谈。与之相反,我不得不承认,我在一开始就留心观察他,偶尔也趁他不在房间里的时候走进去，仅仅出于好奇做了一点密探方面的工作。

我已经简单描述过了荒原狼的外貌。他从头到脚给人的第一印象就是一个神秘莫测、非常罕见、极有天赋的人，他的脸充满了精神性，而他的神情带有某种异常的温柔和灵巧，展现出某种有趣的、极度动荡的、异常温柔和敏感的灵魂生活。如果有人和他说话，这种情况也不常见，他就会突破传统的界限，摆脱自己的陌生感，说出属于他个人的、自己的话语，然后像我们这样的人立刻就会感到相形见绌，他比其他人思考得更多，在思考精神问题的时候有着近乎冷酷的务实精神，有着稳固的思路和知识，就像一个真正具有精神力量的人那样，并没有闪烁出什么锋芒，也不去说服别人、让别人认同自己的野心。

我还记得他在我们这里居住的最后一段时间里的这样一次表达，其实那不是一次表达，而是仅仅存在于目光之中的交谈。那时一位著名的历史哲学家兼文化批评家，一个在欧洲享有盛名的人在礼堂里举办了一次讲座，我成功地说服了在一开始对此毫无兴趣的荒原狼去听这场讲座。我们一起过去，在礼堂里并肩坐下。当演讲者登上讲台开始演讲的时候，他身上那种精心修饰又爱慕虚荣的态度引发了一些听众的失望情绪，他们原本期待在他的身上看到某种先知的气质。当他开始说话的时候，他首先对听众说了几句谄媚的话，感谢众多听众的出席，这时荒原狼匆匆地向我投来了一瞥，那道目光表达着对这个演讲者的话语和整个人的批判，那真是一道令人难以忘怀的可怕目光，它的含义就足以让人写一本书了！那道目光不仅仅是在批判这个演讲者，通过自己那强硬却又温柔的讽刺把这个著名的人贬得一文不值，这是最不重要的一件事情。他的目光与其说是讽刺，不如说是忧伤，甚至带有一种根本性的、毫无希望的忧伤，一种平静的、某种程度上非常确定、某种程度上已经成了习惯和形式的绝望。它不仅仅以它绝望的神圣照亮了那个虚荣的演讲者本人，不仅仅对这一刻的处境，也就是听众的期待和情绪，有些言过其实的演讲标题，进行了讽刺和抹杀——不，荒原狼的目光穿透了我们整个时代，穿透了所有的庸碌、所有的追逐、所有的虚荣，穿透了妄自尊大的浅薄精神，那非常肤浅的游戏——唉，可惜这道目光还探照得更深，更远地照见了我们的时代、我们的精神、我们的文化的缺陷与无望。这道目光一直深入所有人性的深处，在一瞬间滔滔不绝地说出了一位思想家全部的怀疑，说出了一位智者也许会对尊严、对人类生活的全部意义所表达的怀疑。这道目光在说:"看,我们就是这样的猴子!看,这就是人!"所有这些荣誉,所有这些机制,所有精神层面的成就,所有人类史上崇高、伟大和恒久的进展,都走向了坍塌,就像猴子的游戏!

事实上我已经违背了自己的计划和意志,提早泄露了哈勒的实际本质,我原本打算在讲述我和他认识的过程中逐渐地、一步一步地揭露他的性格。

既然我现在已经提前泄露了这一点,那么继续讲述哈勒这种谜一般的"陌生感",还有逐一报告我是如何预感到、认识到这种陌生感的根源和含义的就是毫无必要的举动了。这样更好,因为我本人想要尽可能地留在幕后。我不想做出我自己的告白,讲述故事,或者是做出心理学分析,而只是想作为一位亲眼目击的证人见证荒原狼的这份手稿所遗留下来的这个独一无二的人的形象。

在他穿过我姑母家的玻璃门走进来的第一刻,在他像鸟一样昂起头颅,称赞房屋里的气味闻起来不错的时候,我就注意到这个男人的身上有某种奇特之处,而我第一个非常幼稚的反应是反感。我察觉到(我的姑妈与我完全相反,她没有受过什么教育,但是也察觉到了一样的东西）——我察觉到，这个人患有疾病，是某种精神层面、心理层面或者是性格层面的疾病，于是我就以健康人的直觉采取了防御措施。这种防御随着时间的流逝，因为同情被消解掉了，平静地化作了一种对这个持久受难的人的巨大的同情，我清清楚楚地看到了他的孤独和内心走向死灭的过程。在这段时间里我越来越意识到，这个饱经折磨的人的疾病并不来自他性格的缺陷，而是正相反，仅仅来自他那无法达成和谐的巨大的天赋与力量。我认识到哈勒是一个受苦受难的天才，在尼采某些说法的意义上，他的内心拥有某种天才的、无穷的、可怕的受难的能力。与此同时，我认识到，他悲观思想的基础并不是对世界的蔑视，而是对自我的厌弃，因为他在谈起其他机构和人的时候从来都不留情面，把一切贬为虚无，但是他的利箭每一次对准的首先都是他自己，他第一个憎恨和否定的也是他自己……

我在这里必须补充一点心理学层面的备注。尽管我对荒原狼的人生所知甚少，但我却有充分的理由推测他是被满怀爱意但是严厉且非常虔诚的父母和老师教育长大的，这种教育方式将"破坏意志"作为教育的基础。这种对人格的抹杀和对意志的破坏在这个学生身上没有取得成功，因为他太强大、太坚硬、太骄傲、太聪慧了。他们没有成功地抹杀他的个性，反而让他学会了自我憎恨。如今他一生都将用自己全部的幻想天分、全部强大的思考能力来针对他自己，针对这个无辜而高贵的对象。因为无论如何，他在这一点上都是彻头彻尾的基督徒和彻头彻尾的殉道者，他所能拥有的所有尖锐、所有批判、所有恶意都首先和主要在自己的身上爆发出来。至于其他人，至于周围的环境，他始终都面对他们做出最具有英雄主义色彩和最严肃认真的尝试，去爱他们，公正地对待他们，不去伤害他们，因为"爱你的邻人"就像他对自己的仇恨一样根深蒂固地住在他的心里，因此他的整个一生都是一个范例，它说明倘若没有对自己的爱，对邻人的爱也是不可能的，恰恰是这种自我憎恨会像可怕的个人中心主义一样，在最后制造出可怕的孤绝与无望。

但现在是时候把我的想法推到一边，讲讲真实的情况了。也就是说，我对哈勒先生的最初了解有一部分来自我的密探工作，另一部分来自我姑母的评论，所涉及的都是他的生活方式。很快就可以看出来，他是一个擅长思考、热爱读书的人，并不从事任何实际的职业。他总是在床上躺很久的时间，时常快到中午才起身,穿着睡衣从卧室出来走几步,来到他的起居室。那个起居室是一个很大的、气氛友善的阁楼房间,有两扇窗户,在几天之后看起来就和其他租客住在这里的时候不一样了。房间装满了东西,随着时间的流逝被挤得越来越满。墙上挂着油画,钉着素描,偶尔也有几幅经常更换的剪报。墙上还挂着几张德国一个南部小城的风光照片,那里显然就是哈勒的家乡,中间挂着几幅缤纷而明亮的水彩画,我们后来才知道那是他自己画的。然后还有一个漂亮的年轻女人的照片,或者说那是一个年轻的女孩。有一段时间里,墙上还挂着一幅暹罗佛像,之后它被一件米开朗琪罗的《夜》的复制品替代,然后换成了一幅圣雄甘地的肖像。不仅仅是大书架里塞满了书籍,桌子上、漂亮的旧式写字台上、长沙发上、椅子上和地板上也到处都放着夹满了纸条的书籍,纸条的位置经常变换。书越来越多,因为他不仅从图书馆里整包整包地背书回来,而且也非常频繁地收到邮政包裹。住在这个房间里的男人可能是个学者。室内雪茄的气味、随处可见的雪茄头和烟灰缸也与这个身份相符。但是很大一部分书籍并非学术著作,绝大多数都是各个时代和不同国家的作家们的著作。他经常一整天都躺在那张长沙发上,很长一段时间里,那上面就散放着18世纪末的厚厚的六卷本《苏菲从梅梅尔到萨克森的旅行》。一套歌德全集和一套让·保尔①的全集看起来经常得到翻阅,还有诺瓦利斯、莱辛、雅科比②和利希滕贝格③的著作。几卷陀思妥耶夫斯基的书里塞满了写了字的纸条。在大桌子上,在许多图书和文件之间经常会有一束鲜花,那里也随意地放着一个水彩颜料盒,但总是布满了灰尘,旁边是烟灰缸,没有必要隐瞒的是,也有各种各样的酒瓶。一个带有草编套子的瓶子里大部分时候装着意大利红酒,这是他从附近一家小店里打来的,有时候也有一瓶勃艮第红酒或者是马拉加葡萄酒,我看到一个厚厚的瓶子里的樱桃烧酒在很短的一段时间里就几乎被喝光,剩下的酒没有再减少,就被放在那里,蒙上了灰尘。我不想为我做的这些密探工作进行辩护,我非常坦率地承认,在一开始,所有这些迹象都显示出了一种尽管充满了精神兴趣但却非常游手好闲和毫

---

① 让·保尔(1763—1825),德国小说家。其作品以诙谐幽默著称。——译者注(若无特别说明,本书脚注均为译者注)
② 雅科比(1743—1819),德国哲学家,批判唯理主义,提倡直觉主义。
③ 利希滕贝格(1742—1799),德国著名思想家、物理学家、作家,擅长写作警句。

无节制的生活，引起了我的厌恶和怀疑。我不仅仅是一个过着规律的市民生活的人，习惯于工作和精确的作息安排，我也是一个禁欲主义者和一个不吸烟的人，哈勒房间里的这些酒瓶比起画作安排上的缺乏秩序更能引起我的反感。

就像在睡觉和工作方面一样，这个陌生人在吃喝方面也毫无规律，率性而为。有些日子里他根本就不出门，除了清早喝杯咖啡什么也不吃，我姑母偶尔会发现他餐食的残余，就是一块香蕉皮，但是在另一些日子里，他会去餐馆大吃大喝，时而去上档次的幽雅餐厅，时而去郊区的小酒馆。他的健康状况似乎不太好，除了腿脚不便，爬楼梯非常吃力之外，他似乎还受到几种其他疾病的折磨。有一次他随口说道，他几年以来都消化不良，睡眠不佳。我把这首先归咎于他酗酒这件事情。日后，我偶尔陪他去酒馆，有几次见到他快速地、任性地痛饮着，但无论是我还是其他人，都从来没有见过他真正喝醉的样子。

我永远也不会忘记我们第一次更私密的接触。我们之前认识只是因为我们住在一栋房子相邻的房间里。那是一天傍晚，我从店里回到家里，惊讶地发现哈勒先生坐在二楼和三楼之间的楼梯上。他坐在最上面一级台阶上,挪了挪身子让我过去。我问他是不是觉得不舒服,提议陪他上楼。

哈勒注视着我,我发觉我把他从某种梦寐一般的状态里惊醒了。他缓缓地露出了微笑,他那种俊美的、可悲的微笑,这种微笑经常使我的内心变得沉重,然后他邀请我坐在他身边。我向他道谢,说我不习惯坐在别人公寓的楼梯上。

"唉,是的,"他说,笑得更明显了,"您说得对。但是您稍微等一下,我必须告诉您为什么我得在这里坐上一小会儿。"

这时他指向公寓二楼的前廊,那里住着一个寡妇。在楼梯、窗户和玻璃门之间小小的镶木地板上,靠墙放着一个高高的桃花心木柜子,上面镀了一层古旧的锡,在柜子前面的地板上有两个更低矮的小东西,那是两大盆植物,一盆是杜鹃花,一盆是南洋杉。两盆植物看起来都很漂亮,一直都保持着整洁,得到了无可挑剔的养护,我在这之前已经觉得它们非常令人舒适了。

"您看,"哈勒继续说道,"这个小小的前廊里种着南洋杉,散发着童话一般的香气,我在路过这里的时候没有办法不停下来待一会儿。您姑母的房间里也散发着一样的香气，充满了秩序和高度的整洁，但是这里，在放着南洋杉的这块地方却闪烁着某种纯洁的气息，如此一尘不染，如此清新，具有如此不容亵渎的整洁，真的是闪烁着光彩。我不得不深吸一口气——您难道不是也闻到了吗？地板蜡、松节油和桃花心木，擦洗过的树叶还有所有的事物混杂成了一种香气，一种市民的纯洁品质的升华，充满了小心翼翼和一丝不苟，充满了履行职责和忠于细节的品质。我不知道是谁住在那里，但是在这扇玻璃门后面一定是一个整洁的、一尘不染的市民天堂，充满了秩序与对细微习惯和义务那种诚惶诚恐的献身精神。"

因为我沉默不语，他就继续说道："请您不要以为我这么说是在讽刺！亲爱的先生，我还远远不会想要嘲笑这种市民习气与整洁秩序。不错，我自己是生活在另一个世界里，不是生活在这样的世界里，也许我根本无法在一栋有着这样一棵南洋杉的公寓里待上一整天。但是即便我是一匹毛皮蓬乱的老荒原狼，我也是一位母亲的儿子，我的母亲也是一位市民阶层的女性，也养花，打扫房间和楼梯，清理家具和窗帘，尽可能地使她的住所和生活变得整洁、纯净与有序。这种松节油的气味、这棵南洋杉就让我想起了她，于是我坐在这里,看着这个充满秩序的宁静的小花园,为这一切依然存在而感到高兴。"

他想要站起身来,但是很吃力,我稍微提供了一点帮助的时候,他没有拒绝我。我保持着沉默,但是我已经屈服在这个奇特的人偶尔会施展出来的魔力之下,就像我姑母之前经历过的一样。我们慢慢地一起走上楼梯,来到他的门前,他已经把钥匙握在了手里,还是非常友善地直视着我的脸,说道:"您是从您的店里回来的?好吧,我对那些事情一无所知,我活得有点边缘,有点不同寻常,您也知道。但我相信您对图书之类的东西有兴趣,您的姑母有一次对我说,您是在文理中学①毕业的,希腊语学得很好。好吧,我今天早晨在诺瓦利斯的书里读到了一句话,我可以拿给您看看吗?您看了会很高兴的。"

他把我带到了他的房间里,里面散发着浓烈的烟草味,他从一摞书里拿出了一本,翻着页,找寻着——

"这一句也很好,非常好,"他说道,"您听一听这句话:'人应该为痛苦感到骄傲——每种痛苦都是对我

---

① 在20世纪中叶以前,文理中学是德国最高级的中学,学生毕业后可直接修读综合类大学,这一类学校较为注重拉丁语和希腊语的教授。

们崇高地位的一次回忆。'真好！比尼采还要早八十年！但是这不是我想要说的那一句——您等一下——我找到了。这一句是：'大部分人在学会游泳之前都不愿意游泳。'难道这句话不是很机智吗？他们当然不愿意游泳！他们的确是为了陆地而生，不是为了水域而生。他们当然不愿意思考，他们的确是为了生活而被创造出来的，不是为了思考！是的，如果谁在思考，如果谁把思考当作了首要的事务，那么谁尽管可以在这上面走得很远，但还是把水域错认成了土地，有朝一日就会溺毙。"

现在他俘获了我，引起了我的兴趣，我又在他那里待了一段时间，从那以后，我们在楼梯上或者是街上遇见的时候就经常会交谈几句。我就像一开始那样，就像在那株南洋杉旁边的时候那样，始终有一种他在嘲讽我的感觉。就像在那株南洋杉旁边的时候一样，他对待我的态度堪称尊敬，他有意识地坚信自己的孤独，坚信自己要在水里游泳，坚信自己已经无枝可栖，事实上，他在看到任何市民的日常举动的时候都完全没有嘲讽的意思，比如说看到我准时去办公室，或者是听到一个用人或者一名电车售票员的客套话都能够使他感到精神振奋。这一切一开始在我看来非常可笑和夸张，实在是一种绅士或游手好闲者的心绪，一种游戏人间的多愁善感。但是我不得不慢慢看清，实际上他从自己那个真空的空间、从他荒原狼一般的孤寂之中往外看我们这个小小的市民世界，简直是为之惊叹，感到喜爱，把它当作坚固和安全的东西，当作对他来讲遥远而难以企及的东西，当作故乡与安宁，当作他绝对无法抵达的地带。他每一次都带着真正的敬畏之情向我们的守门人脱帽致敬，那是一位善良的女士，如果我的姑母有时候和他交谈几句，或者提醒他衣服需要修补，让他留意一下大衣上面一颗松动的纽扣，那么他就会怀着某种奇特的专注和郑重听着，好像他付出了一种难以言喻的绝望和努力，透过某处缝隙挤进了这个狭小而安宁的世界，在这里安下家来，尽管只能维持片刻。

在我们第一次交谈的时候，在南洋杉前面，他就已经自称荒原狼了，这件事情也让我觉得有点奇怪和困扰。这是一个什么样的称呼？！但我不仅仅习惯了这个称呼，而且很快自己也这么称呼这个男人，在我的思想里，我已经不再使用"荒原狼"以外的其他称呼，直到今天我都想不出一个更具有代表性的词来形容他给人留下的印象。一匹来到我们身边、在城市和畜群生活中迷路的荒原狼——没有什么比这个形象更能清晰地展现出他那羞怯的孤寂、他的狂野、他的不安、他的思乡与他的无家可归了。

有一次，我整个傍晚都可以对他进行观察，在一个交响音乐会上，我惊讶地发现他坐在距离我不远的地方，但是他没有注意到我。首先演奏的是亨德尔的作品，一首高贵而优美的乐曲，但是荒原狼坐在那里陷入沉思，与音乐和周边环境都隔绝开来。他格格不入地坐在那里，孤独而陌生，一张冷淡的但是充满忧虑的脸孔低垂着。然后演奏了另一段乐曲，一段弗里德曼·巴赫①的小型交响乐曲，这时我非常惊讶地看到，在几个节拍之后，我的这位陌生人就开始露出微笑，沉浸其中，他完全陶醉在音乐里，大概有十分钟之久，我看到他幸福地迷失在美妙的幻梦之中，我更注意他而不是关注音乐。当这部作品演奏完毕的时候，他醒了过来，坐直了身体，做出准备起身离开的姿态，但是他还是留在那里听完了最后一部作品，那是雷格

---

① 弗里德曼·巴赫(1710—1784)，德国作曲家，是著名作曲家约翰·塞巴斯蒂安·巴赫的儿子。

尔①的变奏曲,是一段让许多人觉得有些冗长和疲惫的乐曲。就连一开始还很专心、想要好好聆听的荒原狼,身体也滑了下去,他把双手插在口袋里,又陷入了自己的沉思,但是这一次并不幸福,也不再如梦如幻,而是有些悲伤,最终变得气愤,他的面孔再次变得遥远、灰蒙和黯淡,他看起来衰老而多病,心怀不满。

音乐会结束后,我在街上又遇到了他,走在他的身后。他蜷缩在大衣里,忧闷而疲惫地走上了通往我们那个街区方向的路,但是他停在了一家老式的小酒馆前面,犹豫不决地看了看怀表,然后走了进去。我一时兴起,也跟着他走了进去。那时他坐在一张具有小市民气息的酒桌前面,酒馆老板娘和女服务员向他打招呼的时候就像对待常客一样,我也和他打招呼,坐到了他的身边。我们在那里坐了一个小时,我喝了两杯矿泉水,他则喝了半升红酒,之后又要了四分之一升。我说我也去听了音乐会,但是他没有继续聊这个话题。他读着我水瓶上的标签,问我想不想喝一点酒,他请我。当他听说我从来不喝酒的时候,他又摆

---

①雷格尔(1873—1916),德国作曲家、钢琴家,以创作教堂乐曲闻名。

出了那种无助的表情,说道:"是的,您说得对。我也有很多年都过着节制的生活,在很长时间里都进行斋戒,但我暂时又回到了水瓶座的星象中了,这是一个阴暗的、潮湿的星象。"

当我开着玩笑回应了这个暗示,示意说我觉得恰好是他这样的人会相信星相学在我看来是一件不可思议的事情,他又用那种经常伤害到我的礼貌语调说道:"非常对,很可惜,就连这门科学我也不能相信。"

我告辞离开,他直到深夜才回到家里,但是他的脚步却一如既往,而且就像往常一样,他没有立刻就上床睡觉(作为他的邻居,我听得清清楚楚),而是又在自己的起居室里点着灯待了一个小时。

我也无法忘记另一个傍晚。那时我独自在家,姑母不在,门铃响了,当我把门打开的时候,那里站着一位年轻的、非常漂亮的女士,她问起哈勒先生,我认出了她:她就是他房间里照片上的那个人。我把他的房门指给她看,然后回到我的房间里,她在楼上停留了一段时间,很快我就听到他们两个一起走下楼梯,走出门去,生机勃勃又非常享受地开着玩笑。我很震惊,这位隐居者竟然有一位恋人,而且还是一位如此年轻、漂亮和优雅的恋人,我对他和他的生活的所有揣测在我看来都变得犹疑不定。但是仅仅一个小时以后他就又回到了家里，独自一人，迈着沉重、悲伤的步子，吃力地爬上了楼梯，然后在他的起居室里一连几个小时轻轻地踱来踱去，恰似一匹在笼子里走来走去的狼，整整一晚，直到清晨几乎来临，他的房间里都亮着灯。

我对这段关系根本就是一无所知，我只想补充一点：我还见过一次他和那个女人在一起，在城市的一条街道上。他们手挽着手走路，他看起来很幸福，我再次发出惊叹，他那张忧愁的、孤独的面孔偶尔看起来竟然能够如此的优雅，简直是透露着天真，我理解了那个女人，也理解了我的姑母对这个人所抱有的同情心。但是就在那天傍晚，他忧伤而悲苦地回到家里。我在门口遇到了他，他的大衣下面藏着装了意大利红酒的瓶子，他拿着它在楼上的洞穴里坐了半个晚上。他令我感到遗憾，但是他过的是一种多么缺乏慰藉、多么迷失堕落的生活啊！

现在，我已经说了足够的话，已经无须进一步的报告和描写，就能够证明荒原狼过着的是一种自杀式的生活。但我依然不信他想要放弃生命，那时候，他在某一天不告而别，离开了我们的城市，就此消失，但是付清了所有的租金。我们再也没有听到过他的消息，依然还保留着几封别人寄给他的信件。除了一份他住在这里的时候写就的手稿，他什么也没有留下，他还写了几行字，说这份手稿是送给我的，标注说我可以随意处置它。

我不可能去验证哈勒手稿里所讲述的经历是否属实。我毫不怀疑这些东西在很大程度上是虚构的，但不是那种任意的编造，而是某种表达的尝试，想要披着可见事件的外衣呈现出灵魂深处的经历。在哈勒先生的虚构中，这件部分属于幻想的事件可以推测源自他在这里居住的最后一段时间的经历，我毫不怀疑这里面也有一部分真实的、外在的经验作为基础。在那段时间里，我们的这位客人在举止和外貌上都有所改变，经常不在家，有时候整晚都不在，他的书就放在那里，没有被动过。那时候，我有几次遇到他，他看起来出人意料地活跃和年轻，有时候简直满怀着享受的乐趣。但是在这之后紧随而至的就是新的、沉重的抑郁，他整天整天地躺在床上，不想吃东西，在那段时间里，他还和自己再次出现的恋人爆发了一场异常激烈的可以说是野蛮的争吵，整栋房子都陷入了躁动，他不得不在第二天向我的姑母请求原谅。

不，我坚信他没有放弃生命。他还活着，他还在某处拖着自己疲惫的双腿，在陌生的房屋里上下楼梯，还在某处凝视着打磨得锃亮的镶木地板和擦得干干净净的南洋杉，白天坐在图书馆里，晚上坐在酒馆里，或者是躺在租来的长沙发上，在窗户后面听着世界和人类的生活，知道自己被隔绝在外，但是却没有杀死自己，因为一点残存的信仰告诉他，他不得不在心中将这种煎熬，将这种痛苦的煎熬品尝到最后，不得不因为这种煎熬而死去。我经常想起他，他没有让我的生活变得更轻松，他没有那种支持和促进我内心的力量和欢愉的天赋，啊，事实还恰恰相反！但我不是他，我不会过他那样的生活，而是过着我那渺小的、市民的但是却充满了安稳和责任的生活。正因为此，我们才能怀着安宁和友善回忆起他，我和我的姑母，她比我知道更多有关他的可以讲述的事情，但是那些事情都埋藏在了她那善良的心中。

现在涉及哈勒的笔记，这些惊人的，部分有些病态、部分非常美丽和充满哲思的幻想，我不得不说，如果这些纸页是在偶然情况下落入了我的手里，我不认识它们的作者，那么我肯定会愤怒地扔掉它们。但是因为我与哈勒先生认识，我就在某种程度上可以理解这份笔记，甚至是对这份笔记的内容表示赞同。如果我仅仅把它们视为一个可怜的、心态有问题的人的病态幻想，那么我将有所顾虑，不愿意将它们分享给别人。但是我在其中看到了更多的东西，看到了一份这个时代的文献，因为哈勒的灵魂疾病不是——我今天知道了这一点——一个个人的怪癖，而是时代本身的痼疾，是哈勒所属的那一代人的神经官能症，它所侵袭的绝对不只是那些看起来软弱和没有价值的个人，而恰恰会侵袭那些强大的、最具精神性、最具天赋的人。

这份笔记——无论它们所依据的真实经历是多是少，都无关紧要——是一次尝试，不是通过回避和美化来克服这种莫大的时代病，而是尝试把疾病本身作为呈现的对象来克服。它意味着一段货真价实的地狱之旅，一段时而充满恐惧、时而充满勇气的穿越阴暗灵魂世界的混乱场景的旅程，心怀横穿地狱、直面混乱、将恶毒之物承受到底的意志。

哈勒的一段话给了我理解这份笔记的钥匙。有一次，在我们谈论过中世纪所谓的残酷无情之后，他对我说道："这些残忍实际上算不了什么。一个中世纪的人会将我们今天的生活视为残忍、惊人和野蛮的东西，并因此感到憎恶！每个时代、每种文化、每项道德和传统都有自己的风格，都有与它相匹配的温柔与严酷、美丽与残忍，会将某种受难当作自然而然，将某种邪恶归为可被容忍的范畴。至于真正的苦难，至于地狱，只有在两个时代、两种文化和宗教彼此交织的时候才会出现在人类的生活里。一个古典时代的人如果生活在中世纪，那么他一定会痛苦地窒息，就像一个野蛮人会在我们的文明中窒息一样。有一些时期，整整一代人就介于两个时代之间，陷入两种生活的风格，丧失了所有的自然而然、所有的道德习俗、所有的庇护所与清白无辜。自然不是每个人的感受都一样强烈。尼采这样性格的人不得不在这样的一代人之前就提前遭受今天的苦厄——他饱尝了孤独和不被理解的滋味，承受了如今成千上万的人所承受的苦难。"

我在阅读这份笔记的时候时常不由得想起这段话。哈勒就属于那些陷入了两个时代之间的人，从所有的庇护所与清白无辜之中跌落出来，他们的命运就是将人类生活中的所有疑问强化成个人的苦难和地狱，并且一一经受。

我认为，他在笔记中想要告诉我们的意义正在于此，因此我决定公开这份笔记。此外，我不会为它采取辩护的行动，也不会对它进行审判，希望每个读者按照自己的良心来对待它!

哈里·哈勒的笔记
只写给疯狂者

白日已尽，就像平素的日子一样流逝。我虚度了它，我温柔地消耗了它，以我原始而又羞怯的生活艺术。我工作了几个小时，翻阅旧书，我忍受了两个小时逐渐衰老的人才有的疼痛，吃了药粉，感到高兴，因为疼痛得到了蒙蔽，泡了热水澡，汲取了亲切的暖意，收到了三封邮件，浏览了所有这些无关紧要的信件和印刷品，进行了呼吸练习，但今天出于懒惰略过了思考练习，散了一个小时的步，发现了空中画着几朵美丽、娇柔、珍贵、羽毛一样的云朵。这很美妙，就像阅读旧书，就像躺在温暖的浴缸里，但是——总体而言——这并不是一个令人迷醉、光彩照人、充满幸福和欢愉的日子，而是长久以来我早已觉得普通和习惯的一天：一位日渐衰老的不满的先生适度舒适、可以忍受、有些痛苦却又非常温和的一天，没有特别的痛苦，没有特别的忧虑，没有实际上的烦恼，没有绝望的情绪，在这样的日子里我会自问，是否已经到了效仿阿达尔贝特·施蒂弗特①的时候，也就是用剃须刀片结束生命的时候了，我在权衡这件事情的时候完全没有激动和恐惧的感觉，而是就事论事，非常平静。

如果谁品尝过另一种日子的滋味，那种邪恶的、伴随着痛风发作的或者是可怕的、扎根于眼球背后的、像魔鬼一样将眼睛和耳朵的工作从愉悦变成折磨的巫术一般的头痛的日子，或者是那些灵魂垂危的日子，那些内心陷入空虚和绝望的可怕日子，在那些日子里，我们置身于被摧毁的、被股份公司榨取殆尽的土地之上，人类世界和虚伪而庸俗的新年集市上所映照出来的所谓文化就像一服呕吐剂一样亦步亦趋地对我们发出冷笑，在我们自己那病态的自我之中凝聚，并发展到难以容忍的巅峰——如果谁品尝过这种地狱一般的日子的滋味，谁就会对今天这种正常的、不温不火的日子感到非常满意，就会心怀感激地坐在温暖的壁炉边，心怀感激地通过晨报确认，今天既没有爆发出任何一场战争，也没有建立新的独裁政权，在政治领域和经济领域没有粗俗的肮脏事件被揭露，他就会心怀

---

①阿达尔贝特·施蒂弗特(1805—1868)，奥地利作家和画家，诗意现实主义流派的代表人物，因不堪忍受病痛而用剃须刀片自杀。

感激地弹起他那已经生锈的诗琴，唱出一首克制的、还算欢乐的、几近享受的感恩赞美诗，这首赞美诗使他那寂静、温柔、有点被溴液麻痹的不温不火的满足之神感到了无聊，在这种满足的无聊所形成的温热、稠密的空气里，在这种非常值得感激的毫无痛苦的状态下，这两者，无聊地点着头的不温不火之神和稍微有了点白发、用低弱的声音吟唱着赞美诗的不温不火之人彼此就像一对双生子。

这是一桩有关满足、有关无痛状态、有关可以忍受的压抑日子的美事，在这段时间里，痛苦和欲望都没有发出尖叫，一切都还只是在低语，在踮着脚尖悄悄地走路。只是很可惜，我恰好没有办法忍受这种满足，在很短的一段时间之后我就会对它生出难以容忍的憎恨之情，觉得恶心，我不得不绝望地逃到另一种情绪里，尽可能地走上欲望的道路，但在必要的情况下也走上痛苦的道路。如果我在一段时间里感受不到欲望与痛苦，品尝着这种所谓的好日子里那种温热而又苍白的倦怠感，那么我天真的灵魂就会感到一阵来自轻浮的痛苦和折磨，我会将已经生锈的感恩诗琴砸到昏昏欲睡的满意之神那满意的脸上，宁可感受到自己内心里燃烧着堪称魔鬼一般的痛苦，也不要这种舒适的室内温度。我的心里立刻就会燃烧起一种对强烈感受、感官刺激的野蛮渴望，感受到一种对这单调平淡、苍白乏力、符合常规而又经过消杀的生活的愤怒，一种疯狂的渴望，想要打碎什么东西，比如一座百货大楼、一座大教堂或者我自己，想要做胆大妄为的蠢事，扯下一两个备受尊敬的偶像的假发，给一两个叛逆的学生他们梦寐以求的去往汉堡的火车票，引诱一个女孩，拧断几位市民世界的秩序代表的脖子。因为我在内心深处首先憎恨、厌恶和诅咒的是：这种满足、这种健康、这种舒适、这种精心维护的市民的乐观主义，这种孕育着庸常、正规和平均的肥沃土壤。

也就是说，夜幕降临的时候，我在这样的心绪中结束了非常平淡的一天。我决定不要采取对一个深受折磨的人来说更正常也更舒适的方式，被准备就绪、带有一个热水瓶作为诱饵的床榻俘获，而是带着对白日那一点工作的不满和厌恶，闷闷不乐地穿上鞋子，裹上大衣，走进城市的黑暗与迷雾里，准备去"钢盔"酒馆里喝一点东西，就像爱喝酒的人经常说的"来一杯"那样。

我就这样走下了我阁楼的楼梯，这道陌生人家里难于攀登的楼梯，这道非常符合市民规范的、刷洗得干干净净的、一栋非常体面的有着三套出租房屋的楼梯，我的小房间就在这栋房子里。我不知道这是怎么回事，但我这匹无家可归的荒原狼、这个孤独地憎恨着小市民世界的人却一而再地住进真正的市民家宅，这属于我旧有的多愁善感。我既不住在宫殿里，也不住在贫民的房子里，而是永远会住进这种非常体面、非常无趣、维持得无可挑剔的小市民的巢穴里，散发着轻微的松节油和香皂的气味，如果猛地拽开房门，或者穿着脏污的鞋子走进去，那么就会感到窒息。毫无疑问，我从童年时期开始就热爱这种气味，我怀乡的渴望就这样毫无希望地引导我一而再地回到这条愚蠢的老路上。好吧，我也喜欢这种反差感，我的生活，我孤独的、无爱的、被四处追猎的、非常不规律的生活和这种家庭与市民的环境形成的反差。我很愿意在楼梯上呼吸这种寂静、有序、整洁、体面和顺服的气息，尽管我憎恨市民生活，这种气息对我来说还是有着某种感人的因素，我很愿意在这之后迈过门槛，进入我的房间，在那里，一切都戛然而止，在书堆中间扔着雪茄头和酒瓶，在那里，一切都缺乏秩序、非常隐秘、无人照管，在那里的一切，书籍、手稿和思想都被抹上了、浸透了孤独者的困厄、人类的难题，这种丧失了意义的人类生活赋予了我某种全新意义的渴望。

现在我经过了那株南洋杉。也就是说,在这栋房子的二楼,楼梯经过一家住户小小的门廊,毫无疑问,那里比别的人家还要无可挑剔,还要干净整洁,因为这个小门廊散发着某种超人一般的精心维护的辉光,是一座光芒闪烁的秩序小神庙。在那让人不敢踏足的镶木地板上,立着两个精巧的花架,每个花架上都放着一个大花盆,一个花盆里种的是一株杜鹃花,另一个里面种的是一株相当茂盛的南洋杉,一株茁壮、有力的幼树,形态堪称完美,每一根枝丫上的每一片针叶都闪烁着刚刚擦洗干净的光彩。有时候,当我知道没有人注意到我的时候,我就将这一处当作神庙,坐在南洋杉上方的一级台阶上,稍微休息一下,双手合十,虔诚地俯视着这个小小的秩序花园,它动人的姿态和孤寂的荒谬都在某种程度上震慑了我的灵魂。我推测在这个门廊后面,在这株南洋杉神圣的阴影下,是一个摆满了锃亮的桃花心木家具的房间,有一种充满了体面和健康的生活,每日早起,恪尽职守,举办适度欢乐的家庭节庆,在星期天去教堂,每晚早睡。

我带着装出来的快乐走过小巷里湿漉漉的沥青路

面,路灯泪水淋漓,雾蒙蒙地透过湿冷的模糊灯罩注视着我,从潮湿的地面上吸取倦怠的反光。我那早被遗忘的青年岁月再次浮现在我的脑海里——我那时候多么喜爱这种深秋和冬季的阴郁忧伤的傍晚,多么贪婪而痴迷地汲取着这种孤独和忧郁的情调,当我在半夜裹着大衣,在雷雨中跑过充满敌意、叶片落尽的自然界,那时候已经是独自一人,却满怀着深深的享受,心里盈满诗句,之后,我在自己的房间里,坐在床沿边上,在烛光下写下了那些诗句!如今,这一切已经过去,杯盏已经喝空,我的酒再也不会被斟满。我会因此有什么损失吗?没有任何损失。已经过去的一切没有造成任何损失。会造成损失的是此刻与今日,是所有这些未经点数的时辰与日子,我失去了它们,我只是熬过了它们,它们既没有带来赠礼,也没有带来震撼。但是赞美上帝,也有一些例外,有时候,很偶尔,也有一些不同的时刻,能够带来震撼,带来赠礼,撕裂墙壁,将我这迷途者重新带回到世界那活跃的心脏旁边。我内心忧伤却又激动地试图回忆起上一次这样的经历。那是在一次音乐会上,人们演奏了一段优美而古老的音乐,那时在一位木管乐手伴着钢琴吹奏的两拍之间,彼岸之门突然对我敞开了,我飞过了天空，看到上帝正在工作，经历了极乐的痛苦，不在世间任何事物的面前做出防卫，也不再惧怕这个世间的任何事物，对一切表示赞同，将我的心交给一切。这没有持续多久，也许一刻钟，但是在那天夜里的梦中，它又重返了，而且自那以后，在所有这些荒芜的日子里，它都会时不时地闪出隐秘的光亮，我偶尔能在几分钟内清清楚楚地看到一道金色的神迹划过我的生命，几乎总是深深地陷入污垢与尘土，然后再一次闪现出金光，似乎再也不会失去，但很快又深深地沉落。有一次是在晚上，我躺在那里，没有入睡，突然念诵出了几句诗，这些诗太美、太神奇，我甚至没有想到要把它们写下来，到了早晨，我已经不记得这些诗句了，但它们依然隐藏在我的体内，就像沉重的坚果躺在陈旧易碎的果壳里。另一次是在阅读一位诗人作品的时候，在思考笛卡尔、思考帕斯卡的思想的时候，它又一次闪烁出了光辉，金色的痕迹一直延伸到天空里，那时候我在我的恋人身边。唉，要在我们所过的生活中找到神迹是很困难的，在这样一个心满意足、充满市民习气、缺少精神的时代，在面对着这样的建筑、这样的商业、这样的政治、这样的人类的时候！在这样的世界上，我无法参与到它的目标之中，也无法谈论它的欢愉，我怎么能不成为一匹荒原狼，一个毛发蓬乱的隐士呢！我既不能在剧院里，也不能在电影院里待上很久，几乎没有办法读报纸，很少能够读进去一本现代图书，我没有办法理解在挤得满满的火车和旅店里，在挤得满满的咖啡厅里听着沉闷而又咄咄逼人的音乐，在酒吧和优雅奢华的城市的歌舞杂技演出上，在世界博览会上，在花车上，在为渴望受教育的人举办的讲座上，在巨大的体育场上有什么乐趣和欢愉——这些对我来说原本唾手可得的欢愉还有其他成千上万人都在努力追求的欢愉我都无法理解、无法共享。与之相反，我在我那罕见的欢愉时刻里经历的，对我来说可以称之为陶醉、体验、极乐和升华的东西在这个世界上至多可以在诗歌中发现和找到，在生活中它们却被视为疯狂。事实上，如果这个世界是对的，如果咖啡馆里的音乐，如果那些大众娱乐，那些美国化的、非常容易得到满足的人是对的，那么我就是错的，我就是疯了，那么我就真的是一匹荒原狼，我经常这样自称，我就真的是一头在陌生和无法理解的世界里迷失了的动物，不再能够找到自己的家乡、空气和养分。

我怀着这种惯常的思绪在潮湿的街道上奔跑着，

穿过了这座城市最宁静和最古老的一个街区。这时在对面，在街道那边，在黑暗处出现了一面古老的灰色石墙，我每次看到它都很高兴，它始终都这么古老和无忧无虑地屹立在那里，在一座小教堂和一座古老的医院之间，白天我经常让我的目光歇息在它粗糙的表面上，在内城里很少有这么寂静、善良、沉默的墙面，在这里，平均每半平方米都有一座店铺、一位律师、一位发明家、一位医生、一位理发师或者是一位专治鸡眼的江湖郎中在冲着别人喊出自己的名字。此刻我再一次看到这面古老的墙垣静静地、安宁地躺卧着，但是它有了某些改变，我看到墙壁中央有一个漂亮的尖顶小拱门，因为我真的不记得，这个拱门是一直就在这里还是新装上的。毫无疑问，它看上去很古老，非常古老，也许这个拱门的通道和这扇暗色的木门在几百年前是通往某座沉睡的修道院的，至今依然如此，即便修道院已经不复存在，我很有可能已经看过上百次这扇门，只是没有注意到它，也许它刚刚粉刷过，因此吸引了我的注意。无论如何，我站在那里，专心地看了过去，没有往那边走去，我们之间的街道湿软而塌陷。我只是站在人行道上往那边张望，一切都笼罩在深沉的夜色之中，我觉得那扇门上好像挂着一个花环，或者什么其他彩色的编织物。这一刻，当我努力想要看得更清楚的时候，我看到门上挂着一个明亮的牌子，我觉得上面好像写着什么字。我睁大眼睛，最终穿过泥泞和水坑走了过去。这时我看到在拱门上方，在古老的灰绿色石墙上有一块地方闪烁着微光，在那块地方有几个晃动的彩色字母，很快又消失了，然后又亮了起来，又熄灭了。现在，我想，他们真的是滥用了这面美丽的古老墙壁，把它当作了一块广告灯牌！这时我看懂了那几个转瞬即逝的单词，它们很难看清，只能半猜半读，这些字母闪现的间隔并不均等，惨白而不引人注目，熄灭得很快。想要用这些字母做生意的那个人实在不算能干，他是一匹荒原狼，可怜的家伙。为什么他让他的字母在这里，在老城最阴暗可怖的这面墙上，在这个时间点，在雷雨天气里，没有人路过这里，为什么它们这么转瞬即逝、这么飘忽不定、这么任性又这么难以看清？但是等等，现在我成功地捕捉到了更多的单词，这上面写的是：

魔法剧院

不为每个人开放

——不为每个人

我试图开门，沉重而古老的门把手没有被压动。字母的把戏结束了，它突然就悲哀地停止了，它意识到了自己的徒劳。我向后退了几步，深深地走进污泥里，字母不再出现，灯光已经熄灭，我站在污泥里等了很久，却只是徒劳。

当我已经放弃，走回到人行道上的时候，有几个带彩色灯光的字母闪现在了我面前反光的沥青路面上。

我读道：

只——为——疯——狂——者！

我的双脚已经湿透和僵冷，但我还是在那里停留了片刻，站在那里等待着。什么也没有了。我依然站在那里想着，这些柔和的彩色字母在潮湿的墙壁和反光的黑色沥青地面上闪现的样子是多么美丽，多么具有鬼魅的色彩，我突然就想起了以前的一个思想片段：那个关于金光闪烁的痕迹的比喻，那突然变得遥远而又难以追寻的痕迹。

我冻得僵冷，继续走着，追思着那道痕迹，对那扇通往魔法剧院的小门充满了渴望——只为疯狂者。在这段时间里，我走到了集市附近，那里从不缺少夜间的娱乐，每走几步就能看到墙上挂着一张海报、一块小黑板，上面写着：女士乐队—歌舞杂技—电影院—夜间舞会。但这些都不是为我而设的东西，而是为了"每个人"而设的，是为了普通人，为了那些我到处都可以看到的成群结队地穿过拱门的人。尽管如此，我的哀伤还是稍有缓解，另一个世界的问候还是触动了我，有几个色彩斑斓的字母舞动着，在我的灵魂之上奏乐，触发了隐蔽的和弦，那道金色痕迹的闪光再次变得清晰可见。

我找寻着那家有着老父亲气质的小酒馆，自从我第一次来到这座城市，也就是在大约二十五年前，到现在，什么也没有改变，就连这间酒馆也还和那时一样，有些今天坐在那里的客人那时候也坐在那里了，坐在相同的位置上，面对着相同的杯盏。我走进这家简朴的酒馆，这里是避难所。尽管这只是一个类似于南洋杉旁边的楼梯间的避难所，我在这里也找不到故乡和归属，只能找到一个安静的观众席，面对着陌生人上演陌生戏剧的舞台，但是这个安静的位置也有其意义：没有人群，没有叫嚷，没有音乐，只有几个安静的市民坐在没有铺桌布的木桌前（没有大理石，没有搪瓷镶板，没有绒布，没有黄铜！），每个人面前摆着一杯傍晚的酒水,一杯物美价廉的葡萄酒。也许我非常眼熟的这几位老主顾都是真正的庸人,在庸常的家里摆放着荒凉的家用祭坛,上面立着愚蠢的满足之神,也许他们也像我一样是孤独的和无人陪伴的人,是静默而充满思虑地借酒浇愁的破产的理想主义者,是荒原狼和可怜的魔鬼,我不知道。他们中间的每一个人都被一种乡愁、一种幻灭、一种对替代品的需求吸引而来,已婚者来这里找寻单身时光的氛围,老官员找寻自己学生时代的感觉,所有人都相当沉默,所有人都是酒徒,都像我一样宁可坐在半升阿尔萨斯红酒后面,也不去旁听什么女士乐队的表演。我在这里抛锚,准备待上一个小时,也可以是两个小时。刚刚喝下一口阿尔萨斯红酒,我就察觉到,我今天除了早餐的面包还没有吃任何东西。

真是神奇,人什么都可以吞咽下去!我大约看了十分钟报纸,让一个不负责任的人的精神经由眼睛进入我的体内,这个人将别人的话语放在口中咀嚼、品味,但是未经消化就又吐了出来。我就这样接受了它,整整一段专栏。然后我又狼吞虎咽地吃了一块从一头被打死的小牛身上取下来的肝脏。真是神奇!最好的东西就是阿尔萨斯红酒。我不喜欢烈酒,至少不是每天都喜欢，它们带有强烈的刺激和著名的风味。我最喜欢的是非常纯净、轻盈、朴实的乡村红酒，没有特殊的名字，可以喝上很多，这种酒闻起来很善良，很友好，散发着乡村、大地、天空和树林的气味。一杯阿尔萨斯红酒和一块上好的面包，这就是最好的菜肴了。但是现在我已经吃下了一份牛肝，对我这种很少吃肉的人来说，这是额外的享受，我面前已经放了两只喝空的杯子。这也很神奇，在青碧山谷里的某个地方，一些健康善良的人种植葡萄、酿造美酒，因而在这里，在世界上远离他们的地方，一些失望的、沉默的、踉踉跄跄的市民和束手无策的荒原狼就可以从他们的杯盏里汲取一点勇气和兴致。

我觉得这一切真是神奇！这样很好，这样有用，兴致来了。我后知后觉地对报纸文章里文字的糨糊爆发出一阵轻快的笑声，突然想起了早已被淡忘的那支木管乐器与钢琴曲的旋律，就像一个反射着光彩的肥皂泡，它在我的心里高高地飞升，闪烁着光芒，小小的它反射出整个世界的色彩，然后又非常轻柔地破碎了。如果这是有可能的，如果这段犹如在天国一般美妙的短暂旋律能够在我的灵魂里悄悄地扎下根来，并且有朝一日在我的心里再次开出它那美丽的花朵、迸发出它所有亲切的色彩,那么我又怎么可能完全迷失呢?即便我是一只迷途的动物,不理解自己周围的世界,那么我愚蠢的生活也还是有其意义,在我的心中有什么东西做出了回答,接受着来自遥远和高贵的世界的呼唤,在我的头脑里,成千上万个形象堆叠而起:

乔托在帕多瓦一座教堂的蓝色小拱顶上画的成群的天使,他们旁边走来了哈姆雷特和头戴花冠的奥菲莉亚,这个世界上所有的悲哀与所有的误解的美丽比喻,然后是站立在燃烧的气球中吹着号角的飞船制造者乔诺索①,阿提拉·施梅尔茨勒②手里拿着他的新帽子,婆罗浮屠③的雕像山耸入云端。所有这些美丽的形象可能也活在几千个其他的心灵里,还有几万种其他不知名的图像和声响,它们的家乡还有观看它们的眼睛、倾听它们的耳朵仅仅活在我的心里。那面古老的医院墙垣还有它那种古老、困惑、斑驳的灰绿色,在它的裂痕和风化痕迹里可以预感到几千幅壁画——是

---

① 乔诺索是让·保尔的短篇小说《飞船制造者乔诺索的航行日记》的主人公。
② 阿提拉·施梅尔茨勒是让·保尔的讽刺小说《军队牧师施梅尔茨勒赴菲尔茨之旅》的主人公,这个牧师做过逃兵,虚荣无耻,贪图利益。
③ 印尼佛塔,世界七大奇观之一。

谁在给它回应，是谁让它进入自己的灵魂，是谁热爱它，是谁接受它那温柔的、逐渐死去的色彩的魔力？僧侣们的古书，那些书里有着微光闪现的花体字，还有那些已经被自己人民所遗忘的两百或者是一百年前德国诗人的作品，所有那些磨损的、霉斑密布的卷本，还有那些古代音乐家的印刷品和手稿，那些坚固的、泛黄的记载了他们凝固的音符之梦的乐谱——是谁倾听他们饱含灵性、充满戏谑和渴求的声音，是谁带着一颗充满了他们的精神和魔力的心穿行在另一个与他们相隔遥远的时代？是谁还在怀想那一株高高立在古比奥城山丘上坚韧的小柏树，那株在一次泥石流中被石头砸中，裂成两半，但还是保持着生命，之后又生出了一根单薄新枝的小柏树？是谁公平地对待那位住在二楼的勤奋的家庭主妇和她擦得锃亮的南洋杉？是谁在夜晚研读莱茵河上飘过的雾团所留下的云朵文字？是荒原狼。又是谁在他生活的废墟里找寻着分崩离析的意义，承受着表面上的无意义，生活在表面上的疯狂之中，在最后的混乱之中还在暗地里期许着启示与上帝的降临？

　　酒馆的女主人想要帮我斟满酒杯，我紧紧握着杯子，站了起来。我不需要更多的酒了。那道金色的痕迹一闪而过，我想起了永恒，想起了莫扎特，想起了星辰。我又可以呼吸一个小时了，可以生活，可以存在，不需要忍受折磨，不需要惧怕自己，不需要为自己感到羞愧。

当我走出这条渐渐安静下来的街道时，冰冷的风吹着细雨拍打着街灯，闪烁着玻璃的光亮。现在去哪里？如果我在这一刻拥有实现愿望的魔力，我就会给自己变出一个漂亮的小客厅，路易十六风格，有一两位出色的乐手在那里给我演奏两三首亨德尔和莫扎特的乐曲。我现在有这个兴致，可以像众神啜饮花蜜一样啜饮这种清凉、高贵的音乐。如果我现在有一位朋友，有一位住在某个阁楼里的朋友，对着一根蜡烛冥思苦想，身边就放着一把小提琴，那该有多好啊！我就会在寂静的夜晚悄悄溜去找他，就会悄无声息地爬上曲折的楼梯，给他带来惊喜，我们就会交谈、奏乐，欢庆这个超凡脱俗的夜晚的时辰！在过去的岁月里，我曾经时常可以品味这样的幸福，但是这段时光也已经远去，消散在记忆里，此时与彼时之间横亘着凋敝的年月。

我犹疑地踏上了回家的道路，把大衣领高高地竖了起来，用手杖试探着潮湿的铺路石。即使我如此缓慢地往回走，我也会很快就又坐在我的阁楼里，坐在我小小的、伪装的家乡，我不爱它，却也不能失去它，因为我在冬季的雨夜可以一直在户外狂奔的日子已经过去了。如今，以上帝的名义，我不想败坏我傍晚的好情绪，不能因为下雨，不能因为痛风，也不能因为南洋杉，如果没有室内乐，也没有一位会拉小提琴的寂寞的朋友，那么只要我内心里那种优美的旋律还在回响，我也可以伴着规律的呼吸轻轻地哼唱，在我自己内心演奏着它。我思考着，继续走下去。是的，没有室内乐、没有朋友也是可以的，在对温暖的无穷无尽的渴望之中自我消耗是非常可笑的。孤寂就是无所依凭，很多年来我都希望如此，也的确做到了这一点。孤寂是冰冷的，的确是，孤寂也是安静的，出奇地安静和宏大，就像斗转星移的冰冷而寂静的空间。

在我路过的一个舞厅里，一阵猛烈的爵士乐向我袭来，热烈而粗鲁，就像赤裸肉体上的水蒸气。我在那里站了片刻，虽然我厌恶这种音乐，但它对我来说却一直都有一种隐秘的吸引力。我不喜欢爵士乐，但是我觉得它比今天的所有学院派音乐都要亲切十倍，它那种快乐、粗鲁的野性也打动了我内心深处的本能世界，它呼吸着一种天真而又诚恳的肉欲。

我站在那里闻嗅了片刻,闻着这种血腥而又尖利的音乐,邪恶而又贪婪地探查着这些大厅里的气氛。这些音乐一半是抒情化的,油汪汪、甜腻腻,浸满了感伤主义的色彩,另一半则野蛮、任性而充满力量,但是这两种音乐天真而平和地汇成了一个整体。这是毁灭的音乐,罗马在最后几任皇帝统治的时候肯定也有过类似的音乐。当然,与巴赫、莫扎特还有其他真正的音乐相比,这种音乐非常愚蠢——但这就是我们全部的艺术、我们全部的思想、我们表面上全部的文化了,如果我们拿它们和真正的文化相比,这种音乐的优点就是非常坦率,有一种可爱而诚实的黑人特质和一种欢快而天真的情绪。这种音乐部分来自黑人世界,部分来自美国,在我们欧洲人看来,它所有的优点都有着少年一般的清新和天真。欧洲也会变成这样吗?它已经走上了这样的道路吗?难道我们是昔日的欧洲、昔日真正的音乐、昔日真正的诗歌的古老的鉴赏家和崇拜者吗?难道我们只是一批愚蠢的少数人、一群复杂的神经官能症患者,明天就要被人遗忘、受人嘲笑?难道我们所谓的"文化"、我们所谓的精神、我们所谓的灵魂、我们所谓的美与神圣仅仅是一个幽灵,早就已经死去,只有我们几个傻瓜还觉得它是真实的和鲜活的？难道我们这些傻瓜为之努力的，也许始终都只不过是一个幻影？

老城区接纳了我，小教堂熄了灯，灰暗的影子显得有些不真实。我突然又想起了傍晚时分的经历，那扇谜一样的尖顶拱门，那些嘲讽地跳着舞的灯光字母。它的铭文是什么意思？"不为每个人开放。"还有："只为疯狂者。"我审视着对面那面古老的墙壁，暗自希望魔法再一次开启，那句铭文再一次邀请我这个疯狂者，那扇小门会把我放进来。也许那里有着某种我所渴求的东西，也许那里会演奏着属于我的音乐？

阴暗的石墙镇静地看着我，在深深的暮色中，封闭地深陷在自己的幻梦里。哪里都没有门，没有尖顶圆拱，只有一面阴暗、寂静、没有洞口的墙垣。我微笑着继续往前走，友善地对着这面墙壁点了点头。"晚安，墙壁，我不会唤醒你。时候已经到了，他们要拆掉你，或者贪婪地在你身上贴满公司的招牌，但是你还在这里，你还是这么美丽和安静，还是令我喜爱。"

一口浓痰从一个黑暗的巷口吐到了我的面前，有一个人吓到了我，那是一个孤独的晚归者，步履疲惫，头上戴着一顶帽子，穿着一件蓝色的衬衫，肩上扛着一根挂着海报的杆子，肚子前面的皮带上挂着一个打开的盒子，就像新年集市上小贩用的那种盒子。他疲惫地走到我前面，没有回头看我，否则我会和他打个招呼，给他递上一根雪茄。在邻近路灯的灯光下，我试图看清他那面旗帜，也就是他那幅挂在杆子上的红色海报上的内容，但是它晃来晃去，我看不清楚。于是我喊了他一声，请他给我看看那幅海报。他站住了，把杆子举得更直了一些，这时我看清了那些跳舞的、摇摆的字母：

  无政府主义者的夜间娱乐

  魔法剧院！

  不为每个……

"我正是在找您，"我高兴地喊道，"您这种夜间娱乐是什么？在哪里？什么时候开始？"

他又跑开了。

"不为每个人开放。"他冷漠地说道，声音困倦，一路跑远了。他已经受够了，他想回家。

"等等，"我喊道，追在他后面，"您的箱子里有什么？我想要从您这里买点东西。"

这个人没有停步，从他的箱子里拿出了一本小书，把它递给了我。我赶紧接了过来，把它塞进了衣袋里。正当我解开大衣的扣子，想要拿钱出来的时候，他就拐进了一扇门里，把门在身后关上了，然后消失了。庭院里回响着他沉重的脚步声，首先是在铺路石上，然后是在木头台阶上，之后我就什么声音也听不到了。我突然也变得非常疲惫，意识到现在已经很晚了，觉得最好还是马上就回家。我跑得更快了，很快就穿过了沉睡的郊区小巷，来到了我那位于城墙之间的街区，那栋住着官员和退休的小人物的整洁的小出租公寓后面有一片草地和常青藤。经过常青藤，经过草地，经过矮小的云杉，我来到了家门口，找到了钥匙孔，找到了电灯开关，悄悄溜进了玻璃门，经过了抛过光的橱柜和盆栽，走进了我的小房间，我那小小的、伪装的家乡，在那里，扶手椅和壁炉、墨水瓶和水彩颜料盒、诺瓦利斯和陀思妥耶夫斯基正在等待着我，就像等待着其他人，其他正派的人一样，在他们回家的时候，母亲或者是妻子、孩子们和女佣、猫和狗就这样等待着他们。

当我脱下湿漉漉的大衣时，我的手又碰到了那本小书。我把它拿了出来，这是一本薄薄的、用劣质纸张印刷的新年集市上的劣质小书，类似那种《一月出生的人》或者《我怎样能够在八天里年轻二十岁?》的小册子。

但是当我蜷缩进扶手椅,戴上花镜以后,我惊讶地、带着突如其来又直击心灵的宿命感在这本新年集市的小册子的封面上读到了这样的标题:《论荒原狼——只为疯狂者》。

接下来就是这本书的内容,我怀着越来越紧张的心情一口气读完了它:

论荒原狼
——只为疯狂者

从前有一个名叫哈里的人,人称荒原狼。他用两条腿走路,身穿衣服,是一个人,但他实际上也是一匹荒原狼。他学会了一个有着良好理解力的人类可以学会的很多东西,是一个相当机智的人。但是他没有学会一件事情:对自己和自己的生活感到满意。这一点他做不到,他是一个心怀不满的人。这可能是因为他在自己的内心深处时时刻刻都清楚(或者觉得自己清楚)他实际上不是一个人,而是一匹来自荒原的狼。聪明的人们可能会争辩,他到底是不是真的是一匹狼,也许他在出生以前就被施了魔法,从一匹狼变成了一个人,或者他是作为一个人出生的,却被赋予了一匹荒原狼的灵魂,被这个灵魂附体,还是说这种相信自己实际上是一匹狼的想法仅仅是他心里的一种幻想或者是疾病。比如说,有可能这个人在童年时期有点野蛮、不驯和不合规范,他的教育者试图杀死他心中的野兽,却恰好因此造就了他的幻想和他的信念,也就是他实际上本来就是一头野兽,只是披上了一层薄薄的教化和人性的外衣。我们可以长久地、兴味盎然地持续聊下去,甚至可以为此而写一本书,但是这样对荒原狼来说没有什么用,因为对他来说,无论那匹狼是通过巫术还是暴力进入他的内心的,无论它是不是只是他灵魂的一种幻想,这都是一回事。其他人对此有何想法,他自己对此又有何想法,对他来说并不重要,这并不能把那匹狼从他的身体里驱赶出来。

也就是说,荒原狼有两种天性,一种人类的天性和一种狼的天性,这就是他的宿命,这种宿命也没有那么特别和稀有。已经有许多人经历过这样的命运,内心里怀揣着猎犬或是狐狸、鱼虫或是蟒蛇，却不会因此而面临特别的困难。在这些人身上，人类与狐狸、人类与鱼虫也彼此相邻地生活着，一方不会伤害另一方，甚至一方还会帮助另一方，在有些人身上，这种情况甚至发展得令人嫉妒，带给他们幸福的更多时候是狐狸或者猴子，而不是人类。每个人都知道这一点。但是哈里的情况却相反，在他的身上，人类和狼不能共存，而是长期处于互为死敌的状态，一方生活的时候，另一方只能受难，如果两种事物在同一种血脉、同一个灵魂里互为死敌，那么这就会是一种恶劣的生活。好吧，人各有命，没有人的命运是轻松的。

我们的荒原狼现在的情况就是这样，尽管他自己的感觉时而是狼，时而是人，但是就像所有这类人一样，当他是狼的时候，他内心里的人始终在注视着、评价着和审判着他——当他是人的时候，他内心里的狼也在做着同样的事情。例如，作为人类的哈里有一种很美妙的思想，有一种优雅、高贵的感受，或者是做了一件所谓的善行，那么他心里的狼就会对他露出牙齿，发出大笑，以血腥的嘲讽告诉他这整部高贵的戏剧在一头荒原动物、在一匹狼看来是多么的可笑，它在心里清清楚楚地知道，它觉得怎样才自在,也就是孤独地穿行荒原,偶尔痛饮鲜血,或者追逐一匹母狼,而且,从这匹狼的角度来看,所有人类的行为都会显得可笑又尴尬,愚蠢又虚荣,简直到了可怕的地步。但是就在哈里觉得自己是一匹狼,对其他人露出牙齿,对所有人类和他们那种虚伪而堕落的举止和习俗表现出仇恨与誓死敌对的态度的时候,事情也是一样的。因为在这之后,他心里人类的那一部分就会潜伏在一旁,观察着这匹狼,称它为畜生和禽兽,败坏和玷污它那单纯、健康而狂野的狼的生活给它带来的所有乐趣。

荒原狼就被创造成了这副模样,我们可以想象,哈里过的绝对不是什么舒适和幸福的生活。但是我们也不能因此就说,他特别不幸(尽管他自己是这样觉得的,就像每个人都会把他所遭受的痛苦视为最大的痛苦一样)。我们没有办法这样说任何人。即便是心里没有一匹狼的人,也不会因此而变得幸福。即便是最不幸的生命也有阳光明媚的时刻,在沙砾和荒石之间也有自己小小的幸运之花。荒原狼的情况也是这样。他在大多数情况下非常不幸,这是不可否认的,他也能够使别人不幸,也就是当他爱上了他们,他们也爱上了他的时候。因为所有爱上了他的人都只能够看到他的一个侧面。有些人把他当作一个优雅、聪明和独特的人来爱,然后当他们突然发现了他内心的那匹狼的时候,他们就会感到震惊和失望。他们必然会经历这一步,因为哈里就像所有的生命一样,想要作为一个整体被爱,因此他恰恰不会向他最在乎他们的爱的那些人隐藏和掩饰自己心里的那匹狼。也有一些人恰恰爱的就是他心里的那匹狼,恰恰爱的就是那种自由、狂野、不羁、危险和强大的特质,那么当这匹凶恶的野狼突然又变成了一个人,突然也表现出心里怀有对善良和柔情的渴望,也听莫扎特、读诗、拥有人类的理想的时候,这些人也会感到异乎寻常的失望和悲伤。也正是这些人尤其失望和气愤,而荒原狼就这样把他的双重性和分裂性也带进了他所触及的所有陌生人的命运里。

但是如果谁现在觉得他了解荒原狼,可以想象他那悲惨的、撕裂的生活,那么这就还是一个错误,他知道的还远远不是全部。他不知道,即便是(就像没有例外就没有规则,就像唯一一个罪人在某种情况下比九十九个义人更受上帝喜爱)——在哈里身上也有例外和幸运的事件发生，他有时候可以作为狼，有时候可以作为人，纯粹而不受打扰地沉浸在内心里，呼吸、思考和感受，是的，这两种情况在有些时候，在非常罕见的时候也可以缔结和平，对彼此心怀爱意，这样就不仅仅是一方沉睡，另一方苏醒，而是两者互相强化，互相增益。即便是在这个人的生活里，就像是这个世界上到处发生的事情一样，一切习惯的、日常的、被认可的和合乎规则的东西偶尔看起来只是想要在这里或者是那里歇息几秒钟，然后就被打破，给不同寻常的事物、给奇迹和恩典腾出位置。这些短暂、罕见的幸福时刻能否弥补和缓和荒原狼那凄惨的命运，幸福与苦难能否最终在天平上取得平衡，或者也许那少数时刻里短暂却强大的幸福能否甚至吸干苦难，产生一种动力，这对许多闲散的人来说又是一个可以随意思索的问题。就连荒原狼也经常沉思这个问题，在他闲散而又无所事事的日子里。

在这里我们还要补充一点。与哈里类似的人为数众多，也就是说，有许多艺术家都属于这一类人。这种人的心里有两个灵魂、两种本质，在他们的体内有上帝和魔鬼，有来自母亲与来自父亲的血脉，幸福的能力与受难的能力既敌对又纠缠地交织在一起，就像哈里心里的狼和人一样。这些人的生活非常不平静，偶尔会在他们罕见的幸运瞬间里经历非常强烈的事情和不可言喻的美，幸福瞬间的泡沫偶尔会喷溅得非常高，在苦难之海上闪烁着辉光，这种短暂而明亮的幸福也熠熠生辉地触动、迷住了其他人。就这样，苦难之海上那些珍贵而转瞬即逝的幸福泡沫催生了所有那些艺术品，在那些艺术品里，一个受苦的人能够在一个小时之内把自己高举到自己的命运之上，他的幸福就像星辰一样耀眼，对那些见到了它的人们来说，这就像是某种永恒之物，像他们自己的幸福幻梦。所有这些人，无论他们的行动和作品是什么样，实际上根本就没有生活，也就是说，他们的生活并不是存在的，没有形态，他们不是某一类的英雄、艺术家或者是思想家，不像其他法官、医生、鞋匠或者是教师，他们的生活是一种永恒而痛苦的动荡和烧灼，是不幸而痛苦的撕裂，是可怕和无意义的，只要人们没有准备好从这种罕见的经历、行为、思想和作品中，从这种生活的混乱中发出闪光的东西里看出意义。在这种人中间产生了一种危险而可怕的思想，也就是说，也许整个人类生活都只是一个令人气恼的错误,是原初之母一次剧烈而失败的流产,是大自然一次狂野而惨遭失败的实验。但是在他们中间也产生了另一种思想,也就是人类也许不仅仅是有一些理智的动物,而是神的孩子,注定不朽。

每种人都有自己的标志、自己的特征,每种人都有自己的美德和恶习,每种人都有自己的死罪。荒原狼的标志之一就是,他是一个在傍晚游荡的人。早晨对他来说是一段可怕的时光,他惧怕早晨,在早晨一直都过得不好。他从来没有在某个早晨真正地觉得自己的生命是快乐的,从来没有在中午之前经历过什么好事,产生过什么好的想法,给自己或者是其他人制造过什么快乐。只有到了下午他才会渐渐地变得温暖和活跃起来,只有在傍晚,在他过着好日子的时候,他才会取得成果且动作灵敏,偶尔也会快乐和容光焕发。与此相关的还有他对孤寂和独立的需求。从来没有一个人像他这样对独立怀有着如此深刻、如此热忱的需求。在他的青春时代,当他还很穷困,需要努力喂饱自己的时候,他就宁可忍饥挨饿,穿着褴褛的衣衫,只是为了保留一点独立性。他从来没有为了金钱和舒适的生活,向女人或者是权贵出卖自己,有几百次抛弃了全世界都觉得有利于他的幸福的事情,只是为了捍卫他的自由。对他来说,最令人憎恨、使人恐惧的设想就是让他干一份公职,每天每年的时间都安排得清清楚楚,必须顺从于其他人。一间办公室,一个理事会的办公厅,一处公职人员的办公场所,他就像憎恨死亡一样憎恨它们,他在梦中经历过的最可怕的事情就是被拘禁在一处军营里。他不得不挣脱了所有这些联系,经常为此做出巨大的牺牲。他的强大之处和美德也正在于此,在这件事情上他表现得坚定不屈,他的性格在这件事情上显得刚直不阿。只是这种美德又与他的苦难和命运紧密相连。他所经历的正是所有人都在经历的:他得到了自己出于本质里最内在的本能所追求的东西,但是超过了对人有益的地步。这起初是他的幻梦和幸福,后来成了他苦涩的命运。追求权势的人毁于权势,追逐金钱的人毁于金钱,臣服于人的人毁于臣服,寻欢作乐的人毁于淫乐。荒原狼就是这样毁于自己的独立性。他达到了自己的目的,他不依附于任何人,任何人都不可以对他下令,他不需要听从任何人,他自由地独自决定自己是行动还是放任。因为每个强大的人都会分毫不差地得到他真正的本能驱使他所寻找的东西。但是在这种终于获得的自由之中,哈里突然意识到,他的自由是一种死亡,因为他茕茕孑立,因为世界以某种可怕的方式对他放任不管,因为人们与他再无关联,他甚至和自己也已经没有关联,因为他慢慢窒息在某种越来越稀薄的失去关联与孤身一人的空气里。因为现在的情况是,孤独与独立已经不再是他的愿望和目标,而是他的命运、他的判决,许愿的魔力一旦动用,就再也无法收回,如果他满怀渴望与善意地展开双臂,准备好连接与共处,那也于事无补:人们现在就让他孤身一人。在这个过程中,他并不可恨,也没有引起人们的反感。与之相反,他有许多朋友,许多人都很喜欢他。但是他所找到的永远只是同情和友善,人们邀请他,人们送他礼物,人们给他写善意的信件,但是没有人走到他的近旁,没有人和他建立起联系,没有人愿意也没有人能够分享他的生活。现在他周围环绕着孤独的空气,那是一种沉静的气氛,周遭世界都已经消失不见,没有能力建立起联系,任何意志和渴望都无法与之对抗。这就是他生活的一个重要特征。

另一个特征是,他属于那些自杀者。我们在这里必须说明,如果我们只将那些真正自杀的人称为自杀者,那么这就是错误的。这其中甚至有许多人只是出于某种偶然才成了自杀者,他们的本质不一定属于自杀者。在那些没有个性、没有鲜明特征、没有强大命运的人中间,在成千上万的乌合之众中间有些人因为自杀丧命,但并不因此而带有自杀者类型的所有标志和特征,因此不属于这一类人群,而有些人本质上属于自杀者,他们中却有许多人,也许是大多数人都从来没有真的对自己采取过行动。这种"自杀者"——哈里就是其中的一员——不需要生活在与死亡的强大关联之中——要做到这一点,也不需要成为自杀者。但是"自杀者"有其独特之处,也就是说,无论对错,他们总是觉得自己的自我是一种特别危险、可疑又受到威胁的天性的萌芽,他们始终觉得自己格外不受庇护,面临威胁,就好像他们站立在最狭窄的悬崖尖顶上,只要外界轻轻地一推或者是内部些微的软弱就足以让他们坠入虚空。这种人的命运线具有这样的特征,自杀是他们最有可能的死亡方式,至少在他们自己的想象中是这样。这种情绪几乎总是在他们刚刚进入青春期时就表现出来，伴随他们一生，这种情绪的前提并不是某种特别软弱的生命力，恰恰相反，我们可以在这些"自杀者"中间找到坚韧、贪婪而且勇敢得异乎寻常的天性。但是就像有些人天生得了一点小病就会发烧一样，我们称为"自杀者"的这种天性也始终都非常善感和敏锐，在面临最微小的震撼的时候就会集中精力想要自杀。如果我们有一门科学，以人们所拥有的勇气和履行责任的力量来研究人类，而不仅仅是研究生命现象的运行机制，如果我们有这样一门人类学，这样一门心理学，那么这个事实就会尽人皆知。

我们在这里发表的有关自杀人群的言论当然都只涉及表面，这是心理学，也就是说，只是一小部分心理学。从形而上学的角度来看，这件事情就会显得完全不一样，看起来要清晰很多，因为在这样的观察之下，这些"自杀者"对我们来说就是那些受到个体负罪感困扰的人，就是那些不再将自我圆满和自我塑造作为人生目标，而是将自我消解、回归母体、回归上帝、回归万物当作目标的灵魂。在拥有这种天性的人们中间，有很多人从来就没有一点能力实施一次真正的自杀行为，因为他们深刻地意识到了自杀的罪恶。但对我们来说,他们还是"自杀者",因为他们将死亡而不是生命视为拯救者,他们已经准备好了抛弃自我,献祭自我,走向熄灭,回到原初。

就像所有的力量都有可能变成一种缺陷(当然必须是在某些情况下),这种典型的"自杀者"也经常能够将自己表面上的软弱转变成一种力量,取得一种支撑,他们的确也经常这样做。荒原狼哈里也属于这种情况。就像他成千上万的同类一样,他设想死亡之路在任何时刻对他来说都是畅通无阻的,不仅仅是一种青春时期的忧郁幻想游戏,而且也依靠这种想法建立起了一种慰藉和一种支撑。尽管在他的心里,就像在所有这类人的心里一样,每一份震撼、每一种痛苦、每一处恶劣的生活环境都能立刻唤醒他赴死的愿望。但是他渐渐地正是依靠这种倾向创造了一种服务于生活的哲学。他信任这种想法,认为紧急出路始终畅通无阻,这一点给了他力量,让他好奇地品尝着痛苦与恶劣的状况,如果他真的处境悲惨,他偶尔还能感受到一种残忍的乐趣,感受到某种幸灾乐祸:"我的确很好奇,想要看看一个人到底能承受得了多少痛苦!如果达到了可以承受的极限,那么我只需要打开那扇门,从中逃脱。"许多"自杀者"因为这种想法得到了不同凡响的力量。

另一方面,所有"自杀者"都熟悉如何与自杀诱惑进行搏斗。每个人都知道,每个人在自己灵魂的某个角落都非常清楚,自杀尽管是一条出路,但也只是一条有点卑劣和非法的紧急出路,说到底,被生活本身战胜和杀死比死于自己之手要更高贵、更美好。这种认识、这种良心不安的源头就和那些所谓的自慰者的良心不安是一样的,促使着大部分"自杀者"与他们所面临的诱惑展开了持久的搏斗。他们搏斗,就像惯偷与自己的恶习搏斗。荒原狼也很熟悉这种搏斗,他变换着用了许多种武器来和它搏斗。最终,在大约四十七岁的时候,他幸运地有了一个不失幽默的想法,这个想法经常能够让他感到高兴。他把自己的五十岁生日设定为他允许自己采取自杀行为的日子。在那一天,他和自己约定,他可以根据当天的心情决定是否走上这条畅通无阻的紧急通道。无论他现在经历了什么,是身患疾病,陷入贫困,还是承受磨难和苦涩——这一切都设定好了期限,这一切都至多仅仅维持短短几年、几个月和几天，它们的数量每天都在减少！事实上，他现在承受一些不幸的时候轻松了许多，这些不幸之前曾经给他带来了更深刻和更持久的折磨，也许甚至撼动了他的根须。如果他出于某种原因过得非常不好，如果荒芜、孤寂和野蛮给他的生活又增添了特别的痛苦或者是损失，那么他就会对这些痛苦说道："只需要等等，还有两年，我就是你们的主人了！"然后他就怀着喜爱之情，深深沉浸在这种设想里，在他五十岁生日的清晨，在信件和祝贺送达的时候，他已经牢牢地握着剃须刀片，与所有痛苦诀别，关上了身后的那扇门。然后痛风大可深入骨髓，然后忧郁、头痛和胃痛大可待在它们想待的地方。

还余下荒原狼的一种现象，也就是他与市民阶层独特的关系，要解释清楚这一点，我们需要回溯这个现象的基本法则。我们就把他与"市民阶层"的关系作为结尾吧，这也是顺理成章的！

按照荒原狼自己的观点，他完全置身于市民世界之外，因为他既没有家庭生活，也没有社会野心。他觉得自己完全是一个个人，是一个例外，一个病态的隐居者，有时候也是一个超越常规、具有天赋、凌驾在普通人生活规范之上的个人。他有意地蔑视小资产阶级，为自己不属于他们感到骄傲。但他在许多层面上过的就是彻头彻尾的市民生活，他在银行里有存款，支援穷亲戚，他尽管不在乎衣着打扮，但穿衣体面而且不出格，他尝试和警察、税务局还有类似的权力机构保持相安无事。但是在此之外，还有一种强烈的、隐秘的渴望持续地吸引着他走进市民那狭小的世界，走进安静、体面的家庭住宅，那里有着整洁的小花园、刷洗一新的楼梯间，走进那种谦逊的、讲究秩序与体面的整体氛围。他喜欢拥有自己小小的恶习和浮夸之处，喜欢把自己当成市民之外的人，当作一个异类或者是一个天才，但是我们可以说，他从来没有把不存在市民阶层的区域当成自己的家，在那里生活过。他既无法以暴徒和另类的气氛为家，也不能与罪犯和法外狂徒生活在一起，而是要永远居住在市民的领域里，与他们的习惯、他们的标准和他们的气氛始终保持着联系，即便这意味着对立和反叛。此外，他在小市民式的教育下成长起来，保留了大量那个阶级的观念和习惯。他理论上对妓女没有丝毫反对，本人却从来都没有办法真的接纳一位妓女，把她当作自己的同类。他可以把受到国家和社会轻蔑的政治犯、革命者或者是精神方面的引诱者当作自己的兄弟来爱,却不知道如何对待一个盗贼、一个强盗或者一个奸杀犯,除了以一种相当符合市民阶层的方式表示惋惜。

他始终在以这种方式认可和肯定着自己本质和行为的一半,这些东西是他的另一半与之搏斗和给出否定的内容。他在一个颇有修养的市民之家长大,遵守着固定的形式和习俗,他灵魂的一部分始终与这个世界的秩序牵绊在一起,即使他早已越过了市民阶层所允许的界限,变成了一个个人,早已将自己从市民的理想和信仰之中解放了出来。

这种"市民气质"作为人类始终存在的状态,无非是在试图达成一种平衡,也就是追求人类行为无数极端和对立面之间的一个均衡的中点。我们举一种对立面作为例证,比如圣人和浪子,那么我们的比喻立刻就变得简单易懂了。人有可能完全献身于精神事务,尝试接近上帝,追求圣人的理想。与之相反,人也有可能完全献身于冲动,献身于感官的渴求,仅仅追寻转瞬即逝的欢愉。一条路通往圣人,通往精神的殉道者,通往向着神灵的自我献身；另一条路通往浪子，通往冲动的殉道者，通往向着荒淫的自我献身。如今的市民就尝试在这两者之间温和的中点生活着。市民不会自我放弃，不会自我献祭，无论是为了陶醉还是为了苦修，他们绝不会成为殉道者，绝对不会赞同自我的毁灭——恰恰相反，他们的理想不是风险，而是维护自我，他们既不是追求神圣，也不是相反的东西，他们无法忍受绝对的事物，他们尽管侍奉上帝，但是也追求陶醉；尽管讲究美德，但是也想要在世界上拥有一点舒心与安适。简而言之，他们尝试居住在极端的中心，在一个没有狂风骤雨的舒适的中庸地带，他们也取得了成功，尽管是以生活和情感的强度作为代价，这种强度来自追求绝对和极端之物的生活。人们只能以牺牲自我为代价，才能完好地生活。市民们却认为这个"自我"（但只是一个发展不充分的自我）比任何东西都更珍贵。他们以强度为代价，获得了稳定与安全，没有痴迷于上帝，而是收获了良心的安宁；没有醉心于欲望和自由，而是换取了舒适；没有经历致死的烈焰，而是得到了舒适的恒温。因此，市民的本质就是一种软弱的生命驱动力的造物，心怀恐惧，害怕任何自我放逐的行为，很容易被人统治。因此,市民才通过大多数取代了强权,通过法律取代了暴力,通过投票表决取代了责任感。

很清楚的是,这种软弱而恐惧的生物尽管为数众多,但是无法维系,因为它有这样的特点,在这个世界上能扮演的角色只能是自由出没的狼之间的羊群。但是我们可以看出来,尽管在统治者具有强大天性的时代,市民阶层立刻就会被挤压到角落里,但是他们从未消亡,偶尔看起来甚至还在统治着世界。这怎么可能呢?无论是他们庞大的群体,还是他们的美德,还是"常识"[1],还是组织,都没有强大到足以使他们免于灭亡。如果谁的生命强度从一开始就受到了如此的削弱,那么在这个世界就没有任何良药还可以维持他的生命。但是市民阶层还是生存了下来,强大又生生不息。——为什么?

答案是:因为荒原狼。事实上,市民阶层的生命力绝对不在于他们普通成员的特质,而是在于那些多得异乎寻常的"边缘人"[2],因为市民的理想模糊不清、不断延展,这些人可以被吸收进来。在市

---

[1] 原文为英文,下文同。
[2] 原文为英文。

民阶层里,始终生活着一大群有着强大和狂野天性的人。我们的荒原狼哈里就是一个典型的例子。他已经远远超越了市民生活的规范,发展成了一个个体,既了解冥想带来的喜悦,也熟悉憎恨与自我憎恨那种阴暗的乐趣,他蔑视法律、道德和"常识",但又是市民生活的一个囚徒,没有办法从这种生活中逃脱。就这样,在真正属于市民阶层的真正大众周围还有着不同种类的人,成千上万个具有生命和才智的人,他们每一个都是在市民阶层中成长起来的,把自己的生活毫无疑问地扎根在市民阶层之中,而且他们每一个都出于自己幼稚的情感而依附于市民阶层,感染了一点他们生命那衰弱的强度,还是以某种方式坚守着自己的市民特性,在某种程度上属于市民阶层,继续履行这个阶层的义务,为这个阶层效劳。因为对市民阶层来说,伟人的法则倒过来就是有效的:如果谁不反对我,那就是支持我!

如果我们继续检验荒原狼的灵魂,那么他就会呈现出这样一个人的形态,他高度的个体化注定了他无法成为市民——因为所有高度驱动的个体都会转而反对自我,因此而具有自毁倾向。我们可以看出来,他心里既有成为圣人又有成为浪子的强烈驱动力,但是出于某种衰弱或者是怠惰,他没有办法一举跃进自由而狂野的宇宙空间,依然还受制于市民阶层这颗沉重的母星的引力。这就是他在宇宙空间里的位置,这就是他的桎梏。大部分知识分子、绝大部分艺术家都属于这一类型。只有他们中间最强大的人才能够冲破这种市民地球的大气层,成功地进入宇宙,其他人却都放弃,或者是达成妥协,蔑视市民阶层,却又属于市民阶层,在最后不得不对市民阶层表示肯定,为了还能够活下去,对市民阶层加以强化和美化。这无数个存在还没有沦为悲剧,但有可能遭遇相当可观的霉运和灾星,在这个地狱里,他们的天赋受着煎熬,结出果实。少数几个挣脱了这种状况的人找到了绝对之物,以值得惊叹的方式走向毁灭,他们是悲剧人物,他们的数量很少。但其他人,那些依然受到束缚的人的天赋经常会赢得市民阶层的无比尊崇,第三个王国在他们面前打开了大门,一个幻想的、但是具有主权的世界:幽默。这些躁动不安的荒原狼,这些心怀恐惧、始终受难的人并不具有成就悲剧、冲破星辰宇宙所需要的力量,感觉自己受到了绝对之物的召唤,却没有办法在绝对之中生活:如果他们的精神在苦难之中变得强大和坚韧,那么他们面前就会出现通往幽默的和解之路。幽默始终具有某种市民的特性,尽管真正的市民不具有理解幽默的能力。在幽默的想象空间里,所有荒原狼那复杂的、分裂的理想都得到了实现:在这个领域里,人们不仅仅有可能同时对圣人和浪子表示肯定,让两极向着彼此弯折,而且也能够对市民表示肯定。痴迷于上帝的人也非常有可能对罪犯表示肯定,反过来也是一样,但是他们双方,还有其他绝对之人都不可能对这种中立的、不温不火的中庸,对这种市民特质表示肯定。唯有幽默,这项受到了伟大召唤却面临着阻碍的人们的发明,这项几乎成为悲剧、天赋极高的不幸者的发明,唯有幽默(也许这是人类最独特和最天才的贡献)能够完成这件不可能的事情,能够用它棱镜的闪光将人类生活所有的领域全部覆盖,进行整合。活在这个世界上,却又好像并不活在这个世界上,尊重法律却又凌驾其上;拥有一些东西,好像并不拥有;放弃一些东西,好像那并不是放弃——这些都是一种更高的生活智慧,那备受喜爱、经常被提出的要求,唯有幽默可以实现这些要求。

荒原狼并不缺乏天赋与手段,如果他在自己的地狱那窒闷的混乱中还能够成功地烹煮出这一味魔药,喝下以后充分发汗,那么他就得救了。要做到这一点,他还缺乏许多特质。但是可能性依然存在,希望依然存留。如果谁爱他,如果谁在乎他,那么谁就会希望他得到这种拯救。尽管他会因此而永远固守在市民生活中,但是他的磨难会变得可以忍受,会结出果实。他与市民世界的关系、他的爱与恨会消解成一种感伤的情绪,他与这个世界的关系就不再会是一种不断地折磨着他的羞耻。

为了做到这一点,或者说也许在最后还要敢于纵入宇宙,一匹荒原狼必须首先直面自身,必须望见自身灵魂的混乱深处,必须完全意识到他自己。这样一来,他那成问题的存在将以恒久不变的形式被揭露出来,此外,他也没有办法一而再地从自己那冲动的地狱逃进感伤与哲学的安慰之中,然后再逃进他作为一匹狼的盲目陶醉之中。人与狼都有必要认识摘下了虚伪的感情面具的彼此,注视着赤裸裸的彼此。然后他们不是因爆炸而永远分离,使得荒原狼不复存在,就是在升起的幽默之光中缔结一桩理性的婚约。

也许,哈里有朝一日会被带到后一种可能性的面前。也许,他有朝一日会认识到,无论是因为他的手里拿到了一面我们的小镜子,还是因为他遇见了不朽,或者也许是在我们的魔法剧院找到了那些他为了解放自己荒疏的灵魂所需要的东西。有成百上千种这样的可能性在等待着他,他的命运毫无抵抗地吸引着它们,所有这些市民阶层的边缘人士都生活在这种魔法一般的可能性的氛围中。一种虚无就已足够,一道闪电划过天空。

这就是荒原狼非常清楚的一切事情,即便他从来没有看过这一份有关他内心自传的概要。他预感到了自己在世界这栋建筑物中的位置,他预感到了并且认识到了不朽的事物,他预感到了并且惧怕着与自己相遇的可能性,他知道那面镜子的存在,他急需照一照这面镜子,但是他对照一照这面镜子这件事却怕得要死。

我们研究的结尾还有最后一个虚构要解决,那是一个根本性的幻象。所有"阐释"、所有心理学、所有理解的常识的确也都需要手段、理论、神话和谎言,而一位得体的作者不应该在论述的结尾不去尽可能地拆穿这些谎言。如果我说"上面"或者是"下面",那么这就只是一种需要解释的论断,因为"上面"和"下面"仅仅存在于思想之中,仅仅存在于抽象的领域。这个世界本身没有上下之分。

因此,简而言之,"荒原狼"是一种虚构。如果哈里觉得自己是一个狼人,是由两种对立的本质组成的,那么这仅仅是一个简化过的神话。哈里根本不是什么狼人,如果我们在表面上不带疑虑地接受这个他自己编造、自己也相信的谎言,试图在实际上把他当作一个双重的存在、当作一匹荒原狼进行观察和解释,我们就是在希望利用一个幻象使情况变得易于理解,现在我们应该尝试建立正确的观点了。

哈里试图通过这种狼与人的二分法、这种冲动与精神的二分法,使自己的命运变得更易于理解,但这是一种非常粗糙的简化行为,是一种对现实的强暴,为了给这个人在自己体内发现并被视为众多苦难的根源的矛盾找到一种可信但错误的解释。哈里发现自己的内心有一个"人",那就是一个具有思想、情感、文化,以及被驯顺与升华的天性的光明世界,在此之外,他在自己的内心也发现了一匹"狼",那是一个冲动、野性、残暴、粗糙而未经升华的天性的晦暗世界。尽管他的本质在表面上可以清清楚楚地分成两个领域,彼此敌对,但是他越来越频繁地经历狼与人在某个片刻、在某个幸福的瞬间里能够彼此容忍的情况。如果哈里想要在他生命中的每一个瞬间、每一次行动和每一种感受中尝试确定,哪一部分属于人,哪一部分属于狼,那么他立刻就会陷入困境,他整个漂亮的狼之理论就会崩溃。因为没有任何一个人,就连原始社会里的原始人,就连白痴也不会呈现出如此易于理解的简单,用两三种主要元素就可以解释清楚自己的本质。而用狼与人的简单的二分法对像哈里这么一个非常复杂的人做出阐释,是一种无望的、天真的尝试。哈里并不是由两种本质组成的,而是由几百种、几千种本质组成的。他的生活(就像每个人的生活一样)不仅仅是在两极之间的摇摆,不仅仅是在冲动与精神,或者圣人与浪子之间的摇摆,而是在几千个数不清的极点之间的摇摆。

像哈里这样一个如此博学而又聪慧的人会把自己称为一匹"荒原狼",会相信自己生活中那丰富和复杂的形象可以被这样一个如此简单、如此残暴、如此原始的形式概括，我们也不需要对此感到惊讶。人类没有在高级尺度上思考的能力，就连最具有精神追求、最有教养的人也始终是在透过非常幼稚、简化和虚伪的公式眼镜来看待世界和自己的——尤其是看待自己！因为这似乎是所有人与生俱来、非常迫切的一种需求，也就是说，每个人都把自己的自我想象成一个统一体。尽管这种妄念受到如此频繁、如此沉重的震撼，它还是会不断地愈合。法官与罪犯对坐，注视着罪犯的眼睛，在一瞬间内听到罪犯在以自己的声音说话，也在自己的内心里找到了所有属于罪犯的搏斗、能力和可能性，而他在下一刻已经变回了一个统一体，变回了法官，缩回了他想象中的自我的外壳里，履行他的职责，判处罪犯死刑。如果在这些天赋出众、组织精巧的人类灵魂里辉映出了对它们自己多重性的预感，如果他们就像所有的天才一样，打破了个人的妄念，发现自己是由多个部分组成、多个自我汇成的集合体，那么他们只需要将这一点表达出来，大众就会立刻将他们监禁起来，呼唤科学提供帮助，断定他们已经精神分裂，避免人们从这些不幸者的口中听到真理的呼唤。那么,为什么要再次泄露真相,谈论那些每个想要理解自我的思考者都要知晓的事物、那些表达出来却不合习俗的事物?——也就是说,如果有一个人已经开始朝这个方向迈步,将幻想中自我的统一体扩展出二重性,那么他就已经接近是一个天才了,无论如何也是一个罕见和有趣的例外。但实际上,任何一个自我,就连最幼稚的自我也不是一个整体,而是一个非常复杂的世界,是一小片星空,是一片由形式、阶段和状态、遗传和可能性组成的混沌。每个个体都努力将这片混沌看作一个统一体,谈论着他们的自我,好像这是一个形式固定、轮廓清晰的简单现象:这份每个人(包括最高贵的人)都经常面临的幻象似乎是一种必要,是一种对生活的要求,就像呼吸和吃饭一样。

这份幻象建立在一种简单的转移之上。每个人的肉体都是统一的,灵魂却不是。就连文学作品,甚至是最精妙的文学作品从传统上来讲也总是处理看起来像是一个整体、看起来像是统一的人物。专业人士和行家在迄今为止的文学作品里最推崇的是戏剧,这是有道理的,因为它提供了(或者说原本可以提供)作为一个综合体的自我展现的最大可能性——如果与粗糙的印象并不相悖,也就是戏剧里的每个个人在我们看来都仿佛是统一体,因为他们被阻塞在一个毫无疑问是独特的、统一的、封闭的躯体里。那种天真的美学最推崇的即是所谓的性格戏剧,在这种戏剧里,每一个人物都作为性格鲜明、独一无二的统一体出现。只有在遥远的地方,这种预感才逐渐地在某些个体的身上闪现出来,觉得这一切也许只是一种廉价的表面美学,如果我们将那些并不是与生俱来,而是仅仅通过闲话学会的古典美学概念应用在我们那些伟大的戏剧家的身上,那么我们就错了,这种美学从四处可见的躯体里散发出来,实际上发明了自我和个人的虚构。在古印度文学里,这个概念完全没有出现过,印度史诗中的英雄不是个人,而是人格的杂糅,是一系列灵魂的化身。而在我们的现代世界里有一些这样的作品,在人格游戏和性格游戏的纱幕背后,作者可能是完全没有意识地在尝试展现出灵魂的多重性。如果谁想要认识到这一点,就必须下定决心,不要把这些文学作品里的人物形象看作单独的存在,而是看作一个更高整体(在我看来就是诗人的灵魂)的一些部分、一些方面、一些不同的层面。如果谁用这种方式看待浮士德,谁就会觉得浮士德、靡非斯特、瓦格纳和所有其他人都是一个整体,一个超人格,只有在这个更高的统一体里,而不是在个别的人物里,灵魂的真正本质才能够得到揭示。当浮士德说出了那句在学校教师中饱受赞誉、令庸俗之人战栗着发出了惊叹的话语"唉,我的胸膛里住着两个灵魂"的时候,他就忘记了靡非斯特和所有其他也同样住在他胸膛里的众多灵魂。我们的荒原狼也的确相信,他的胸膛里住着两个灵魂(狼与人),发现他的胸膛因此而变得狭窄得令人气恼。那副胸膛、那具身躯始终都是同一个,但是里面住着的灵魂可不是两个或者五个,而是无数个。人是一个由几百层皮组成的洋葱,是许多线络组成的织物。古代亚洲人认识到了这一点,清清楚楚地意识到了这一点,佛教瑜伽就是为此发明的一门精确技艺,为了揭露人格的妄念。人类的游戏非常有趣和多样化:印度人几千年来致力于揭穿的妄念正是西方付出了同样多的努力加以支撑和强化的东西。

如果我们从这个视角来看待荒原狼,就会明白为什么他那可笑的双重性如此地折磨着他。他就像浮士德一样相信，一个胸膛里有两个灵魂已经太多，肯定会撕裂这个胸膛。但是恰恰相反，两个灵魂太少了，而如果哈里试图以一种如此原始的图像理解自己，那么他就是在可怕地对自己的灵魂施以强暴。尽管哈里是一个非常有教养的人，他的行为方式却有点像一头野兽，没有办法点数二以上的数字。他称自己的一部分为人，另一部分为狼，觉得这样就完了，就已经钻研透了自身。他把他在自己心里找到的所有精神性的、升华过的或者富有文化修养的部分都打包放进"人"这个范畴，然后把所有冲动的、野蛮的和混乱的部分都放进"狼"这个范畴。但是生活并不像我们的思想这么简单，不像我们可怜的白痴语言这么粗糙，而当哈里使用这种原始人一般的狼之理论的时候，他就是在双重地欺骗自己。我们担心的是，哈里将他灵魂中早就已经不再属于人的整个区域归入了"人"的范畴，把早就已经超出了狼的区域划给了"狼"的范畴。

就像所有人一样，哈里也自以为非常清楚人是什么，但他实际上却完全一无所知，尽管他在睡梦中和其他难以控制的意识状态下对此也有并不罕见的预感。但愿他不要忘记这些预感,但愿他尽可能把它们变成自己的预感!人类本来不是一个固定和持久的形态(尽管这与那些智者的预感相悖,却是古典时代的理想),更确切地说,人类是一种尝试,是一个过渡时期,他只不过是自然和精神之间一道狭窄而又危险的桥梁。内心深处的使命感驱动着他走向精神,走向上帝——最为私密的渴望却吸引他回归自然、回归母体:他的生活就恐惧而颤抖地在两种势力之间摇摆着。人们对"人类"这个概念的理解始终都是一种易变的、市民阶层的一致看法。某种最粗野的冲动为这种传统所拒绝、所唾弃,要求一点意识、道德和去野蛮化的行为,一点精神,不仅仅是被允许的,甚至是受到鼓励的。这种传统的"人类"就像所有的市民理想一样,是一种妥协,是一次清醒而又带有天真的狡黠的尝试,同时压制住了邪恶的自然之母和烦扰的精神之父的强烈要求,在他们二者温和的中间地带停驻下来。因此市民才会允许和容忍他们称之为"个性"的东西,与此同时又把这种个性交给了莫洛赫①"国家",始

---

① 古代腓尼基人信奉的火神,以残暴著称。

终利用这两者的对垒。因此市民们今天烧死异教徒,绞死罪犯,后天又为这些人竖立起纪念碑。

因为"人类"不是某种已经创造完成的事物,而是一种精神的要求,是一种遥远的、既众望所归又饱受惧怕的可能性,通往他的道路永远都只走了一小段,永远都充满了可怕的折磨与陶醉,那些今天被送上断头台、明天被立起纪念碑的罕见的个人走过——这种预感也活在荒原狼的心里。但是与他作为"狼"的那一部分相反,被他自称为内心里"人"的那一部分在很大的程度上仅仅是那种市民传统中的中庸之"人类"。哈里尽管很有可能已经预感到了那条通往真正人类的道路,那条通往不朽的道路,尽管也在这条路上犹豫着迈出了小小的几步,并为此经受了沉重的苦难作为代价,经历了痛楚的孤寂,但是在灵魂深处,他却惧怕完成那最高的要求,对那种真正的、精神所追求的人类生成的过程表示肯定,奋力追寻,走上那唯一一条通往不朽的狭窄道路。他很有可能感到:这条路通往更大的苦难,通往备受蔑视,通往最后的放弃,也许通往断头台——即便在这条路的终点有不朽作为诱惑,他还是不愿意经受所有这些苦难,死难于所有这些死亡。尽管他比市民们更充分地意识到生成人类的这个目标,他却闭上了眼睛,不想对此有所了解,因为绝望地悬吊于自我之上、绝望地不愿死去是通往永恒死亡的最安全的道路,而死亡的能力、外壳的剥离和自我向着变化之物的永恒献身才能够通往不朽。当他向那些不朽之人中他最喜欢的一位祈祷的时候,比如向着莫扎特祈祷的时候,他确实是直到最后一刻都还在用市民的眼光注视着他,就像一位教师一样,仅仅把莫扎特的完美解释为他极高的专业天赋,而不是他那伟大的献身和受难的能力,不是他对市民理想的不屑一顾和对极端孤独的忍耐,这种孤独将这位受难者、这位业已生成的人类周围的所有市民氛围都稀释成一种冰冷的以太,就像客西马尼园①中的那种孤独。

无论如何,我们的荒原狼至少发现了自己内部浮士德式的双重性,他发现,在他统一的身躯里并不居住着一个统一的灵魂,而是至多走在半途,走向通往这种和谐理想的漫长的朝圣之旅上。他想要么克服内心里的狼,完全成为一个人,要么就放

---

① 耶稣被钉上十字架前夜与门徒祷告的花园。

弃内心里的人，至少过上一匹狼那统一的、完整的生活。也许他从来没有仔细观察过一匹真正的狼——如果他这样做过，他也许会看清楚，就连这些动物也没有统一的灵魂，就在它们那美丽强大的肉体形式背后也寓居着不同程度的挣扎与不同状态的多样性，就连一匹狼的内心里也有其深渊，就连一匹狼也在受难。不，人们在喊叫"回归自然"的时候总是走上一条充满痛苦而又毫无希望的歧路。哈里永远也不会变成一匹彻头彻尾的狼，即便他变成了狼，他也会看清楚，就连狼也绝对不是什么单纯和简单的生物，而是某种非常多重和复杂的动物。就连狼也有两个甚至是不止两个灵魂在它狼的胸腔里，如果谁渴望做一匹狼，那么谁就犯了和那些唱着"哦，做个孩子是多么幸福"的人一样的健忘症。这个唱着幸福的童年之歌的人心地善良，但是多愁善感，他也想要回归自然，回归无罪状态，回归初始，却完全忘记了孩子们绝对不是幸福的，他们有许多矛盾，他们有许多分裂，他们可以拥有一切的苦难。

　　根本就没有回头路，无论是回到狼的身上，还是回到孩子的身上。事物在一开始就不是无罪和单纯的,一切已经创造完成的事物,即便是表面上最单纯的事物也已经是有罪的,已经是分裂的,已经被抛入了生成的浊流,再也不能、再也不能逆流而上。通往无罪、通往未被创造完成之物、通往上帝的道路不是回返,而是向前,不是变成狼或者是孩子,而是不断地继续走入罪恶,不断地继续深入人类的生成过程。即便是自杀,可怜的荒原狼,对你也不会有真正的帮助,你已经走上了这条更漫长、更辛苦、更艰难的人类生成的道路,你还不得不经常把你的双重性变得更为多重,不得不把你的复杂性变得更为复杂。不要让你的世界变得狭窄,让你的灵魂变得简单,而是不得不永远在你那疼痛地延展着的灵魂里吸纳更多的世界,最终吸纳整个世界,为了也许能够抵达终点,得到平静。这条路就是佛陀所走的道路,是每个伟大的人所走的道路,有些人对此知晓,有些人无意为之,但是都成功地完成了这项壮举。每次诞生都意味着与万物分离,意味着设限,意味着与上帝的割裂,意味着痛苦的新生。回归万物、放弃痛苦的个人、成为上帝则意味着:大大拓宽他的灵魂,直到它再次能够容纳万物。

我们在这里谈论的并不是学校、国民经济学和统计学所熟知的人类,并不是街道上跑来跑去的几百万与海边的沙砾或者是火海中的泡沫没有什么区别的人类:他们是否数以百万计,是多是少都无关紧要,他们只是材料,此外无他。不,我们谈论的是更高意义上的人类,是漫长的人类生成之路的目标,是帝王一般的人类,是不朽之人。天才并没有我们经常以为的那么罕见,当然也没有文学史、世界史甚至是报纸所认为的那么常见。荒原狼哈里在我们看来已经可以称为天才,可以尝试人类生成的壮举,而不是在面临所有困难的时候都痛苦地谈论起愚蠢的荒原狼。

有着这样可能性的人用荒原狼和"唉,两个灵魂"这种说法进行应急,这就像他们经常会对市民怀有着怯懦的爱意一样令人感到惊奇和悲哀。一个有能力理解佛陀的人,一个对人类的天国与深渊有着预感的人不应该生活在一个由"常识"、民主和市民教育统治的世界上。他只是出于怯懦才生活在这个世界上,只是当他的维度在逼迫他,当那个狭窄的市民房间对他来说变得过分狭窄,他才会把这一切归咎于"狼",不知道狼有时候是他身上最好的部分。他把内心所有的野蛮特质都称为狼,觉得它们是恶毒和危险的东西,是会令市民感到惊骇的事物——但是他,尽管他还是觉得自己是一个艺术家,拥有敏锐的感官,却没有办法看到,在那匹狼之外,在那匹狼背后,还有许多动物活在他的身体里,并不都是狼,也就是说,他的身体里也寓居着狐狸、龙、老虎、猴子和天堂鸟。这整个世界,这整个充满了美丽或可怖、庞大或小巧、强大或娇柔的形态的天堂一般的花园受到了狼之神话的压抑和禁锢,就像他心里那个真正的人也被表面的人、被市民压抑和禁锢。

我们可以想象一个花园,里面有上百种树木、上千种花卉还有成千上万种草药。如果这个花园的园丁除了"可食"和"杂草"之外不知道其他的植物学上的分类,那么他面对自己花园里百分之九十的花草就都会束手无措,他会拔掉最有魔力的花卉,砍掉最高贵的树木,甚至还会憎恨它们,不拿正眼看它们。荒原狼就是这样对待他灵魂里的千万种花卉的。凡是不适用于"人"或者"狼"的内容,他就视若无睹,难道他不是把这一切都归为了"人"吗?所有的怯懦、所有的模仿行为、所有的愚蠢与卑鄙,如果不是非常符合狼性,就被他归为"人",就像他把所有的强大和高贵都归为"狼",只是因为他还没有成功地成为它们的主人。

  我们要与哈里道别了,我们让他独自走自己的路。如果他已经遇见了不朽,如果他已经走到了这条艰难道路看起来所通往的目的地,那么他将会多么惊讶地观察着这种摇摆不定,当他回顾着他的道路上这种狂野而犹豫不决的曲折,他将会对这匹荒原狼报以多么鼓舞的、责备的、同情的和愉快的微笑啊!

当我读到最后的时候,我突然想起几个星期前在某个夜晚写的一首有点特别的诗,那首诗讨论的也是荒原狼。我翻遍了挤得满满的书桌上的纸堆,找到了那首诗,读道:

> 我这荒原狼四处游荡,
> 世界白雪皑皑,
> 乌鸦从柏树上腾飞,
> 但找不到一只野兔、一只幼鹿!
> 我如此热爱幼鹿,

但愿我能够找到一只!
我将用牙齿、用利爪占有它,
这就是世上最美妙的事情。
我全心保护这柔美的动物,
深深咬进它娇柔的咽喉,
痛饮着它明红色的鲜血,
之后整晚都孤寂地嚎叫。
甚至一只野兔也能令我满足,
它温暖的肉体在夜晚散发着甜味——
唉,如果这一切已离我远去,
那么生命是否还有些微欢乐?
我尾巴上的毛发已经发灰,
我的视力也不那么清晰,
我的爱妻已死去多年。
现在我游荡并且梦想着幼鹿,
游荡并且梦想着野兔,
听冷风在冬夜里吹响,
用我灼烫的喉咙吞咽白雪,
我可怜的灵魂被送往魔鬼身边。

这样现在我手里就有了自己的两幅肖像画,一幅是这首偶韵诗①的自画像,就像我本人一样畏缩而又悲伤,另一幅非常冷静,以看起来的高度客观性绘制而成,是由外而内、居高临下的观察,由一个比我自己所知更多或者更少的人写就。把这两幅画像放在一起,我沉郁而磕磕绊绊的诗作和陌生人写下的那份机智的研究,这两者都令我痛苦,这两者都有道理,这两者都毫无粉饰地绘制出了我缺乏慰藉的存在,这两者都清清楚楚地展现出了我状态的难以忍受和不可维系。这匹荒原狼一定要死去,他一定要亲手终结自己所憎恨的这种生活——或者他一定要在重新开始的所谓的自省那致死的烈火中熔化,改头换面,撕下自己的面具,走上崭新的成为自我的道路。唉,这个过程对我来说并不是什么新鲜和陌生的事情,我了解它,我已经经历过了许多次,每次都是发生在最绝望的时刻。每一次在这种艰难的、掘地三尺的经历中,我的自我都会被打成碎片,每一次,深渊的力量都会撼动和摧毁它;每一次,我生命中都有我精心维护和特别喜爱的东西不再忠于我,而我失去了它们。有一次,我丧失了市民社会里的名誉,失去了我所有的财产,不得

---

① 指每两行押韵的诗体。

不学会放弃那些到那时为止都会对我脱帽致敬的人的尊敬。还有一次，我在一夜之间面临了家庭的崩溃，我的妻子将我赶出了家宅与舒适的生活，爱情与信任突然变成了仇恨与致命的搏斗，邻居们同情又轻蔑地注视着我。我的孤寂就从那时开始。过了一年，过了艰难、苦涩的一年，我在严苛的孤独和勤奋的禁欲中建立了一种精神和美学层面的生活与理想，重新抵达了某种寂静生活的高度，沉浸于抽象的思维练习和有着严格规律的冥想，然后这种生活形态也崩溃了，突然失去了它崇高的意义。我借助疯狂而令人疲惫的旅行再次穿越世界，冲向新的苦难与新的罪恶。每次面具被撕下、理想走向崩溃，这种可怕的空虚和寂静就会预先降临，这是一种致命的困厄、孤寂与无所依凭，如今我就漫游在其中。

当我生活中每一次发生令人震撼的事情的时候，我在最后都有所收获，这是不可否认的，比如自由、精神和深度方面的收获，但是也有孤寂、不被理解和冷漠方面的增进。从市民的角度看，我的生活在经历这些震撼的时候是不断地在下行，是在与正常的、得到允许的和健康的事物渐行渐远。随着时间的流逝，我已经不再有职业，不再有家庭，不再有故乡，置身于所有的社会团体之外，独自一人，得不到任何人的爱，受到许多人的猜忌，不断与公众舆论和道德发生苦涩的冲突，尽管我依然生活在市民阶层的框架里，但我在这个世界上的全部感受和思想就像是一个异乡人一样。宗教、家庭、故乡和国家在我看来都失去了价值，与我不再有任何关系，科学、行会和艺术的自命不凡令我作呕，我的观念、我的品位、我的全部思想曾经让我作为一个天赋出众、备受喜爱的人而熠熠生辉，现在却都已经丧失，我变得狂野，引人怀疑。如果说我在所有这些如此痛苦的转变中赢得了某种看不见的也难以衡量的事物——那么我就不得不付出更高昂的代价，我的生活就一次次变得更严酷，更艰难，更孤寂，更危险。诚然，这条道路始终都在把我带往更稀薄的大气处，就像尼采那首秋日之歌①中的烟霭，我没有理由希望在这条路上继续走下去。

唉，我的确熟悉这样的经历、这样的转变，这就是命运为它那些忧虑的孩子、为它那些难以应付的孩子所准备的，我太熟悉这一切了。我熟悉它们，就像

---

①尼采的原诗题目为《变得孤寂》，涉及烟霭的部分为"如今你苍白伫立/命定迟游在冬季/好似一缕烟霭/寻觅着寒冷天空"。

一位野心勃勃却无所收获的猎手熟悉狩猎的陷阱，就像交易所里的老赌棍熟悉投机、盈利、危险、震荡和破产的陷阱。难道我真的应该把这一切再经历一遍吗？所有这些折磨，所有这些迷乱的困境，所有这些对自我的卑鄙与无价值的洞察，所有这些面对磨难的可怕恐惧，所有这些对死亡的畏惧？难道更聪明和更简单的做法不是避免重复这么多的苦难，使自己挣脱尘世吗？当然，这样更简单也更聪明。尽管那本有关荒原狼的小册子对"自杀者"下了论断，说这是某一种或者是另一种方式，但是没有人能够阻止我的这一享受，借助煤气、剃须刀片或者手枪让自己免于重复这个进程，我如今真的时常深深地品味它那苦涩的痛楚，已经品尝够了。不，所有的魔鬼、世界上任何的强力都不能要求我再一次带着对死亡的战栗与自我相遇，再一次进行新的塑形工作、新的道成肉身，它的目标和终结本来也不是平静和安宁，而是永远全新的自我毁灭，永远全新的自我塑造！即便自杀是愚蠢、怯懦和卑劣的，即便这是一种不名誉的和可耻的紧急出路——在经历过痛苦的磨难之后，每一条出路，即便是最卑鄙的出路也令人发自内心地渴望，在这里，已经不再有高贵勇敢和英雄主义的戏剧，我在这里面临着一个简单的抉择，是忍受微不足道、转瞬即逝的痛苦还是面对熊熊燃烧、无穷无尽的受难。在我如此艰难、如此疯狂的人生中，我已经太经常地扮演高尚的堂吉诃德，为了荣誉放弃舒适，为了英雄主义放弃理智。已经够了，就这样结束吧！

当我最终上床躺下的时候，清早已经透过窗户发出了呵欠声，那是一个冬雨之日铅灰色的沉闷清早。我躺到床上的时候下定了决心。但非常奇特的是，就在我入睡前的片刻，在我意识的最后边缘，荒原狼那本小册子里一个奇特的段落电闪雷鸣一般地穿过我的脑海，那是关于"不朽之物"的发言，与这跳闪的记忆相连的是我有几次感觉到自己已经非常接近不朽了，就在不久前，我还有一次这样的感觉，在古老音乐的一处节拍里品味到了不朽者那非常清凉、明亮、带有坚强微笑的智慧。这个记忆浮现出来，闪光、熄灭，然后睡眠就像一座山一样沉重地压到了我的额头上。

我在接近中午的时候醒来，立刻发现自己处于一种被看透的状态，那本小册子和我写的诗放在床头柜上，我的决定透过我最近生活的混乱友善而冷静地注视着我，在一夜之后变得饱满和坚实。没有必要仓促行动，我赴死的决定并不是一时兴起，它是一种成熟、持久的果实，慢慢生长，变得沉重，在命运之风中轻轻摇摆，下一次撞击就定会使它坠地。

我在自己的旅行药箱里存有一剂非常出色的止痛药，这是一种非常强效的鸦片酊，我只是偶尔才享受，经常一连几个月都不去用它。只有在肉体上的疼痛将我折磨到难以忍受的地步的时候，我才使用这剂强效的麻醉药。可惜它不适合用来自杀，我在许多年前试过一次。那时我突然深陷绝望，于是吞咽了相当大的剂量，足以杀死六个人，但是它没有能够杀死我。尽管我睡着了，在彻底麻醉的状态下睡了好几个小时，但之后却经历了可怕的失望，我因为剧烈的胃痉挛半醒过来，在迷迷糊糊的情况下就把所有麻醉药都吐了出来，然后又睡着了，第二天中午，我最终醒来，陷入一种可怖的清醒，头脑灼热而空空荡荡，几乎失去了记忆。除了一段时间的失眠和令人困扰的胃痛之外，这剂麻醉药没有留下其他的后遗症。

也就是说，这个方法不在考虑之列。但我现在决定采取这样的形式：当我再次不得不使用那剂鸦片酊的时候，我就不应该只是允许自己得到这种短暂的解脱，而是应该享受莫大的解脱，也就是死亡，而且是一种稳固的、可靠的死亡，用子弹或者是剃须刀片来解决。这样一来，情况就清楚了——按照荒原狼小册子上提出的可笑的药方，要等到我五十岁生日那天，对我来说太久了，还有两年。无论是在一年后还是在一个月后，还是就在明天——大门始终敞开着。

我不能说这个"决定"在很大程度上改变了我的生活。这个决定让我对痛苦多了一丝淡漠，在使用鸦片酊和酒精的时候多了一丝无所顾忌，在面对我耐力的边界的时候多了一丝好奇，这就是一切了。那天晚上其他的经历产生了更强大的影响。有时候我还会翻阅那篇有关荒原狼的论文，有时沉浸其中，心怀感激，好像我知道有一个看不见的魔术师正在明智地指引着我的命运，有时对这份论文的清醒表现出讥讽与蔑视，因为它似乎完全没有理解我的生活特殊的基调和张力。有关荒原狼和"自杀者"的论述尽管非常出色和机智，但是适用的是一个类型、一种典型，是一种非常具有精神性的抽象概念。与之相反，我这个人、我实际上的灵魂、我自己独一无二的个体命运对我来说却无法被罗织在这样一张粗糙的网中。

但那面教堂墙壁上的幻象或者是映象却比所有其他事物更令我挂虑，那些跳闪的灯光字母具有预言性质的宣告与论文中的暗示保持着一致。那时它向我允诺着许多东西，那个陌生世界的声音狂暴地激发了我的好奇心，我经常花费几个小时的时间非常沉浸地思考着它。然后那些文字的警告在我看来越来越清晰："不为每个人！"和"只为疯狂者！"也就是说，如果那个声音触及了我，如果那个世界在和我说话，我肯定就是疯狂者了，肯定就已经远离了"每个人"。上帝啊，难道我不是早就已经和所有人的生活、和普通人的存在与思考方式离得足够远了吗？难道我不是早就彻底孤身一人，彻底发疯了吗？但我在内心深处还是非常清楚地听懂了那声呼唤，它要求人们变成疯人，抛弃理性、束缚和市民特质，献身于灵魂和幻想那奔流不息、没有固定法则的世界。

有一天，当我又一次徒劳地在街头和广场上搜寻那个举着海报杆的男人以后，当我在那面有一扇看不见的门的墙边潜伏着摸索过几次以后，我在城郊的马丁区遇到了一个出殡的队列。我看着走在棺车后面的哀悼者的面孔，产生了一个念头：在这座城市里，在这个世界上的什么地方还有一个人，他的死亡对我来说意味着一种损失？在什么地方还有一个人，我的死亡对他来说还有所意味？好吧，尽管还有我的恋人埃丽卡，但我们已经很长时间处在一种非常松散的关系里，很少见面，并没有经过任何争吵，我现在甚至都不知道她住在哪里。她偶尔会来找我，或者是我去找她，因为我们两个都是寂寞和孤僻的人，所以我们的灵魂和灵魂的疾病在某种程度上也有亲缘关系，无论如何，我们两个之间依然存在着联系。但是如果她获悉我的死讯，她会不会松一口气，感到如释重负？我不知道，我也不知道我自己的感情是否可靠。要知道这类事情，我们必须生活在正常的和有可能的地带。

在这段时间里，我一时兴起，加入了送葬的队列，跟着哀悼者走向了墓园，那是一座现代化的水泥墓地，带有焚化炉和所有配套设施。我们这位死者却没有被焚化，他的棺材被放进了一个简朴的坟坑，我观察着牧师和殡仪馆其他几个秃鹫一般的工作人员的举止，他们想要显得非常庄重和哀伤，却因为浮夸的演技、尴尬和虚伪的用力过猛的动作而让仪式显得像是一场喜剧，我看着他们黑色的工服下摆飘扬起来，看着他们努力引导哀悼的人群进入情绪，迫使他们在庄严的死神面前屈膝下跪。这些努力是徒劳的，没有人哭泣，死者似乎对所有人来说都无关紧要。也没有人被这种虔诚的情绪说服，当牧师一再将人群称为"亲爱的基督教友们"的时候,所有这些商贩和面包师还有他们的妻子那沉默和例行公事的面孔就带着痉挛的肃穆低垂下去,尴尬而又虚伪,除了尽快结束这个令人不适的仪式之外没有其他愿望。这时,仪式结束了,两位站在最前面的基督教友和演讲者握了握手,在石栏上面蹭掉了埋葬死者时沾在鞋子上的湿土,这些面孔立刻变回了平日里人类的状态,有一张面孔在我眼里突然变得熟悉起来——我觉得,那就是当时举着海报杆、把那本小册子塞到我手里的那个男人。

在我觉得我认出他来的一瞬间里,他转过身去,弯下腰来,整理自己的黑裤子,小心翼翼地把裤脚卷到鞋子上面,然后匆匆跑开了,手臂下面夹着一把雨伞。我跑在他身后,追上了他,对着他点了点头,但是他似乎没有认出我来。

"今天没有夜间娱乐吗?"我问道,试图冲他挤挤眼睛,就像共同知道一个秘密的人们会对彼此做的那样。但是那件事已经过去很久了,我的生活方式也的确已经让我忘记了如何说话。我觉得我只不过是做了一个愚蠢的鬼脸。

"夜间娱乐?"那个男人嘟囔着,讶异地看着我的脸,"您去黑鹰酒馆吧,朋友,如果您需要的话。"

实际上，我已经不再确定那到底是不是他了。我失望地继续走下去，不知道去哪里，对我来说，已经不存在目标，不存在追求，不存在义务了。生活的味道苦涩得可怕，我感觉到这种长期以来不断增长的恶心抵达了巅峰，感觉到了生活如何将我驱赶和抛弃。我愤怒地奔跑，穿过灰暗的城市，所有事物在我看来都散发着湿土与墓地的气味。不，我的坟头上不能站立着这样的食尸禽鸟，穿着长袍，念着感伤的基督教友之类的叽叽喳喳的废话！唉，无论我望向何处，无论我将自己的思绪寄托在何处，我都找不到欢乐，找不到对我的召唤，找不到诱惑，所有事物都散发着腐败的陈旧臭气，散发着腐败的半心半意的满足的臭气，一切都衰老、枯萎、灰暗、疲软和消耗殆尽。亲爱的上帝，这怎么可能呢？我怎么可能遭遇这一切，我这曾经如虎添翼的青年、诗人、缪斯之友、世界漫游者和热血的理想主义者？我怎么就慢慢地、悄悄地遭遇了这一切，这种瘫痪无力、这种针对自我和一切事物的仇恨、这种所有情感的壅塞、这种深刻而恶毒的怨怼、这种内心空虚和绝望的肮脏地狱？

当我经过图书馆的时候，我遇到了一位年轻的教授，我以前偶尔会和他交谈几句，在我上一次来到这座城市的时候,在好几年前,我甚至多次探访他的住所,和他一起谈论东方神话,那时候我非常专注于这个领域。这位学者向我走来,体态僵硬,有些近视,直到我几乎要与他擦肩而过的时候才认出我来。他非常诚挚地问候了我,而我心境凄凉,只能表现出半心半意的感激。他很高兴,变得活跃起来,提到了我们过去的几次交谈,向我保证他很感谢从我这里学到的东西,经常会想起我,自那以后,他也很少能和同事进行如此具有启发性、如此富有成果的争论。他询问,我是什么时候来到这座城市的(我撒了谎:刚来几天),为什么没有来看望他。我看着这个中规中矩的人博学而又善良的面孔,觉得这幅场景实际上很好笑,却还是像一只挨饿的狗一样享受着这一点温暖、这一滴爱意、这一份认可。荒原狼哈里感动地咧嘴笑了,干燥的咽喉里汇聚起了唾液,感伤的情绪再次违背了他的意志,压弯了他的脊背。是的,我热切地说着谎话,说我只是路过这里,为了做些研究,身体也不是很舒服,否则我当然会去拜访他。当他诚恳地邀请我今天傍晚去他家的时候,我也感激地接受了,托他问候他的妻子,这种热切的言谈和微笑令我的两颊生疼,因为我并不习惯如此发力。我,荒原狼哈里,站在街边，感到吃惊，受到谄媚，表现出友善和殷勤，对这个友善的人那张眼睛近视而又善良的面孔露出微笑，而与此同时，另一个哈里也站在一旁咧嘴笑着，在那里一边笑一边思考着，我是一个多么独特、扭曲而又虚伪的家伙，在两分钟前还残酷地对整个受诅咒的世界露出了牙齿，现在却被一位值得尊敬的谦逊市民的第一声呼唤、第一声无害的问候打动，热情得过了头，说着"好的"和"阿门"，在享受着这一点舒适、尊敬和友善的时候就像一头小猪在泥泞里打滚。这两个哈里都对彼此非常缺乏好感，他们就这样站在这位循规蹈矩的教授面前，彼此嘲笑，彼此观察，彼此啐唾沫，就像每次遇到这个问题的时候一样，他们再次提出了那个问题：现在这种情况只是人性的愚蠢和软弱，是普遍的人类命运，还是说这种多愁善感的个人中心主义、这种性格的缺失、这种肮脏和这种情感上的分裂仅仅是荒原狼的个人特质？如果这种卑鄙属于普遍的人性，那么我就可以带着全新的分量将我对世界的蔑视砸过去。如果这只不过是我个人的弱点，那么这就会促成自我蔑视的狂欢。

两个哈里之间的争吵让我几乎忘记了那位教授。他突然在我看来又变得麻烦起来，我急着甩掉他。我长久地目送着他,看着他在枝叶落尽的林荫道上远去,迈着一个理想主义者和一个虔诚者那善意而又有些可笑的步伐。我的内心掀起了一场激战,当我机械地弯曲又伸直我僵硬的手指,与那暗中加剧的痛风做斗争的时候,我不得不承认我让自己掉进了陷阱,现在我已经答应在七点半去用晚餐,同时也把保持礼貌、讲学术废话和观察别人家庭幸福的义务拴到了自己的脖颈上。我愤怒地回家,把白兰地和水掺在一起,就着它咽下了我的痛风药片,躺在长沙发上,试着读书。我终于成功地读了一会儿《索菲从梅梅尔到萨克森的旅行》,读了一会儿这本18世纪的迷人消遣书,我就突然又想起了那个邀约,想起我还没有剃须,还必须穿戴整齐。天知道我为什么要这样做!好了,哈里,站起来,把你的书放到一边,涂上肥皂,用力刮下巴,穿好衣服,享受一下人类的舒适生活!在给自己涂肥皂的时候,我想起了墓园里那个肮脏的黏土坑,今天那个陌生人就被放到了那里面,想起了那些百无聊赖的基督教友皱皱巴巴的脸孔,没有办法表现出嘲笑。我觉得,在那里,在那个肮脏的黏土坑里,伴随着牧师那愚蠢而尴尬的话语,伴随着哀悼者愚蠢而尴尬的举止,伴随着所有白铁和大理石制成的十字架和墓碑那无法给人慰藉的景象，伴随着所有铁丝和玻璃做的假花，在那里走向结束的似乎不仅仅是这个陌生人的生命，也不仅仅是明天或后天就被掩埋、被哀悼者的尴尬和谎言埋入泥土的我的生命，不，一切都是这样走向了终结，我们的全部追求、我们的全部文化、我们的全部信仰、我们生活中全部的乐趣与欲望，这一切都已经非常病态，很快也会在那里得到埋葬。一座墓园就是我们的文化世界，在这里，耶稣和苏格拉底、莫扎特和海顿、但丁和歌德都只不过是生锈的白铁墓碑上几个渐渐被磨灭的名字，被尴尬而虚伪的哀悼者环绕着，如果还要他们相信这些曾经对他们来说无比神圣的墓碑，那就太艰难了，就连对这个正在走向衰亡的世界说上一句诚恳的、严肃的话语来表示哀悼与绝望，对他们来说也太艰难了，因此他们也只能带着尴尬站在一座坟墓周围咧嘴笑着。我愤怒地刮伤了下巴上那块每次都会刮伤的地方，用盐水给伤口消了消毒，但是不得不换掉刚刚戴上的新衣领，心里完全不知道我到底为什么要做这些事情，因为赴约这件事情没有给我带来丝毫的乐趣。但是哈里的另一部分又粉墨登场，说这位教授是个令人喜爱的家伙，渴望着一点人类的气息、胡话和社交，想起教授那位漂亮的夫人，觉得在一位友善的主人家里度过傍晚的念头在根本上还是非常振奋人心的，而且帮助我在下巴上贴上了一块英国创可贴，穿好衣服，打了一条体面的领带，并且温柔地打消了我遵循实际心愿留在家里的念头。与此同时，我想道：我现在这样穿戴整齐走出门，拜访这位教授，或者多多少少地和他交换一点虚伪的场面话，做这一切的时候心里并不情愿，其实大部分人都是这样过着强制性的生活，做出行动，一天又一天，一个小时又一个小时，自己心里并不情愿，造访他人，进行闲聊，坐在官僚机构或是办公室里，所有一切都是强制的、机械的、不情愿的，所有一切都同样可以被机器替代，或者不做也罢。而这种永恒运作的机制阻止了他们，就像阻止了我对自己的生活进行批判，认识并且感受到自己的愚蠢与浅薄，自己可怕地对这些可疑的事情所报以的冷笑，自己那毫无希望的哀伤与荒芜。哦，他们是正确的，非常正确，这些人就这样生活着，玩着他们的小把戏，追随着它们的重要性，而不去反抗这种令人忧伤的机制，绝望地凝视着虚空，像我这个脱轨的人做的那样。如果我在这几页里偶尔对人类表现出了轻蔑甚至是嘲弄，那么也不会有任何人认为我是在归罪于他们，是在控诉他们，是想让其他人为我个人的痛苦负责！但我现在已经走得这么远，站在了生活的边缘，陷入了无底的黑暗，如果我试着自欺欺人，认为那种机制在我身上也还在运转，认为我也还属于那个温和而天真的永恒游戏的世界，那么我就是做错了，就是在说谎！

这个黄昏也过得格外神奇。我在我熟人的家门前站立了片刻，仰望着窗户。那里住着那个人，我想着，年复一年地做着他的工作，读书，写文章，寻找着小亚细亚神话与印度神话之间的关联，并且对此感到满足，因为他相信自己工作的价值，他相信科学，他是科学的仆人，他相信纯科学的价值，相信积累的价值，因为他相信进步，相信发展。他没有经历过战争，没有体验过爱因斯坦给目前为止的思想基础带来的震慑（他认为这只是与数学家有关的事情），他没有看出来，下一场战争是如何在他的周围酝酿，他认为犹太人和共产党人是值得憎恨的，他是一个善良、不假思索、热爱享乐、自视甚高的孩子，他过于让人嫉妒了。我努力振作起来，走了进去，受到了穿着白围裙的女佣的接待，出于某种预感，我注意到了她给我挂衣帽的地方。我被带到了一个温暖明亮的房间里，被请求在那里等待片刻，我没有念一段祷文，或者是稍微眯一会儿,而是遵循了某种游戏的冲动,把离我最近的东西拿到了手里。那是一小幅有画框的画作,原本放在圆桌上面,一个硬纸盒的盖子把它斜撑了起来。那是一幅铜版画,画的是诗人歌德,一位性格鲜明、有着天才一般的发式的老人,面孔被塑造得非常俊美,既不缺少那双著名的火焰一样的双眼,也不缺少略微属于宫廷人士的粉饰过的孤独和悲伤,画家尤其努力刻画这一点。他成功地赋予了这个魔鬼一般的老人某种教授或者是演员式的克制和谦逊的特性,却没有损害他的深度,最重要的是,把他塑造成了一位真的非常俊美的老先生,可以装饰每位市民的家宅。也许这幅画并不比其他这类画作,并不比所有这些由勤奋的艺术工匠制作出来的温和的救世主、使徒、英雄、思想家还有政治家的画像更愚蠢,也许它只是因为某种值得称道的精湛技艺才如此激怒了我。无论如何,我已经受够了刺激和负累,这幅虚荣而又自我炫耀的老年歌德画像就像一种致命的噪音在对着我喊叫,告诉我我来错了地方。在这个家里住着的是形态优美的老年大师和民族伟人,而不是荒原狼。

如果这个家的男主人现在走进来,我也许还能够有幸用一个可以接受的借口离开。但走进来的是他的妻子，我便听天由命，尽管我已经预感到了灾祸。我们互相问候，第一声噪音后紧接着的是更加响亮的新的噪音。女人夸我看起来气色不错，而只有我自己清楚，我自从和他们上次会面以后，这几年间里老了多少，仅仅是和她握手，我痛风的手指的痛楚就让我以致命的方式想起了这一点。是的，然后她问道，我可爱的妻子怎么样了，我不得不告诉他，我的妻子离开了我，我们的婚姻破裂了。教授进来的时候我们都很高兴。他也很真挚地问候了我，这种场景的荒谬和滑稽顿时找到了可以设想的最佳表达。他手里正拿着一份报纸，那是他订阅的一份报纸，一份鼓吹军队和战争的党派的报纸，当他和我握过手以后，他指着报纸讲道，上面提到了一个我的同姓表亲，政论作者哈勒，那一定是一个没有祖国的坏家伙，他取笑皇帝，承认自己的祖国在面对战争爆发时要负的罪责并不少于那些敌国。这得是一个什么样的家伙！好了，这个家伙在这里得到了说法，评论非常尖锐地驳倒了这个害人的家伙，把他钉上了耻辱柱。但当他看出我对这个话题不感兴趣的时候，我们还是换了其他的话题，这两个人真的丝毫都没有想过，这个卑鄙的人有可能就坐在他们面前，事实也正是如此，这个卑鄙的人就是我。

好吧，为什么还要制造噪音，扰乱这些人的心绪呢！我在心里大笑着，但是也感受到了一些舒适。这一瞬间我记得清清楚楚。就在教授谈起背叛祖国的哈勒的一瞬间里，我心里最恶劣的抑郁和绝望的感受变得浓稠，它们在送葬的场景之后就在我的内心堆积，一直在变得越来越强烈，变成了一种混乱的压力，一种可以在肉体上（在下肢）感受到的困境，一种令人窒息、充满恐惧的宿命感。有某种东西在准备伏击我，我感觉到，有一种危险正在从背后悄悄接近我。幸好这时传来了通报，说饭菜已经准备好了。我们走进餐厅，当我不断地努力说出或者是问出某些无害的事情的时候，我吃得比平时更多，感觉我每一秒钟都在变得越来越悲惨。上帝啊，我一直在想，我们为什么要如此费力？我清清楚楚地感受到，我的主人感觉也非常不好，努力装出开朗的样子，也许是因为我才产生了这种使人瘫软的感觉，也许是因为家里有其他败坏兴致的事情。他们向我问起了许多我无法给出坦率回答的事情，很快我就完全是在说谎了，说出每个词的时候都在和恶心搏斗。最终，为了转移话题，我开始讲述我今天旁观的这次葬礼。但是我没有找到正确的语调，我的幽默表达反而败坏了兴致，我们的对话越来越松散，我心里的荒原狼露齿而笑，在吃甜品的时候我们三个人都彻底沉默下来。

我们回到了最开始的那个房间，喝了一点咖啡和烧酒，这也许对我们有一点帮助。但这时，那位诗人王侯又映入了我的眼帘，尽管他已经被放到了旁边的一个五斗橱上。我没有办法摆脱他，尽管并不是没有听到内心里警告的声音，我还是又把它拿到了手里，与他开始了争辩。我被一种感觉占据，也就是这样的境况是难以忍受的，我现在必须成功地做点事情，要么就是让我的主人感到温暖，吸引他们，让他们对我的观点表示赞同，或者就是引发一场彻底的爆炸。

"我们最好希望，"我说道，"歌德看起来并不真的是这副模样！这么虚荣，这么惺惺作态，这种讨好尊主的故作尊严，还有这种隐藏在男子气概的外表之下最为温和的多愁善感的世界！我们当然可以反对他，我也经常反对这个自命不凡的老人，但是以这种方式展现他，不，这太过分了。"

女主人给我倒满了咖啡，脸上带着深深的痛苦，然后她匆匆走出了房间，她的丈夫半是尴尬半是责备地向我解释，这幅歌德的画像是他妻子的，她特别喜欢它。"即便您在客观上是正确的，而且我对这一点也表示怀疑，您也不必如此粗暴地表达出来。"

"您说得对，"我表示承认，"可惜这是我的一种习惯、一种恶习，总是选择尽可能粗暴地表达，何况歌德在自己的好日子里也是这么做的。这位甜美的市侩沙龙里的歌德当然从来没有使用过某个粗暴的、真实的、直接的表达。我请您和您的妻子原谅我——请您告诉她，我患有精神分裂症。我也请求您允许我告辞。"

这位狼狈不堪的先生尽管还是找了几个借口，再次谈起我们过去的交谈是多么的美好和激动人心，是的，我对密特拉和奎师那的猜测在当时给他留下了深刻的印象，他希望今天也能继续……如此等等。我向他道谢，说他的话语非常友善，但可惜我对奎师那的兴趣还有我进行科学谈话的兴趣都已经全部消散，我今天向他说了很多次谎，比如我不是才来到这座城市几天，而是已经来了几个月，但是我独自居住，不再适合与教养良好的家庭来往，因为首先我一直心绪不佳，其次我在酗酒。此外，为了收拾好残局，至少不要作为一个骗子离开，我不得不向这位尊敬的先生解释说，他今天真的深深地侮辱了我。他把一个愚蠢、顽固、无所事事的军官在一份落后报纸上发表的对哈勒观点的言论据为己有，这不是一位学者应有的立场。这个"家伙"，这个没有祖国的哈勒正是我本人，如果至少还有一两个人认可理性，热爱和平，而不是盲目而狂热地挑唆一场新的战争，这对我们的国家和这个世界都要更好。就这样吧，其余的事情听凭上帝指引。

于是我站起身来，同歌德和这位教授告辞，从衣帽架上夺下我的东西，一路跑开了。在我的灵魂里，那匹幸灾乐祸的狼发出了高声的嚎叫，两个哈勒置身于一场暴力的喜剧。因为我很快就弄清楚了，这段令人不快的傍晚时光对我的意义远远胜过对那位愤怒的教授的意义。对他来说，这是一次失望的重聚，是一桩小小的令人气恼的事情，对我来说却是最后一次失败与逃离，是我与市民的、道德的、学者的世界的诀别，是荒原狼的一次完胜。这是作为逃亡者与战败者的诀别，是我自己的破产声明，是毫无慰藉、毫无优越感、毫无幽默感的诀别。我与我往昔的世界和家园诀别，与市民特性、道德、博学诀别，就像一个患有胃溃疡的人与烤猪肉诀别。我愤怒地在街灯下奔跑着，愤怒而又痛不欲生。这是多么缺乏慰藉、令人羞耻、无比邪恶的一天啊，从早晨到傍晚，从墓园到在教授家里的那一幕！为了什么？为什么？难道继续背负这样的梯子，继续吞咽这样的羹汤还有什么意义吗？不！所以我今天夜里要结束这出喜剧。回家吧，哈里，割断你的咽喉！你已经等了很久。

我穿过街巷来回奔跑着，被痛苦驱使。当然，冲着善良人的沙龙品味啐上一口是我做的蠢事，这件事情愚蠢而有失体面，但我现在已经做不出其他的事情了，我已经无法继续忍受这种驯顺、虚伪、体面的生活了。既然我好像也已经没有办法忍受孤独，既然我对与自己相处怀有着如此难以言喻的憎恨，感到恶心，既然我在地狱那真空的空间里走向了扼杀自己的窒息，那么哪里还有一条出路？根本就没有出路。父亲和母亲啊，我青春时期遥远而圣洁的火焰啊，我生活中的上千种愉悦、工作和目标啊！这一切都没有留存在我的身边，甚至没有懊悔，只有恶心与痛苦。我觉得，这种仅仅是必须活下去的状态从来没有像在这一刻这么令我痛苦。

我在一家让人无法感到慰藉的城郊小酒馆里休息了片刻，喝了掺水的白兰地，继续奔跑着，被魔鬼驱赶着，来来回回地经过老城区陡峭弯曲的街巷，穿过林荫道，路过火车站前的广场。继续旅行吧！我想道，走进火车站，盯着墙上的列车时刻表，喝了一点酒，试图静下心来思考。我开始看到我所畏惧的幽灵越来越靠近，越来越清晰。那就回家，回到我的小房间里，不得不在绝望面前保持一动不动！即便我再到处奔跑几个小时，我也无法摆脱这件事情，我也还是要回到我的家门口，来到我的书桌前，来到上面挂有我恋人照片的长沙发上，面对拔出剃须刀片、割断喉咙的那一刻。这幅场景越来越清晰地浮现在我的脑海里，越来越清晰，我的心疯狂地跳着，感受到了一种巨大的恐惧：对死亡的恐惧！是的，我对死亡怀着可怕的恐惧。尽管我看不到任何其他出路，尽管恶心、痛苦和绝望都高耸入云地环绕着我，尽管没有什么还能够吸引我，给我带来愉悦和希望，我还是对处刑、对最后的时刻、对撕裂自己肉身的冰冷刀片感到难以言表的恐惧！

我看不到逃脱这种恐惧的出路。如果在今天这场绝望与怯懦的斗争中取胜的也是怯懦，那么我在明天或者任何一天都会陷入新的绝望，而且还会因为自我轻蔑变得更强烈。我会将刀片在手里拿上很久，然后又抛开，直到最终下手。那么最好就在今天！我理智地对自己说着话，就像对一个惊惧的孩子说着话，但这个孩子不听话，他跑开了，他想要活着。他跳动着，拖拽着我继续穿过城市，我绕着我的居所兜着大圈，永远都想着要回家，永远都在犹豫。我始终在这里或者那里的小酒馆待上一会儿，喝一杯或者是两杯酒，然后这个孩子继续追赶着我，围绕着目的、围绕着剃须刀片、围绕着死亡兜着更大的圈子。我累得半死，有时坐在一张长椅上，有时坐在一座喷泉的边缘上，有时坐在一块墙角石上，听我的心怦怦地跳着，拭去额头上的汗水，又继续奔跑着，充满了对死亡的恐惧，充满了火光闪现的对生命的渴求。

这个孩子就这样拖着我，在深夜来到了一个我不太熟悉的偏僻郊区，走进了一家酒馆，窗户后面，激烈的舞曲震耳欲聋。我经过的时候在门口一个旧招牌上读道：通往黑鹰酒馆。里面是狂欢之夜，充斥着喧嚣的人群、烟雾、酒气和叫喊声，后面的大厅里有人跳舞，舞曲就在那里喧嚣。我待在前厅里，这里待的都是质朴的、有一部分甚至衣衫褴褛的人们，而后面的舞厅里也能够瞥见一些优雅的人物。我被人流推着穿过大厅，来到了吧台旁边的一张桌子那里，一位漂亮苍白的少女坐在靠墙的长椅上，穿着一件衣领很低的轻薄舞裙，发间插着一朵枯萎的花。当我靠近的时候，这个少女专注而友善地注视着我，微笑着往旁边挪了挪,给我腾出了位置。

"我可以坐吗?"我问道,在她身边坐了下来。

"当然,你可以坐,"她说道,"那么,你是谁?"

"谢谢,"我说道,"我没有办法回家,我做不到,我做不到,我想待在这里,和您待在一起,如果您允许。不,我不能回家。"

她点了点头,好像理解了我的意思。在她点头的时候,我观察着她那从额头垂到耳边的鬈发,发现那朵枯萎的花是山茶花。音乐声从对面砸过来,在吧台那里,女侍匆匆高喊着顾客点的单子。

"那就待在这里吧。"她说道,说话的声音令我觉得很舒服,"那么,你为什么不能回家?"

"我做不到。家里有某种东西在等待着我——不,我做不到,那太可怕了。"

"那就让它等着,待在这里吧。来吧,先把你的眼镜擦干净,你已经看不清东西了。那么,把你的手帕给我。然后我们喝点什么?勃艮第红酒?"

她把我的眼镜擦拭干净,现在我才清清楚楚地看到了她,那张苍白坚定的脸上有一张涂得血红的嘴,一双明亮的灰眼睛,一个平滑而冷酷的额头,耳边是梳理得很整齐的短鬈发。她善意又略带嘲讽地照料着我，点了酒，和我碰杯，然后低头看了看我的鞋子。

"我的天，你到底是从哪里来的？你看起来就像是从巴黎一路走过来的。你这可不像是来舞厅的样子。"

我说是也不是，微微笑了，让她继续说。我很喜欢她，我自己也很惊讶，因为直到目前为止我都在躲避这么年轻的女孩子，我更愿意带着怀疑观察她们。而她在这一刻对待我的方式非常恰当——哦，在这以后，她每时每刻对待我的方式都是非常恰当的。她对待我的态度充满了保护，就像我所需要的那样；也充满了嘲讽，就像我所需要的那样。她点了一块夹心面包，命令我吃下去。她给我斟酒，让我喝上一口，但不要喝得太快。然后她称赞我的顺从。

"你真乖，"她鼓励般地说道，"你没有让别人为难。我们要不要来打个赌，你上一次听从别人的话肯定是很久以前的事情了。"

"是的，您赌赢了。那么您是怎么知道的呢？"

"这没什么难的。听从别人就像是吃饭和喝水——如果谁太久没有做过这些事情，谁就不会表示反对。难道不是吗，你愿意听从我的话？"

"非常愿意。您什么都知道。"

"你让别人觉得轻松。也许，朋友，我可以告诉你，在家里等待你的东西是什么，你到底对什么抱有恐惧。但你自己也知道，我们不需要谈论这件事情，是吧？傻家伙！一个人要么就是把自己吊死，好吧，如果他把自己吊死了，他就有这么做的理由，要么他就是活下来，那只是因为他还关心生活。没有什么比这更简单的了。"

"哦，"我喊道，"如果有这么简单就好了！天哪，我已经足够关心生活了，但是没有什么用。把自己吊死也许很难，我不知道。但活着还远远更难，远远更艰难！天知道这有多么难！"

"好吧，你会看到的，这只不过是一桩儿戏。我们已经经历了开端，你已经擦过了眼镜，吃了东西，喝了酒。现在我们要刷一刷你的裤子和鞋子，这是有必要的。然后你要和我跳一场西迷舞①。"

"您看到了，"我热情地喊道，"我确实是有道理的！没有什么比不能遵守您的命令更让我遗憾的了。但是这个命令我就不能遵守。我不会跳什么西迷舞，我也不会跳华尔兹或者波尔卡，或者无论什么舞，我这一辈子从来就没有学过跳舞。您现在看出来了吧，

---

①西迷舞，风行于20世纪20年代的一种爵士舞。

并不是所有事情都像您以为的那么简单。"

这个美丽的少女那血红的唇间露出了微笑,然后她摇了摇那坚定的、留着少年一般的发式的头颅。在我看着她的时候,我觉得她很像罗莎·克莱斯勒,我还是个少年的时候爱过的第一个少女,但是罗莎有着棕褐色的皮肤和深色的头发。不,我不知道这个陌生的少女让我想起了谁,我只知道那来自非常久远的青春时期,来自少年时代。

"慢点,"她喊道,"慢点!也就是说,你不会跳舞?完全不会?单步舞也不会?你还宣称,天知道,你为生活付出了多少努力!你这就是在吹嘘了,年轻人,你这个年纪的人不应该这么做了。是的,你怎么能说你为生活付出了努力,如果你甚至都不会跳舞?"

"但我确实不会!我从来都没有学过。"

她发出了大笑。

"但是你学过读书和写字,是吧,还学过算术,可能还学过拉丁语、法语和所有类似的东西?我想和你打个赌,你上了十年或者十二年的中小学,很有可能也上了大学,也许甚至有博士头衔,会讲汉语或者是西班牙语。不是吗?是这样。但是你却没有花一点时间和金钱来上一两个小时的舞蹈课!唉!"

"这是因为我的父母，"我为自己辩护道，"他们让我去学拉丁语、希腊语和所有那些东西。但是他们没有让我去学跳舞，我们那里不流行，我的父母自己也从来都不跳舞。"

她非常冷漠地注视着我，目光充满了不屑，然后她的脸上又出现了某种令我回想起早年的青春岁月的东西。

"那么，也就是说，你的父母不得不为此负责了！你是不是也问过他们，你今天晚上能不能来黑鹰酒馆？你问过吗？他们早就去世了，你是这么说的吗？那好！如果你在青年时期因为非常顺从而不想学跳舞——这和我没有关系！尽管我不相信你在那时候是个模范少年。但是在那之后——你在那之后的所有这些年里都在忙些什么？"

"唉，"我承认，"我自己也不太清楚。我上过大学，玩过音乐，读过很多书，写了一些书，做了一些旅行——"

"你对生活有一些奇特的看法！也就是说，你总是在忙于艰难和复杂的事情，却根本没有学过简单的东西？没有时间？没有兴趣？这些和我都没有关系，谢天谢地，我不是你的母亲。但现在你却表现得像是已经彻底品尝了生活的滋味，却什么也没有找到，不，这样不行！"

"您别责备我！"我祈求道，"我已经知道我疯了。"

"好了，别给我唱这个调子！你绝对没有疯，教授先生，你对我来说甚至还不够疯！你有一种笨拙的机智，我觉得就像一位教授一样。来吧，再吃一块小面包！然后你再继续讲。"

她又给我点了一份小面包，加了点盐，抹了一点芥末，给自己切下了一小块，然后叫我吃。我吃了下去。我做了她吩咐我做的所有事情，除了跳舞。顺从于某个人，坐在某个向你提问、对你下令、向你发出斥责的人身边令人感觉非常舒适。如果那位教授或者他的妻子在几个小时前是这样做的，那么会给我省去多少麻烦。但是不，这样就很好了，不然我会错过多少东西！

"你到底叫什么名字？"她突然问道。

"哈里。"

"哈里？一个小男孩的名字！你也的确是一个小男孩，哈里，尽管你的头发已经有了几丝斑白。你是一个小男孩，你应该有个能够稍微照看你一下的人。我不再说跳舞的事情了。但是你看看你的发型！所以你没有一个妻子，没有一个宝贝吗？"

"我已经不再有妻子了，我们离了婚。我已经有一个宝贝了，但是她不住在这里，我们很少见面，我们相处得不是特别好。"

她轻轻地透过牙齿嘘了口气。

"你看起来真的是个难以相处的先生，没有女人能够留在你的身边。但是现在你说说，今天晚上到底发生了什么特别的事情，让你绕着世界跑了一大圈？吵架了？输钱了？"

这有点难以启齿。

"您看，"我开始了讲述，"实际上只是一桩小事。我受到了邀请，去一位教授家里——我自己可不是什么教授——实际上我根本就不该去，我已经不太习惯坐在别人家里闲聊了，我已经荒疏了这种技巧。我走进他家的时候就有一种感觉，事情不会有好的进展——当我把我的帽子挂起来的时候，我已经在想，也许我很快又得戴上它了。是的，也就是说，在这位教授的家里，在桌子上有一幅画，那是一幅愚蠢的画，令我感到气恼……"

"那是什么样的画？为什么让你气恼？"她打断了我。

"是的,那幅画上画的是歌德——您知道,诗人歌德。但是画上的他并不是他实际上的长相——其实我们根本不清楚他实际上的长相,他已经去世一百多年了。但是某个现代画家按照自己的想象给歌德做了一个自以为是的造型,所以这幅画令我气恼,引起了我可怕的反感——我不知道您是否能够理解?"

"我非常能够理解,别担心。继续讲!"

"我之前就曾经和这位教授有过不一致的观点。他就像几乎所有的教授那样,是个热情的爱国主义者,在战争期间曾经顺从地帮着欺骗人民——当然,他自己也对此坚信不疑。但我是个反战主义者。好吧,这无关紧要。我继续讲。我本来没有必要盯着这幅画……"

"你确实没有这个必要。"

"但是首先,我为歌德感到遗憾,因为我非常、非常喜爱他;其次,我想——好吧,我想或者是我感觉到:当我和那些人坐在一起的时候,我把他们看作我的同类,我以为他们也和我一样喜爱歌德,对歌德的形象也有着和我一样的想象,但是现在他们把这幅毫无品位、虚伪不堪、加了蜜糖的画像放在家里,觉得它很漂亮,根本没有察觉到这幅画像所展示出来的恰好是歌德的精神的相反面。他们觉得这幅画像很美妙，他们这么想，本来与我无关——但是对我来说，对所有这些人的信任，对他们的所有友情还有拥有亲缘关系和归属感的感觉都破灭了、消散了。此外，这种友情本来也算不上伟大。也就是说，那时我愤怒而又悲伤地看到，我孑然一身，没有人理解我。您能明白吗？"

"很容易明白，哈里。然后呢？你把那幅画扔到了他们的头上？"

"没有，我贬斥了那幅画，然后跑开了，我想回家，但是——"

"但是家里没有妈妈来安慰或者是指责这个愚蠢的小男孩。现在好了，哈里，你几乎让我感到难过，你是个无与伦比的天真的孩子。"

当然，我似乎也看出了这一点。她给我倒了一杯酒让我喝。实际上，她和我在一起的时候就像妈妈一样。但是也有一些时刻，我看到了她是多么的年轻貌美。

"也就是说，"她又开始说话了，"也就是说，歌德在一百年前就去世了，哈里很喜爱他，对他有了一个美妙的设想，关于他看起来有可能是什么样子，哈里有权这么做，不是吗？但是那位画家，他也痴迷于歌德，为他画了一幅画像，但是他没有这个权利，那位教授也没有，实际上任何人都没有这个权利，因为这样不合哈里的口味，他没有办法容忍这个，他不得不发表一番斥责，然后跑开！如果他聪明，他就只是会对那位画家和那位教授报以嘲笑。如果他疯了，他就会把这幅歌德像砸到那位教授的脸上。因为他只不过是一个小男孩，所以他跑回了家里，想要把自己吊死……我很好地理解了你的故事，哈里。这是一个滑稽的故事。它让我发笑。等等，不要喝得那么快！勃艮第红酒要慢慢喝，否则就会喝得全身发热。怎么什么事情都必须由我来告诉你，小男孩？"

她的目光严厉而充满了警告，就像一位六十岁的家庭女教师的目光。

"是啊，"我满足地请求道，"您就告诉我所有事情吧。"

"我应该告诉你什么呢？"

"您想要告诉我的所有事情。"

"好，我告诉你一些事情。这一个小时里你都在听着我对你以'你'相称，但是你却一直把我称为

'您'①。永远都在学习拉丁语和希腊语，永远都把事情搞得尽可能复杂！如果一个少女和你以'你'相称，你又不反感她，你就也应该和她以'你'相称。就这样，你已经学到了一些东西。还有一件事情：半个小时以前我就知道了你叫哈里。我知道这一点，是因为我问了你。但是你却不想知道我叫什么名字。"

"但是我想知道，我非常想知道。"

"太晚了，小家伙！如果我们还能够见面，你可以再问我。今天我不会再说了。就这样，现在我想去跳舞。"

因为她做出了要站起身的姿态，我的情绪突然低沉了下去，我开始害怕她会离开，留下我独自一人，然后一切又会变成之前的样子，就像暂时消失的牙痛突然又回来了，火烧火燎一般，恐惧与惊骇也在这一瞬间卷土重来。上帝啊，难道我忘了有什么在等待着我吗？难道事情发生了什么变化吗？

"等等，"我恳求般地喊道，"您别——你别离开！你当然可以去跳舞，想跳多久就跳多久，但是别离开

---

①德语中的"您"使用范围很广，涉及所有不熟悉的人之间的关系与工作关系，几乎都是互相以"您"称呼，而"你"一般用来称呼亲近的人。

太久,要回来,要回来!"

她大笑着站了起来。我以为她站起来会很高挑,她很苗条,但是个子不高。她又让我想起了某个人——想起了谁?我想不起来。

"你还会回来吧?"

"我还会回来,但是要过一会儿,过半个小时或者是一个小时。我想要告诉你一件事情:闭上眼睛睡一会儿,这正是你所需要的。"

我给她让路,她走了。她的短裙掠过了我的膝盖,离开的时候她在一面圆形的小化妆镜里照了照自己,抬了抬眉毛,用一块小小的粉刷涂了涂下颌,然后就消失在了舞厅里。我环顾四下:陌生的面孔,吸烟的男人,大理石桌上泼溅的啤酒,到处都是呼喊与尖叫,此外还有舞曲。我应该睡一会儿,她说。唉,好孩子,你对我的睡眠真是有所预感,它比一只黄鼠狼还要羞怯!在这个新年集市上睡觉,坐在这样的桌边,在叮当作响的啤酒杯中间。我呷了一口酒,从口袋里掏出了一支雪茄,找寻着火柴,但实际上我并不想抽烟,我把雪茄放在我面前的桌子上。"闭上眼睛。"她这样对我说道。天知道这个女孩是从哪里得到了这样的声音,这种有些深沉的善良的声音,这种母性的声音。

听从于这个声音是一件很美好的事情，我已经知道了这一点。我顺从地闭上了眼睛，把头倚在墙上，听着上百种激烈的噪音在我的周围喧闹，对在这个地方睡觉的想法报以微笑，决定走到舞厅门口，朝里面偷偷瞥上一眼——我还是不得不看一看我美丽的女孩的舞姿，我的双脚在椅子下面刚刚动了起来，我就感觉到在几个小时的来回奔波之后，已经陷入了无尽的疲惫，于是就继续坐在那里。这时我已经睡着了，忠于那个母亲般的命令，贪婪而心怀感激地入睡了，做了一个梦，做了一个比我许久以来做的梦都要清晰和美丽的梦。我梦见：

我坐在一个老式的会客厅里等待着。在一开始，我只知道我在拜访一位尊贵的先生，然后我才想起来即将接待我的就是歌德先生。很可惜我不是完全以私人的身份造访，而是以某杂志记者的身份到访，这让我感到非常困扰，我无法理解，是哪一个魔鬼驱赶着我陷入了这般境地。此外，还有一只蝎子也令我感到不安，它刚刚出现，试图沿着我的腿爬上来。尽管我抵挡住了这只黑色的小爬虫，把它抖落了下来，但是不知道它现在藏在哪里，不敢伸手冲任何地方去抓。

我也不是很肯定，人们是不是出于疏忽，没有通报歌德,而是通报了马蒂松①,但是我在梦里又把他与毕尔格②互相混淆,因为我把写给莫莉③的诗歌归于毕尔格名下。此外,我非常渴望与莫莉会面,我觉得她在我看来非常美妙、温柔、精通音乐,带有黄昏的色彩。如果我不是受到某篇需要写的报道的委托才坐在这里该有多好!我的不悦愈发强烈,逐渐转嫁到了歌德的身上,我现在对他突然产生了所有可能的猜疑与责备。也许这是一场美妙的会面!那只蝎子尽管危险,也许就藏在我的近旁,但也许也没有那么糟糕。在我看来,它也可能意味着友善,我觉得它很有可能和莫莉有关,是她的某个信使或者她家徽上的动物,一只美丽、危险、女性与罪愆的纹章动物。这只动物也许就叫作乌尔皮乌斯④。但是这时一位仆人打开了房门,我站起身,走了进去。

年老的歌德站在那里,矮小而且非常僵硬,这位经典大师的胸前端端正正地佩戴着一枚厚重的星形勋

---

①马蒂松(1761—1831),歌德同时代的诗人、作家。
②毕尔格(1747—1794),歌德同时代的诗人,狂飙突进运动的代表人物之一,以叙事谣曲著称。
③毕尔格第一任妻子的妹妹,毕尔格婚后即爱上她,在妻子因生产去世后迎娶莫莉为妻子。
④歌德妻子的娘家姓。

章。他似乎依然还在执掌政务，依然还在接待访客，依然还在通过他的魏玛博物馆掌控着世界。因为他刚刚看见我，就像一只衰老的乌鸦一样庄重地点着头，庄严地说道："好吧，你们这些年轻人，你们也许已经不怎么赞同我们和我们努力为之的事业了吧？"

"非常正确，"我说道，那种枢密大臣的目光令我感到全身战栗，"我们年轻人实际上已经不再赞同您了，老先生。您对我们来说太庄严了，阁下，太虚荣，太自以为是，也太不坦率了。这大概就是关键所在：太不坦率了。"

这个矮小的老人来回摇了摇他那严肃的头颅，这时他那严厉的、带着官员常见的皱纹的嘴巴放松下来，露出了一丝微笑，展现出了某种令人陶醉的生气，我的内心突然被击中了，因为我突然想起了"暮色从天而降"①这句诗，正是这个人和这张嘴吟诵出了这句诗。实际上，我在这一刻已经完全缴械，已经完全被征服，宁可跪在他的面前。但是我还是站直了身体，听着他那微笑的双唇说出了这样的话："唉，所以您责备我不坦率？这是什么词啊！您不想再做出进一步的

---

① 歌德《中德四季晨昏杂咏》的开头。

解释吗?"

我想解释,我非常想。

"歌德先生,您就像所有伟大的精神领袖一样,清清楚楚地认识到和感受到了人类生活的可疑性和毫无希望的特质:瞬间的美好会成为悲哀的凋亡,情感美丽的高峰不可能不通过日常生活的监禁得到偿还,对精神国度的燃烧的热望和同样炽烈、同样神圣的对自然界中已经失去的清白状态的热爱陷入永恒的殊死搏斗,这一切都可怖地飘浮在虚空和不确定之中,这一切都被宣判为转瞬即逝,从来都无法达到圆满,永远都只是浅尝辄止——简而言之,就是人类生活全部的毫无出路、迷失堕落和熊熊燃烧的绝望。这一切您都了解,而且也经常表示肯定,但是您整个一生都在宣传与之相反的东西,表达信仰与乐观主义,向自己和别人扮演一种假象,也就是我们的精神努力是持久的,是有其意义的。您拒绝并压制那些承认存在深渊的人,拒绝并压制绝望的真理的声音,无论是您自己的声音,还是克莱斯特[①]和贝多芬的声音。您几十年来都是这样

[①] 克莱斯特(1777—1811),德国浪漫主义晚期作者,作品涉及当时出现的种族矛盾与其他社会问题,代表作有《O侯爵夫人》《圣多明各的婚约》等。

做的，积累知识，进行收藏，写作并整理信件，好像您在魏玛的晚年时光实际上成了您的一条道路，使瞬间成了永恒，但却只是将瞬间做成了木乃伊；使自然成为精神，但却只是将自然凝固成了面具。这就是不坦率，这就是我们指责您的地方。"

这位年老的枢密大臣深思熟虑地注视着我的眼睛，他的双唇依然还在微笑。

然后出乎我的意料，他问道："那么，莫扎特的《魔笛》一定非常令您反感吧？"

在我还没有来得及抗议之前，他就继续说道："《魔笛》把生活当作一支悦耳的歌曲表现出来，它赞美我们的情感——尽管这情感转瞬即逝，把它们当作某种永恒的和具有神性的东西，它既不赞同克莱斯特先生，也不赞同贝多芬先生，而是在宣扬乐观主义与信仰。"

"我知道，我知道！"我愤怒地喊道，"上帝知道，您为什么偏偏提到了《魔笛》，这是我在世界上最喜爱的东西！但是莫扎特没有活到八十二岁，没有在他的个人生活中像您一样要求过持久、有序和不可触碰的尊严！他没有使自己变得高高在上！他咏唱过了他那神性的旋律，保持贫困，英年早逝，贫穷，备受误解——"

我喘不上气来了。此刻，有几千件事情都必须在这十几个词里说出来，我的前额开始冒汗。

歌德却非常友善地说道："我活到了八十二岁，这也许无论如何都是不可原谅的。我从中得到的乐趣要比您能够设想的更少。您说得对：我心里始终充满了一种对持久的莫大渴望，我始终惧怕死亡，并且在为之斗争。我相信，面对死亡的搏斗，绝对而执着的生命意志是所有杰出之人行动和生活的驱动力。人们在最后还是要死的，我年轻的朋友，我即便是活到八十二岁也无法摆脱这一点，即便我在还是个小学生的时候就死去了，这一点也是一样的。如果我可以为自己进行辩护，那么我还想要说：在我的天性里有许多天真的特质，有许多好奇心和游戏的冲动，有许多挥霍时光的欲望。现在，我花了很长时间才看清楚，游戏一定要有其终结。"

在他说这段话的时候，他的微笑非常狡黠，几乎是调皮。他的身形变得更为高大，僵硬的姿态和脸上痉挛的严肃消失了。我们之间的空气满溢着响亮的旋律，响亮的歌德作词的乐曲，我清清楚楚地听到了莫扎特的《紫罗兰》和舒伯特的《你又满溢了灌木与河谷》。歌德的脸庞现在变得红润和年轻，他发出大笑，时而看起来像莫扎特，时而看起来像舒伯特，像他们的兄弟，他胸前的星形勋章完全由草场上的鲜花组成，中心有一朵鲜黄色的报春花快乐而饱满地盛放。

这位老人想要用这么一种戏谑的方式逃脱我的问题和指控，我并不高兴，我责备地注视着他。这时他俯下身，将他已经完全变成了孩童样子的嘴紧抿着凑到我的耳边，对着我的耳朵轻声低语道："我的年轻人，你对待老歌德太认真了。我们一定不能对待已经死去的老人这么认真，这样就是对他们不公。我们不朽者不喜欢认真，我们喜欢欢乐。认真，我的年轻人，是时代的事务，我只能告诉你这么多，认真来自对时间的高估。我以前也高估了时间，因此我想要活一百岁。但是你看，在永恒中没有时间，永恒仅仅是一个瞬间，刚好够开一个玩笑。"

事实上也没有什么认真的话可以和这个人说了，他享受地跳起舞来，敏捷地站起又坐下，让那颗星星上面的报春花时而像火箭射向空中，时而又变小甚至消失。当他迈着舞步，整个身形闪闪发光的时候，我不禁想，这个人至少没有耽误学跳舞。他跳得非常精彩。这时我又想起了那只蝎子，或者不如说是想起了莫莉，我对歌德喊道："您告诉我，难道莫莉不在那里吗？"

歌德放声大笑。他走向自己的书桌，打开一只抽屉，拿出一个珍贵的皮质的或者是丝绒做的小盒子，把它打开，递到我的眼前。深色的丝绒上面有一条小小的、无可挑剔的、微光闪烁的女人腿，一条迷人的腿，在膝盖处微微弯曲，脚向下伸出，末端是最为纤细的脚趾尖。

我伸出手，想要拿过这条小小的腿，我非常喜欢它，但是当我伸出两根手指想要抓住它的时候，那个玩具似乎微微颤动了一下，我突然怀疑那可能就是那只蝎子。歌德似乎明白了我的意思，甚至就想看到我这样，刻意促使我陷入了深深的尴尬，陷入了渴望与恐惧的跳闪的分裂之中。他把那只迷人的小蝎子举到离我的脸很近的地方，看着我表现出渴望，看着我被吓得战栗，这似乎给他带来了莫大的享受。当他用这个美丽而又危险的东西嘲弄我的时候，他看起来又变得非常老迈，有上千岁般的衰老，发丝雪白，憔悴衰老的脸孔寂静无声地笑着，带着一种深不可测的老人的幽默狂笑着。

当我醒来的时候，我忘了这个梦，过了片刻我才再次想起了它。我大概睡了一个小时，在音乐声和嘈杂声中，在酒馆的一张桌前，我本以为这绝不可能。那个可爱的女孩站在我的面前，一只手搭在我的肩上。

"给我两三个马克，"她说，"我在那边吃了点东西。"

我把我的钱包递给她，她拿着钱包走了过去，很快又回来了。

"那么，现在我还可以在你身边坐上一会儿，然后我就得走了，我有个约会。"

我吃了一惊。"那么是和谁呢？"我立刻问道。

"和一位先生，小哈里。他邀请我去歌舞剧院。"

"哦，我之前觉得你不会把我一个人丢下。"

"那么你就应该邀请我。他在你前面发出了邀请。现在，你倒是省了一大笔钱。你知道那个歌舞剧院吗？在午夜以后就只有香槟酒了。夜总会沙发椅，黑人乐队，非常优雅。"

这一切我根本就没有想过。

"唉，"我恳求般地说道，"还是让我来邀请你吧！我觉得这是很自然的事情，我们已经成了朋友。让我来邀请你吧，你想去哪里都行，我求你了。"

"你真好。但是你看,一言既出,我已经接受了邀请,我就要去。别再费力气了!来吧,再喝一口酒,我们的瓶子里的确还有酒。你把酒喝完,然后你就快点回家睡觉。向我保证。"

"不,你知道,我不能回家。"

"你啊,又是你的那些故事!你还在和歌德纠缠吗?(在这一瞬间我又回想起了那个有关歌德的梦。)但是如果你真的不能回家,那么你就待在这栋房子里吧,这里有客房。需要我给你订一间吗?"

我感到满意,然后问道,我在哪里还能够再次见到她。她到底住在哪里?她不告诉我。她说我只需要稍微找一找,然后我就会找到她。

"我不能邀请你吗?"

"去哪里?"

"去你想去的任何地方,在你想要的任何时间。"

"好。星期二在老弗兰齐斯卡饭店吃晚餐,在二楼。再见!"

她把手伸给我,现在我才注意到这只手,一只与她的声音完全相称的手,美丽而丰满,聪慧而善良。当我亲吻她的手的时候,她嘲讽地笑了。

在最后一刻,她再一次转向我,说道:"我还想告诉你一件事情，关于歌德。你看，你对歌德的这个看法，也就是你没有办法忍受他的那幅画像，我有时候对圣人们也是这样。"

"圣人们？你这么虔诚吗？"

"不，我并不虔诚，很可惜，但我曾经很虔诚，也会再次变得虔诚。我的确没有时间变得虔诚。"

"没有时间？变得虔诚还需要时间吗？"

"哦，当然。人们需要时间才能变得虔诚，人们甚至还需要更多的东西：需要独立于时间！你不能保持认真的虔诚，同时又生活在现实里，对现实也保持认真：时间、金钱、歌舞剧院和所有这一切。"

"我理解了。但是那些圣人又是怎么回事呢？"

"是的，有一些我特别喜欢的圣徒：斯蒂芬、圣方济各还有其他人。我现在有时看到他们的画像，还有救世主和圣母的画像，那是一些虚伪的、虚假的、愚蠢的画像，我没有办法注视它们，就像你没有办法注视那幅歌德的画像一样。如果我盯着这样一幅甜美而愚蠢的救世主或者圣方济各的肖像看着，发现其他人都觉得这幅画美丽而惊人，那么我就会感觉这是对真正的救世主的侮辱，并且想：唉，他到底是为了什么而生活，为了什么而经受如此可怕的磨难，如果人们满足于一幅如此愚蠢的他的画像！但尽管如此，我也知道，我心中的救世主的形象或者圣方济各的形象也只是一个人类的形象，无法抵达源头的形象，救世主本人也会觉得我内心里那救世主的形象非常愚蠢和难以理解，就像我对那些甜腻的画像的感受一样。我并不是想要告诉你，我在对你关于那幅歌德像所怀有的气愤表示赞同，不，你这样是不对的。我只是想告诉你，我能够理解你。你们学者和艺术家的脑子里都有一些奇特的东西，但是你们和其他人一样都是人，我们其他人的脑子里也有梦境和游戏。也就是说，我注意到了，博学的先生，你在给我讲述你的有关歌德的故事的时候有一点尴尬——你不得不努力让一个如此单纯的少女理解你那些理想化的事物。好吧，现在我还是想告诉你，你不需要这么努力。我已经理解你了。就这样，现在结束！你应该上床睡觉了。"

她走了，我让一位头发花白的家仆带着我上了两级台阶，或者不如说，他首先问了我的行李在哪里，当他听说没有行李的时候，我就不得不提前付了他所谓的"睡觉钱"。然后他带着我穿过一个陈旧阴暗的楼梯间，登上楼梯，进入一间卧室，然后把我一人独自留了下来。那里有一张简朴的木床，很短，很硬，墙上挂着一把弯刀,一幅加里波第①的彩色画像,还有一个某协会庆祝会留下的枯萎的花环。我并不想为得到一件睡衣付出很高昂的价格。不过这里至少有水,有一小块手帕,我可以梳洗一下,然后我就和衣躺在了床上,让灯亮着,有了思考的时间。也就是说,我现在已经摆脱了歌德的纠缠。真好,他在梦里走向了我!而这个奇妙的女孩——如果我知道她的名字该有多好!突然有一个人,一个活生生的人打破了我那与世隔绝的阴沉的玻璃罩,向我伸出了一只手,一只善意、秀美、温暖的手!突然又有了与我相关的事物,有了我可以带着喜悦、忧虑和紧张想起来的事物!突然有一扇门开启,生活穿过这扇门向我走来!也许我还可以继续生活,也许我还可以再次成为一个人类。我的灵魂在寒冷中入睡,已经几乎冻僵,现在又开始了呼吸,昏昏沉沉地扇动着它那虚弱的小翅膀。歌德曾经来到我的身边。一个女孩曾经命令我吃饭、喝酒和睡觉,曾经向我展现出了友谊,曾经嘲笑了我,曾经将我称为一个愚蠢的小男孩。这位奇特的友人也向我讲起了

---

① 朱塞佩·加里波第(1807—1882),意大利民族解放运动领袖,军事家。

圣人们，告诉我尽管我堕落到了这么令人讶异的地步，我也绝对不是独自一人，不是不被理解的，不是病态的例外，我有一位姊妹，她可以理解我。我还会再见到她吗？是的，当然，她是可以信赖的——"一言既出"。

我已经又睡着了，睡了四五个小时。十点钟已过，我很疲惫，头脑里还残留着对昨天某些丑恶事件的回忆，但是生机勃勃，充满希望，满脑子都是好念头。在回到自己公寓的路上，我已经不再能感受到昨天回家路上的那种惊恐。

在楼梯间，在南洋杉上方，我遇到了"姑母"，我的女房东，我很少见到她，但是我很喜欢她那友善的本性。这次相遇令我感到非常不适，无论如何，我都有些衣冠不整，彻夜未归，没有梳头，也没有剃须。我问候了她，想要匆匆经过。她平时都会尊重我对独处和不受关注的渴求，但今天我和周围世界之间好像真的有一层纱幕被撕碎了，有一圈篱笆走向了倒塌——她大笑着在那里站住了。

"您到处闲逛了一下，哈勒先生，您今天根本就没有睡过觉。您已经非常累了！"

"是啊，"我说，不得不也发出大笑，"今天凌晨有点事情,因为我不想打扰您家中的宁静,我就去一家旅馆里睡觉了。我非常尊重您家里的宁静和体面,有时候我觉得我在这栋房子里就像个入侵者。"

"您别嘲笑我,哈勒先生!"

"哦,我只不过是在嘲笑我自己。"

"您就是不应该这么做。您在我的房子里不应该觉得自己是个'入侵者'。您应该按照您的心意生活,做您想要做的事情。我已经有了许许多多值得尊敬的租客,在体面这方面都堪称做到了极致,但是没有人比您更安静、更不打搅我们了。现在——您想要喝杯茶吗?"

我没有拒绝。我坐在她摆放着祖父母的画像和家具的客厅里,面前放着一杯茶,我们闲聊了几句,这个友善的女人实际上没有提问,就已经获悉了我的生平和我的思想,以一种混合了尊敬和母亲般的不太当真的态度倾听着,聪明的女人面对男人的乖张之举的时候就会展现出这样的态度。我们也谈起了她的侄子,她向我展示了他放在隔壁房间里的最近的业余作品:一台收音机。原来这个勤奋的年轻人晚上就是在摆弄这台机器,痴迷于无线电的概念,虔诚地跪拜在技术之神的面前,这位神灵终于发现并且以非常不完美的方式展现出了每位思想者一直都知道、并且能够更聪明地加以利用的几千种事物。我们谈论起这件事情,因为这位姑母还算比较虔诚,所以她绝对不反对宗教话题。我告诉她,所有力量与功业无处不在,古印度人已经非常清楚地认识到了这一点,而技术仅仅是将事实的一小部分带到了普遍意识中,它为此,也就是为声波构建出了一个目前还呈现出可怕的不完美的接收器和发射器。那种古老认识的主要内涵是,时间的虚幻性直到今天还没有被技术察觉,但最终当然会被"发现",落入勤奋的工程师手中。也许人们很快就会发现,不仅仅是当前转瞬即逝的图像和事件始终在我们的周围涌流,比如巴黎和柏林的音乐现在可以在法兰克福或者是苏黎世听到,而且所有发生过的事件也同样可以登记在册,展现在眼前,有朝一日,我们很可能无论是以有线或者是无线的方式,无论是带还是不带干扰性的噪音,都能听到所罗门王[1]和瓦尔特·冯·福格尔维德[2]的说话声。而所有这一切,就像今天收音机的这个开头一样,只会被人类用来逃避自己,

---

[1]《圣经》中记载的以色列国王,以机智著称。
[2] 瓦尔特·冯·福格尔维德(约1170—约1230),中世纪成就最高的德语诗人,以情诗和政治诗著称。

逃避自己的目标，用越来越密的消遣之网和毫无用处的庸庸碌碌把自己包围起来。但是我说到所有这些对我来说十分常见的事物的时候并没有带着惯常的反对时代、反对科技的气恼和讥讽，而是戏谑地开着玩笑。姑母露出了微笑，我们在一起坐了整整一个小时，喝着茶，感到满足。

在星期二傍晚，我已经邀请了黑鹰酒馆里那位美丽、奇特的女孩，为了打发这之前的时间，我费了不少力气。等待星期二最终来临的时候，我和这位陌生女孩的关系的重要性才令我感到实实在在的惊讶。我只想着她，我对她有着所有的期望，我愿意为她牺牲一切，把一切放在她的脚下，但是却完全没有爱上她。我只需要想象一下，如果她打破了或者是忘记了我们的约定，然后我就完全看清楚了我会怎样。这样一来，世界就将变得空空如也，这一天就将变得和其他日子一样灰暗和毫无价值，我身边将又会出现那种非常可怕的寂静和死气，这个沉默的地狱除了剃须刀片将再无出路。在这几天里，我对剃须刀并没有增添喜爱之情，它的可怕依然没有削减。这就是丑恶之处：我对割断我的喉咙怀有着一种深深的、令内心感到压抑的恐惧，我怀着一种野蛮、倔强、蓬勃的自卫力量惧怕着死亡，好像我是一个完全健康的人类，我的生活就是天堂。我非常清楚地认识到我自己的情况，也认识到是这种无法生活与无法死亡之间难以忍受的张力使得那个陌生女孩——黑鹰酒馆里那个瘦小漂亮的女舞者——对我来说变得如此重要。她是一扇小小的窗户，是我阴暗的恐惧洞穴里一个微笑的、透光的孔洞。她就是救赎，是通往自由之路。她必定会教会我生活或者是死亡，她必定会用她那坚实而美丽的手触碰我僵硬的心，在生命的触动之下，要么就让我开出花朵，要么就让我灰飞烟灭。她的这种力量从何而来，她的这种魔力从何而来，对我来说她这种深刻的意义有着什么神秘的缘由，我没有办法想清楚，这也无关紧要。我并不特别想知道这一点。我已经完全不再关心任何知识、任何洞见了，我这样就已经满足了，我最尖锐和最具有讽刺性的折磨和耻辱正在于此，在于我清清楚楚地看清了自己的状况，清清楚楚地意识到了它。我看着那个家伙，那只禽兽，那头荒原狼在我面前像网中的一只苍蝇，看着它的命运驱使它做出决定，看着它如何窒息在网中，毫不反抗地挂在网中，看着蜘蛛如何准备好咬住它，看着一只拯救的手如何同样近在咫尺。我本可以对我所受的折磨的关联和起因，对我灵魂的疾病，对我着魔的状态和神经的症候说出最机智和最有洞见的话语，这套机制我已经看得非常透彻。但是我迫切需要的不是知识和理解，我如此绝望地渴望着的，反而是经历、决断、冲撞和飞跃。

尽管我在等待的这几天里从来没有怀疑过我的朋友会违背诺言，但我在最后一天还是非常激动不安，我在这一生里都从来没有像这样焦躁不安地等待过某一天的黄昏。当紧张和焦躁变得对我来说几乎难以忍受的时候，它们同时也令我感觉非常美妙：它们对我来说具有难以设想的美好和新奇，对我这个长期以来已经没有什么期待、长期以来已经不再能够为什么感到高兴的清醒者来说——这很奇妙，充满不安、忧虑和强烈期待的整整一天，来回奔波，预先设想傍晚的相遇、对话和成果，为此剃须和穿衣打扮（怀着特别的小心谨慎，穿新衬衫，戴新领带，系新鞋带）。无论这个聪明而神秘的小女孩是谁，无论她想要以哪种方式与我建立联系，对我来说都无关紧要。她在那里，奇迹就会发生，我又找到了一个人类，找到了一种新的生活乐趣！重要的只有一点，就是继续下去，我将自己托付给这种吸引力，追随着这颗星星。

我再次见到她的那一刻真是令人难忘！我坐在这

家古老舒适的餐厅的一张小桌子前面,我在之前毫无必要地打了电话来预订,我研究着菜单,玻璃瓶里插着两枝美丽的兰花,那是我为我的朋友买的。我不得不等了她很长时间,但是却觉得她肯定会来,并不为此感到躁动。这时她来了,站在衣帽架那里,只是用那双浅灰色的眼睛向我抛来了一个专注的、有些审视性的目光作为问候。我怀疑地看着侍者如何对待她。不,谢天谢地,并不熟悉,并不缺少距离感,他表现出了无可挑剔的礼貌。但是他们认识彼此,她叫他埃米尔。

当我把兰花递给她的时候,她开心地笑了。"你这样真贴心,哈里。你想要送我一件礼物,不是吗?但是你又不太知道挑什么,你不是很清楚你实际上有没有资格送我礼物,我会不会因此而觉得受到了侮辱,因此你买了兰花,这些只不过是花,但是也非常昂贵。那么,非常感谢。此外,我想马上告诉你:我不想得到你的礼物。我靠男人为生,但是我不想靠你为生。但是你的变化真大!我几乎认不出你了。不久之前你看起来还像是刚刚被人剪断了绞索,现在你已经几乎又成了一个人类了。而且,你按照我的命令做了吗?"

"什么命令?"

"这么健忘？我的意思是，你现在会跳狐步舞了吗？你对我说，你最希望的就是接收到我的命令，你最想做的就是遵守我的命令。你还记得吗？"

"哦，记得，现在也依然是这样！我是认真的。"

"但是你还没有去学跳舞？"

"也就是说，人们可以学得这么快，在几天里就学会吗？"

"当然。你用一个小时就能学会狐步舞，两个小时就能学会波士顿舞。学习探戈要花更长的时间，但是你根本就不需要学探戈。"

"但现在我终于一定要知道你的名字了！"

她沉默地注视了我一会儿。

"也许你可以猜出来。如果你猜对了，我会很高兴的。请注意，仔细地看看我！难道你没有注意到我有时候有一张少年的脸吗？比如现在？"

是的，当我在此刻仔细观察她的面孔的时候，我不得不承认那是一张少年的脸。我让自己看了一分钟，那张脸开始对我说话，我忆起了我自己的少年时代，忆起了我那时的朋友，他叫作赫尔曼。在一瞬间里，她似乎完全变成了赫尔曼。

"如果你是个少年，"我震惊地说，"那么你一定就叫作赫尔曼。"

"谁知道呢,也许我就是一个少年,只是男扮女装而已。"她顽皮地说道。

"你叫作赫尔米娜?"

她容光焕发地点了点头,因为我猜对了而感到高兴。这时汤端了上来,我们开始吃饭,她像孩子一样乐在其中。在她身上所有令我喜爱和着迷的特质里,最美丽和最独特的就是她能够突然从最深沉的严肃过渡到最滑稽的有趣,然后再反过来,在这个过程中她自己却完全没有改变和损耗,就像一个有天赋的孩子那样。现在她表现出了有趣的一面,用狐步舞取笑我,甚至用脚踢我,热情地赞美餐食,评论说我在穿衣打扮上花费了一番力气,但还是对我的外表发表了一通批评。

在这段时间里,我问她:"你是怎么做到的,你突然看起来就像一个少年,让我猜出了你的名字?"

"哦,这一切都是你自己做到的。难道你不明白吗,博学的先生:我令你喜爱,在你眼里非常重要,是因为我是你某种形式上的镜子,因为在我身上,有某种东西给了你答案,给了你理解?实际上,所有人对彼此来说都应该是这样的镜子,都应该这样回答和映衬彼此,但是你这样的怪人一直都非常奇怪,一直都在迷失,很容易中魔,这种魔法让你们不再能在别人的眼睛里看到和读到任何东西,让你们不再和别人拥有关系。这时候,如果这样一个怪人突然又找到了一张真正凝视着他的面孔,在这张面孔上找到了回答和亲缘关系,那么他自然就会感到喜悦。"

"你什么都知道,赫尔米娜,"我惊讶地喊道,"就像你说的那样。但是你和我又完全不一样!你恰好是我的反面,你拥有我所缺少的一切。"

"对你来说是这样,"她简短地说道,"这很好。"

此刻,她那张对我来说实际上就像是一面魔镜的面孔上仿佛掠过了一朵严肃的乌云,突然之间这整张面孔都只表达着严肃,只表达着悲剧,就像面具上空洞的眼睛那样深不见底。她慢慢地、逐字逐句地、好像是违心一样地说道:

"你,别忘了你对我说过的话!你说过,我应该对你下命令,听从我所有的命令对你来说是一种欢乐。别忘了这句话!你必须知道,小哈里:你对我的感受,我的脸给了你答案,我身上有某种东西向你散发着气息,使你感受到了信任——这也是我对你的感受。当我不久之前看到你走进黑鹰酒馆的时候,你是那么的疲惫而心不在焉,几乎已经不再存活于这个世界上,我就立刻感受到:这个人会听从于我,他会渴望我给他下命令!我也要这么做,因此我就和你说话,因此我们就成了朋友。"

她说话的时候满怀着沉郁的肃穆,承受着灵魂的高压,我没有办法完全感同身受,因此试图让她平静下来,分散她的注意力。但是她只是皱了皱眉毛就摆脱了我的伎俩,咄咄逼人地注视着我,用冰冷的声音继续说下去:"你必须遵守诺言,小家伙,我告诉你,否则你会后悔的。你将从我这里得到许多命令,将会遵守这些命令,美好的命令,愉快的命令,你会很高兴地听从这些命令。最后你也会遵守我最终的命令,哈里。"

"我会的。"我几乎是在丧失意志的情况下说道,"你给我的最终的命令会是什么?"但是我已经有所预感了,天知道这是为什么。

她颤抖着,就好像是一阵轻微的寒栗,就好像从她的沉思状态中慢慢地苏醒了过来。她的目光没有放开我。她突然变得更阴郁了。

"如果我聪明,我就不告诉你这个。但是我不想保持聪明,哈里,这次不想。我想表现得完全不一样。

注意，你听着！你会听到这些话，会再次忘记它们，会报以嘲笑，会为之哭泣。注意，小家伙！我想和你玩一局生死游戏，小兄弟，我会在游戏开始之前就向你亮出我的底牌。"

当她说这句话的时候，她的脸孔是多么美丽，多么超凡脱俗！她的眼睛里飘浮着冷冽的、知情的悲伤，这双眼睛看起来已经经历过了所有可以设想出来的苦难，并且已经将它们诉说过了。这张嘴说起话来十分艰难，好像受到了阻碍，就像人们在严寒之中脸孔冻僵的时候说起话来的时候一样，但是在那双唇之间，在那嘴角上，在已经变得越来越难以察觉的舌尖嬉戏的过程中，与目光和声音相反，流露出来的却是纯粹、甜美、嬉戏的肉欲，是内心的欲求。一簇短鬈发从寂静平滑的额头上垂了下来，就在那里，就在垂着一缕鬈发的额角，时不时地涌动起一波少年一般的生机，一种雌雄同体的魔力。我恐惧地倾听着她，又像是被麻醉了一样，只是半心半意。

"你喜欢我，"她继续说，"我已经对你说过了原因。我打破了你的孤寂，我恰好在地狱门前抓住了你，再次唤醒了你。但是我还想从你这里要更多的东西，远远更多的东西。我想要你爱上我。不，不要反驳我，让我说!你很喜欢我,我已经感觉到了这一点,你很感激我,但是你不爱我。我想要你爱上我,这就是我的职业。我以此为生,我可以让所有的男人爱上我。但是注意,我这么做不是因为我恰好觉得你非常迷人。我没有爱上你,哈里,就像你没有爱上我一样。但是我需要你,就像你需要我一样。你现在需要我,在这一瞬间需要我,因为你感到绝望,需要有人推你一把,把你扔进水里,让你再次活过来。你需要通过我来学会跳舞,学会笑,学会生活。但是我并不是在今天就需要你,我以后需要你,不过也是为了某件非常重要和美好的事情。当你爱上我的时候,我就会给你最终的命令,你就会顺从,这对你和我来说都是一件好事。"

她把一枝有着绿色叶脉的褐紫色兰花在玻璃瓶里稍微拉高了一点,俯下脸,盯着那朵花看了片刻。

"你不会做得很轻松,但是你会照做。你会遵守我的命令,你会杀死我。就是这样。不要再问了!"

她的目光还停留在兰花上面,她沉默下来,面孔变得放松,就像一朵在压力和紧张之中舒展开来的正在生长的花蕾,突然,她的唇上出现了一抹迷人的微笑,而她的双眼在那一刻还保持着僵滞和失魂落魄。

这时她摇了摇留着少年一样的短鬈发的脑袋,喝了一口水,突然又意识到我们是在用餐,就又带着愉悦的胃口开始进餐。

我逐字逐句、清清楚楚地听到了她这段可怕的发言,甚至在她说出口之前就已经猜到了她"最终的命令",所以并没有被"你会杀死我"这句话吓退。她所说的一切在我听来都非常令人信服,都是命中注定的,我接受了它们,没有加以反抗,但是所有这一切,尽管她在说出这些话的时候怀着可怖的严肃,对我来说都完全没有现实感和严肃性。我灵魂的一部分吸收了她的话语,相信这些话语,我灵魂的另一部分却善意地点了点头,得知就连这个如此聪明、健康和自信的赫尔米娜也有自己的幻想和薄暮时分。她几乎刚一说完最后几个字,一层虚假和无效的纱幕就笼罩了这整个场景。

无论如何,我都无法以赫尔米娜这样的钢丝舞者一般的轻盈重新跳回现实。

"也就是说,我有一天会杀死你?"我问道,稍微有点恍惚,而她已经又发出了大笑,非常热情地切着自己的鸭肉。

"当然,"她点点头,说道,"我们已经说够了,现在是用餐时间。哈里，善良一点，给我再点一份蔬菜沙拉！难道你就没有一点胃口吗？我觉得，你首先必须学会对所有其他人来说都自然而然的事情，甚至也包括吃饭的乐趣。好了，你看，小家伙，这里是一小只鸭腿，如果我们把亮闪闪的漂亮的肉从骨头上剔下来，这就像是在过节一样，在这种时候肯定要有好胃口，要非常期待，满心感激，就像一位情人第一次帮自己的女孩脱下外衣的时候一样。你明白了吗？没有？你真是个笨蛋。注意，我从这个漂亮的小鸭腿上切一块肉给你，你会看出来的。那么，张开嘴！——哦，你真是个害羞鬼！上帝知道，现在你还在偷偷地看别人，看他们有没有看见你从我的叉子上咬一口肉！别担心，迷失的孩子，我不会给你制造任何丑闻的。但是如果你需要得到其他人的许可才能够开始自己的享受，那么你就真的是个可怜的家伙。"

之前的场景变得越来越不真实，越来越不可信，几分钟前这双眼睛还那么沉郁而可怖地凝视着。哦，在这一点上，赫尔米娜就是生活本身：永远瞬息万变，永远难以预测。此刻她吃着饭，那鸭腿和沙拉、蛋糕和利口酒就都得到了认真的对待，都成了欢乐和评判、谈话和幻想的对象。当碟子被端走以后，新的一章又开始了。这个女人已经把我完全看透了，她对生活的了解似乎胜过了所有的智者，现在却变得像个孩子，玩起了生活中各种转瞬即逝的小游戏，那种技艺让我毫不犹豫地就成了她的学生。无论这是高尚的智慧还是简单的幼稚：如果有谁懂得生活在瞬息之中，有谁能够生活在当下，知道如此友善地珍惜路上的每一朵小花、每一个游戏在一瞬间的价值，那么生活就无法戕害他。这个有着好胃口和调皮的美食家性情的孩子同时也是一个梦想家，是一个歇斯底里的女人，渴望着死亡，还是说她是一个清醒的算计者，想要用一颗刻意而冷漠的心让我爱上她，成为她的奴隶？这不可能。不，她只是单纯地完全献身于这个瞬间，对每一个有趣的闪念，也包括来自遥远的灵魂深处每一次匆匆掠过的阴暗战栗，都保持敞开，都让自己充分地体验。

　　我今天是第二次见到这位赫尔米娜，她已经知道了我的一切，我觉得我似乎不可能在她面前再保有任何秘密。也许她并不完全理解我的精神生活，也许在我与音乐、与歌德、与诺瓦利斯的关系中她并不能跟随着我——但是就连这一点也非常值得怀疑，也许这一切对她来说也不需要费什么力气。即便如此——我的"精神生活"又还剩下些什么呢？难道不是一切都已经成了碎片，已经失去了意义？但我另外的、我最私人化的问题和关切她都已经全部理解，这一点我毫不怀疑。很快我就会向她讲起荒原狼，讲起那篇论文，讲起所有这一切，讲起所有这些迄今为止都只有我一个人知道的一切，我从来不曾对任何一个人讲述一个字。我不禁想要立刻开始讲述。

"赫尔米娜，"我说道，"我最近遇到了一件奇怪的事情。有一个陌生人给了我一本印刷出来的小册子，那个东西像是一本新年集市的小册子，里面非常准确地记录了我的全部故事和与我相关的所有事情。你说，难道这不奇怪吗？"

"那么，这本小册子叫什么名字？"她轻飘飘地问道。

"它叫作《论荒原狼》。"

"哦，荒原狼，可真了不起！你就是荒原狼？你就是书里写的那匹狼？"

"是的，那就是我。我是一个半人半狼的生物，或者这只是我自己的想象。"

她没有回答。她带着探究的专注凝视着我的眼睛，注视着我的双手，有一瞬间，她的目光中和面孔上又出现了之前那种深沉的严肃和阴郁的激情。我觉得自己猜到了她的想法，也就是她在观察我作为一匹狼，是不是足以执行她那"最终的命令"。

"这当然只是你的想象，"她说道，又变得欢快起来，"或者，如果你愿意，可以说是一种虚构。但是这也有点道理。今天你不是狼，但是在不久之前，当你走进舞厅的时候，你就像是从月亮上掉下来的，那时候你已经是一头野兽了，我喜欢的就是这一点。"

她用一个突如其来的想法打断了自己的话，仿佛受到了震撼一样说道："这听起来真蠢，'野兽'或者'禽兽'这样的词！人们不应该这么谈论动物。它们的确时常很可怕，但是它们的做法也比人类更正确。"

"什么是'正确'？你这是什么意思？"

"好吧，你仔细看看那些动物，一只猫、一条狗、一只鸟或者是动物园里某只美丽的大动物，一头豹子或者是一只长颈鹿！你肯定能看出来，它们都非常正确，根本没有一只动物会感到尴尬，或者是不知道它在做什么，该有什么样的表现。它们不想谄媚于你，它们不想打动你。它们不会演戏。它们就是自己本来的面目，就像石头、花朵和天上的星辰一样。你明白吗？"

我明白。

"大多数时候动物都很忧伤,"她继续说道,"如果一个人非常忧伤,不是因为他牙痛或者是他丢了钱,而是因为他在一瞬间突然察觉到了一切事物原本的样子,察觉到了整个生活,这时他才感到真正的忧伤,这时他看起来永远都有一点像一只动物——这时他看起来很忧伤,但是却比平时更正确、更美丽。就是这样,我第一次见你的时候,你看起来也是那样,荒原狼。"

"好吧,赫尔米娜,那你对那本描述我的书是怎么想的?"

"唉,你知道,我不能一直思考。我们下次再聊这个。你可以把它给我读一读。或者不要,等我下一次准备读书的时候,你就给我一本你自己写的书。"

她点了咖啡,似乎有一段时间心不在焉,然后突然又容光焕发,好像是她的沉思抵达了一个目标。

"喂,"她开心地喊道,"现在我有办法了!"

"那么是什么办法呢?"

"就是狐步舞,我不得不一直惦记着这件事情。也就是说:你有没有一个房间,我们两个可以时不时地跳一个小时的舞?房间就算很小也没关系,只需要没有什么人住在你楼下，不然的话地板有一点晃动，他们就会跑上来制造丑闻。那样好，非常好！这样你就可以在家里学跳舞了。"

"好，"我羞怯地说道，"这样更好。但是我想，我们也需要一点音乐伴奏。"

"我们当然需要。那么注意，你要给你自己买点配乐，要花的钱最多也就是和一位教师上一节舞蹈课那么多。教师的费用你就可以省下来了，我给你当教师。然后我们想要音乐的时候就有音乐了，我们还需要一台留声机。"

"留声机？"

"当然了。你去买一台小机器，再放几张小舞曲的唱片……"

"很好，"我喊道，"如果你真的成功地教会了我跳舞，那么你就能够得到那台留声机作为报酬。成交？"

我说话的时候非常坚定，但言不由衷。我无法想象在我摆满书籍的小书房里放上这样一台我一点也不喜欢的机器，对跳舞我也有很多反对意见。我本来觉得，可以偶尔尝试一两次，尽管我坚信我已经太老，身体太僵硬，没有办法再学会跳舞了。但现在一个打击紧接着另一个打击，对我来说太快也太猛烈了，我感觉到我心里的一切都在发出反抗的声音，作为一个娇生惯养的老年音乐鉴赏家，我对留声机、爵士乐和现代舞曲的意见都涌上了心头。如今在我的小房间里，在诺瓦利斯和让·保尔旁边，在我思想的禁闭室和避难所里会回响着美国舞曲，我不得不伴着这些舞曲跳舞，这实际上已经超出了一个人可以对我提出的要求。但是这也并不是"一个人"提出的要求，这是赫尔米娜的要求，是她的命令。我要听从。我当然要听从。

第二天下午，我们在一家咖啡馆见面。我来的时候，赫尔米娜已经坐在那里喝茶了，她微笑着给我看了一份报纸，我在上面发现了我的名字。这是一份我家乡的保守派发表煽动言论的报纸，时不时地会出现一轮对我进行激烈辱骂的文章。我在战争期间是反战主义者，在战后也偶尔警告人们保持平静、耐心和韧性，进行自我批判，反对日益尖锐、愚蠢和狂野的民族主义煽动情绪。这份报纸上面又刊登了这样的一篇攻击文章，写得很差，有一半是编辑自己写的，有一半是从许多有类似立场的报刊文章中抄来的。没有谁能够像这些古老意识形态的捍卫者一样写出这么低劣的文章，没有谁做自己的工作做得这么不整洁和不花力气。赫尔米娜读了这篇文章，从中获悉，哈里·哈勒是个害人的家伙，是个目无祖国的东西，只要这样的人和这样的思想还能得到容忍，只要年轻人还是在被灌输感伤的人性思想而不是战争复仇，祖国的状况当然就只能是一片萧条。

"这是你吗？"赫尔米娜问道，指着我的名字，"好了，你真的给自己树立了不少敌人，哈里。你看到这篇文章会生气吗？"

我读了几行，都是常见的内容，这些辱骂的陈词滥调的每一个字在这些年来我都已经倒背如流了。

"不，"我说道，"我不生气，我早就习惯了。我有许多次表达过这个观点，每个民族甚至每个个人都一定不能用虚伪的政治'罪责问题'把自己哄睡，而是应该研究一下自身，看看自己对战争和其他世界上的苦难犯下了多少错误，做出了多少拖延，还有多少的恶习，这也许是阻止下一次战争爆发的唯一一条出路了。他们没有办法原谅我，因为他们自己当然是完全无辜的：皇帝、将军、大工业家、政治家还有报纸——没有人对自己有丝毫的责备，没有人有任何罪责！人们也许会认为，世界上的一切都很好，只不过有一千多万被打死的人躺在地下。你看，赫尔米娜，如果就连这样的辱骂文章都没有办法再让我生气，那么它们有时候倒是会让我感到悲伤。我们国家里三分之二的人都在读这种报纸，每天早晨和傍晚都在读这种论调，每天都被加工、被警告、被教唆，变得不满又恶毒，而这一切的目的和结果就是又一场战争，就是下一场即将到来的战争，也许比这场战争还要更丑恶。所有这一切都清晰而简单，每个人都可以理解，只要花一个小时就能够想出同样的结果。但是没有人想要这么做，没有人想要避免下一场战争，没有人想要使自己和自己的孩子免于这场数百万人的大屠杀，如果这么做对他们来说显得太过艰难。思考一个小时，自我反思一段时间，并且自问，人类在世界上已经制造了多少混乱和邪恶——你看，没有人想要这么做！这样一来，事情就会继续发展下去，成千上万的人日复一日地热情备战。自从我明白了这一点以后，我就因为绝望陷入了瘫痪，对我来说已经不再有任何'祖国'，不再有任何理想，这一切都只不过是那些正在筹备下一场战争的先生的装饰。思考、表达和书写人道主义已经不再有意义，在头脑里思索好的念头已经不再有意义——如果有两三个人这么做，成千上万份报纸、杂志以及数不清的演讲、公共的和私密的集会就会日复一日地涌向他，努力宣扬所有相反的东西，而且也达到了效果。"

赫尔米娜专注地倾听着。

"是的,"这时她说,"这一点你说得很有道理。肯定还会有一场战争,不需要看报纸就能得知这一点。这当然能够让人感到悲伤,但是没有价值。这就像是,一个人对此感到悲伤,竭尽全力,做了一切能够做的事情来反抗,但他还是难逃一死。与死亡的搏斗,亲爱的哈里,永远都是一项美丽、高贵、神奇和庄严的事业,也就是说,与战争的搏斗也是一样。但是它也是毫无希望的堂吉诃德式的行为。"

"也许真的是这样,"我高声喊道,"但是这样的真理,比如我们所有人肯定都会很快死去,这样一来,一切都会变得无关紧要,这样的真理会使人们的全部生活变得贫乏和愚蠢。也就是说,难道我们现在应该抛开所有这一切,放弃所有的追求、所有的人性,让野心与金钱继续统治一切,坐在一杯啤酒旁边,等待着下一场战争动员吗?"

赫尔米娜此刻看着我的目光非常奇特,那是一种充满了乐趣、充满了嘲讽与顽皮的目光,带有满怀赞同的战友情谊,与此同时又充满了沉重、智慧与深不见底的肃穆!

"你不应该这样做，"她以一种充满母性的方式说道，"你的生活不会因为你知道你的斗争毫无成果而变得贫乏和愚蠢。但是如果你为了某种美好的、理想化的事物斗争，而且觉得自己一定要达到这个目标，哈里，你的生活就会变得贫乏很多。难道理想是为了达成而存在的吗？难道我们人类活着是为了消灭死亡吗？不，我们活着，是为了惧怕死亡，然后又爱上死亡，正是因为死亡，这一条渺小的生命才会在有些时刻燃烧得那么美。你是个孩子，哈里。现在听话，跟我来，我们今天还有很多事情要做。我今天不会再为战争和报纸感到忧虑了。你呢？"

是啊，我也做好了准备。

我们一起——这是我们第一次一起在城里漫步——去了一家乐器行，去看留声机，把它们打开又合上，听它们播放试音，当我们发现了一台非常合适、精致、令人喜爱的机器的时候，我就想要把它买下来，但是赫尔米娜没有这么快就结束。她拦住了我，我不得不又和她去了第二家店，在那里也查看和试听了各种类型和尺寸的机器，从最昂贵的到最便宜的，这时候她才同意回到第一家店，买下我们之前发现的那台机器。

"你看,"我说道,"我们本来可以把事情办得更简单的。"

"你这么觉得吗?那么我们可能明天就会在另一家店的橱窗里看到一台一模一样的机器,却便宜二十瑞士法郎。此外,购物能够给人带来欢乐,能够带来欢乐的事情就必须充分享受。你还得学会很多事情。"

我们在一个用人的帮助下把我们买的东西搬进了我的公寓。

赫尔米娜仔细地打量着我的房间,称赞那个壁炉和那张长沙发,坐在椅子上试了试,把几本书拿在手里,在我恋人的照片前面站了很久。我们把留声机放在了一个橱柜上面的书堆中间。现在我的课程开始了。她先表演了一支狐步舞,给我示范了最初几步,牵住我的手,开始引导我。我顺从地跟着跳,撞到了椅子,听着她的命令,没有理解她的意思,踩到了她的脚,既笨拙又勤奋。在跳完第二支舞以后,她倒在长沙发上,像一个孩子一样笑了。

"天哪,你真僵硬!你就直接往前走,就像在散步的时候一样!根本不需要那么用力。我觉得你甚至已经全身发热了吧?好吧,我们休息五分钟!你看,跳舞就是这样,如果你会跳舞,那么它就和思考一样简单，要学会它可是容易多了。那些人不习惯于思考，而是更愿意把哈勒先生称为一个叛国贼，静静地等待着下一场战争的来临，这件事情现在已经没有那么让你焦躁了吧。"

一个小时以后，她离开了，保证说下一次会好很多。我的想法却不一样，并且为自己的愚蠢和迟钝感到非常失望，我觉得我在这个小时里什么也没有学到，根本不相信下一次会更好。不，跳舞需要的是那些我完全缺乏的能力：愉快、天真、率性、活力。好吧，我早就想到了这一点。

但是，看啊，下一次的确好了很多，我甚至开始乐在其中了，在这节课结束的时候，赫尔米娜宣称我现在已经会跳狐步舞了。但是当她得出结论，说我明天必须和她去一家餐厅跳舞的时候，我吓了一大跳，言辞激烈地拒绝了。她冷酷地提醒我那个服从命令的誓言，要求我明天到巴兰萨斯饭店和她喝茶。

那天傍晚我坐在家里，想要读书，却读不下去。我害怕明天。这个想法在我看来太可怕了，我这个老迈、羞怯、敏感的怪人不仅仅要去一家非常现代的、有爵士乐伴奏的茶座兼舞厅，还要在陌生人中间跳舞，而我根本就不会跳舞。我承认，当我独自一人在我安静的书房里打开留声机,放着音乐,穿着袜子轻轻地练习我的狐步舞的时候,我自己都会嘲笑自己,为自己感到羞愧。

那天在巴兰萨斯饭店里有一个小型乐队在演奏,可以喝茶和威士忌。我试图贿赂赫尔米娜,给她端上蛋糕,试图请她喝一瓶上好的葡萄酒,但是她依然铁面无私。

"你今天不是来这里享受的。现在是跳舞的时候。"

我不得不和她跳了两三支舞,在这段时间里,她介绍我认识了那位萨克斯手,那是一个黝黑俊美的年轻人,来自西班牙或者是南美洲,据她所说,他会演奏世界上的所有乐器,会说世界上的所有语言。这位"先生"[①]似乎和赫尔米娜非常熟,关系非常好,他面前有两种尺寸不同的萨克斯,他轮流吹奏它们,与此同时,他那双流光溢彩的黑眼睛专心而享受地打量着跳舞的人们。我非常惊讶地发现我对这位无害的、漂亮的乐手生出了某种嫉妒之情,不是爱情方面的嫉妒,因为我和赫尔米娜之间的关系的确也谈不上是爱情,而是一种精神上的友情方面的嫉妒,因为在我看来,

---

①原文为西班牙文。

他并不配得到她向他展示的兴趣和值得注意的褒奖，甚至可以说是崇敬。那么我不得不认识一些滑稽的人，我闷闷不乐地想道。

然后赫尔米娜突然受到其他人的邀请去跳舞了，我独自坐在那里喝茶，听着音乐，这种音乐我到目前为止都无法忍受。亲爱的上帝，我想，也就是说，现在我就被带到了这里，逐渐习惯了这里，在这个让我觉得如此陌生和反感的世界里，我之前一直都小心翼翼地躲避、深深地蔑视这个庸庸碌碌和寻欢作乐之人的世界，这个大理石桌子、爵士乐、卖弄风情和商旅往来的平淡又充斥陈词滥调的世界！我忧伤地喝着我的茶，盯着这些附庸风雅的人群。两个美丽的女孩吸引了我的目光，两个优秀的舞者，我怀着惊叹和艳羡的目光追随着她们，看着她们如何敏捷、美丽、欢乐而自信地随着音乐起舞。

这时赫尔米娜又出现了，对我感到不满。她斥责我，我到这里来不是为了摆出这样的脸色，一动不动地坐在茶桌前面的，现在请我振作一点，起来跳舞。怎么跳？我谁也不认识啊！根本不需要认识别人。难道这里根本就没有我喜欢的女孩吗？

我把刚刚站在我们近旁的两个女孩中更漂亮的那

一个指给她看,她穿着漂亮的丝绒短裙,有一头茂密的金色短发,丰满的、女性化的手臂看起来非常诱人。赫尔米娜坚持要我立刻走过去,邀请她跳舞。我绝望地拒绝着。

"但是我做不到!"我难过地说道,"是的,如果我是个年轻漂亮的小伙子就好了!但是我是这么一个肢体僵硬的老白痴,甚至不会跳舞——她肯定会嘲笑我的!"

赫尔米娜轻蔑地看着我。

"我会不会嘲笑你,这对你来说当然无关紧要了。你真是个懦夫!每个接近女孩子的人都要冒着被嘲笑的风险,这就是代价。也就是说,去冒险吧,哈里,最坏的情况也就是被嘲笑——否则我就没法相信你会听从我了。"

她没有屈服。我闷闷不乐地站起来,音乐声刚刚再次响起,我就向着那个美丽的女孩走了过去。

"其实我有同伴,"她说,用那双清新的大眼睛好奇地打量着我,"但是我的舞伴似乎待在对面的吧台那里。好吧,您过来!"

我拥住她,迈出了最初几步,依然还在为她没有把我打发走而感到惊诧,这时她已经注意到了我的情况，就开始引领我跳舞。她跳得很好，我也从中学到了不少，一时间，我忘记了我在舞蹈中所有的职责和规则，只是单纯地跟随她飘浮着，感受到我的舞伴绷紧的臀部和快速而轻捷地挪动的膝盖，注视着她年轻的、容光焕发的面孔，向她承认今天是我这辈子第一次跳舞。她微笑着鼓励我，以非常机敏的方式回应着我迷醉的目光和谄媚的话语，不是用言语，而是用轻快的、迷人的动作，这些动作使我们更接近彼此、更被彼此吸引。我用右手紧紧抱住她的腰，幸福而热情地追随着她双腿、双臂和双肩的动作，令我震惊的是，我竟然一次也没有踩到她的脚，当音乐结束的时候，我们两个都站在那里鼓着掌，直到舞曲再次奏响，我再一次热烈、深情又虔诚地完成了这个仪式。

当这支舞蹈结束、太早地结束的时候，美丽的丝绒女孩退了下去，赫尔米娜突然出现在了我的身边，她一直在注视着我们。

"你注意到了吗？"她大笑着称赞道，"你发现了吗，女人的腿和桌子腿不一样？好吧，真棒！你现在已经会跳狐步舞了，感谢上帝，明天我们就开始学波士顿舞，三个星期后在环球舞厅里有化装舞会。"

现在是休息时间，我们坐了下来，这时俊美而年轻的萨克斯手帕勃罗向我们点了点头,坐在了赫尔米娜身边。他似乎和她是非常好的朋友。但是我承认,我在第一次遇到这位先生的时候完全不喜欢他。他很俊美,这是不可否认的,拥有俊美的身材和俊美的脸庞,但是我在他身上没有发现其他的优点。就连说多种语言这件事情他也没费多少力气,也就是说,他根本就什么也不会说,只会说类似于"请""谢谢""是的""当然""你好"之类的词,尽管他会用许多种语言说这些词。不,他什么也不说,这位帕勃罗"先生"[1],他看起来也不怎么思考,这位漂亮的"骑士"[2]。他的工作是在爵士乐队里吹萨克斯,他对这份职业似乎怀有热爱和激情,有时候他会在奏乐的时候突然击掌,或者是让自己以另外的方式表达振奋之情的爆发,高唱这样的词:"哦哦哦,哈哈哈,哈啰!"但是除此之外,他在这个世界上似乎就没有什么可以做的了,只是展现美貌,吸引女人,按照最新潮流竖起衣领、打上领带,在手指上戴许多个戒指。他的乐趣就在于坐在我们身边,向我们微笑,看自己的手表,

---

[1]原文为西班牙文。
[2]原文为西班牙文。

卷着香烟，在这方面他倒是非常熟练。他那双幽深俊美的混血儿的眼睛、他那乌黑的鬈发并没有蕴藏着什么浪漫色彩，什么疑惑，什么思想——从近处看，这个美丽而独具异国风情的半神只不过是一个爱享受的、有点被娇惯的年轻人，此外无他。我和他谈论他的乐器，谈论爵士乐的音色，得让他看出来，他是在和一个享受音乐的鉴赏家说话。但是他根本没有深入讨论这个话题，当我出于对他或者实际上是对赫尔米娜的礼貌，为爵士乐做了一点乐理层面的辩护的时候，他毫无恶意地对我的努力报以微笑，也许他根本不知道这个世界上除了爵士乐外还有别的音乐。他很善良，善良又正派，他那双空洞无物的大眼睛美丽地微笑着。但是在他和我之间似乎毫无共同之处——对他来说重要和神圣的事物对我来说都不是这样，我们来自地球相反的两极，我们的语言里没有共同的词汇。（但是后来赫尔米娜向我讲述了一件奇怪的事情。她说，帕勃罗在那次谈话以后和她说起了我，说她要非常小心地照料这个人，他非常不幸。当她问他是怎么得出这个结论的时候，他说道："可怜、可怜的人。看看他的眼睛！他不能笑。"）

当这个黑眼睛的男人告辞离开的时候，音乐又响了起来,赫尔米娜站了起来。"现在你又可以和我跳舞了,哈里。还是说你不想再跳了?"

我现在和她跳舞也更轻松、更自由和更快乐了,尽管不像和那个女孩跳舞一样轻松和忘我。赫尔米娜让我引导着她,像一朵花瓣一样温柔和轻盈地配合着我,我现在在她身上也发现和感受到了那种时而扑面而来、时而飘散而去的美,她也散发出女性和爱情的馥郁,她的舞蹈也在温柔而真挚地吟唱着这一性别那柔美而魅惑的歌曲——但是我对这一切不能完全自如而欢快地做出回答,不能做到完全的忘我和献身。赫尔米娜站得离我太近,她是我的战友,我的姐妹,我的同类,她太像我自己,太像我青年时期的朋友赫尔曼,那个梦想家,那个诗人,那个与我一同进行精神修习和放荡不羁的热情似火的同伴。

"我清楚,"之后我谈起这件事情的时候,她说道,"我很清楚。尽管我还没有让你爱上我,但是这不着急。我们首先是战友,我们是希望成为朋友的人,因为我们认出了彼此。现在我们想要互相学习,一起玩耍。我向你展示了我小小的剧院,我教你跳舞,教你稍微享受一些,变得笨一点,而你向我展示你的思想和你的一部分知识。"

"唉，赫尔米娜，这没有什么可展示的，你知道的确实比我要多得多。你是一个多么奇特的人啊，你这个女孩！你在所有的方面都理解我，都领先我一步。难道我对你来说算得了什么吗？难道我对你来说不无聊吗？"

她用黯淡下来的目光注视着地板。

"我不喜欢听你这么说话。想想那天傍晚，你破碎而绝望地从你的折磨和孤寂中走了出来，走向了通往我的道路，成了我的战友！那么你觉得，我为什么能够在那个时候认出你，并且理解你？"

"为什么，赫尔米娜？告诉我！"

"因为我就像你一样。因为我恰如你一样孤独，恰如你一样不怎么喜爱生活、人类和我自己，没有办法认真对待这些东西。总有一些人对生活有着至高的要求，面对自己的愚蠢和粗糙的时候感觉很恶劣。"

"你，你！"我深感惊讶地喊道，"我理解你，战友，没有人像我这理解你。但是你对我来说是一个谜。你的确就这么玩闹般地应对生活，你的确对这些小小的事物和享受有着奇妙的尊敬，你是一个生活的艺术家。你怎么可能会因为生活受苦呢？你怎么可能感到绝望呢？"

"我不绝望,哈里。但是因为生活受苦——哦,是的,我有所体验。我不幸福,你感到惊奇,因为我的确可以跳舞,又非常了解生活的表层。而你,朋友,你对生活如此失望,这也令我惊奇,因为你恰好熟悉最美和最深刻的事物,精神、艺术和思想!因此我们彼此吸引,因此我们是兄弟姐妹。我会教你跳舞、玩耍和发笑,但是我没有办法教你感到满意。我会从你那里学到思想和知识,但是也学不会满意。你知道吗?我们两个都是魔鬼的孩子。"

"是的,我们是魔鬼的孩子。魔鬼就是精神,我们就是它不幸的孩子。我们从自然界坠落,悬挂在虚空之中。但是现在我又想起了一件事情:在那篇我对你讲起过的有关荒原狼的论文里,写了这样的话,说如果哈里相信他拥有一个或者是两个灵魂,是由一个或者两个人格组成的,那么这只不过是他的幻想。每个人都是由几十个、几百个、几千个灵魂组成的。"

"我很喜欢这个想法,"赫尔米娜喊道,"比如你,你的精神得到了很高的塑造,但是你在所有需要微笑的生活艺术方面都过于停滞不前。那个思想者哈里有一百岁,但是舞者哈里几乎才生下来半天。我们现在还想继续培养他和他所有的小兄弟,他们就像他一样小,一样笨,一样不成熟。"

她微笑地看着我。然后她换了一种轻柔的声音问我:

"那么你觉得玛丽亚怎么样?"

"玛丽亚?那是谁?"

"就是那个和你跳舞的女孩。一个漂亮的女孩,一个非常漂亮的女孩。你有一点爱上她了,我看得出来。"

"那么,你认识她?"

"是啊,我们非常熟。你是不是很喜欢她?"

"我喜欢她,我也很高兴她对我的舞步如此宽容。"

"好吧,这就是一切了!你应该向她稍微献献殷勤,哈里。她很漂亮,跳舞又跳得那么好,你也已经爱上了她。我觉得,你会有成果的。"

"唉,我没有这方面的野心。"

"现在你就有点在说谎了。我知道,你在这个世界的某个地方有一位恋人,半年才见她一次,然后就只是和她吵架。如果你想对这个奇特的女友保持忠诚,那么你的确很不错,但是请允许我对待这件事情的时候不太严肃!我非常怀疑,你对爱情严肃到了可怕的地步。你可以这么做,你可以用你理想的方式去爱,按照你的心意，这是你的事情，我不需要为此操心。但是我操心的是，你需要把生活中那些轻松的小技巧和游戏学得更好一些，在这个领域我就是你的教师，而且会成为比你那位理想的恋人更出色的教师，相信我！你真的有必要和一个漂亮的女孩睡上一次，荒原狼。"

"赫尔米娜，"我痛苦地喊道，"但是你看看我，我是一个老人！"

"你是个小男孩。这件事情就和你适应了舒适的生活，不想学跳舞，直到几乎已经太晚了一样，你现在也适应了舒适的生活，不想学着去爱。以理想化和悲剧性的方式去爱，哦，朋友，这个你做得非常出色，我对此毫不怀疑，并且致以敬意！但你现在也要学会用稍微寻常一点和充满人性的方式去爱别人。你已经开了头，我们很快就可以让你参加舞会了。现在，你必须首先学会波士顿舞，我们明天就开始做这件事。我三点左右到。此外，你觉得这里的音乐怎么样？"

"很出色。"

"你看，这也是一个进步，你已经学会了。到目前为止你都无法容忍所有这些舞曲和爵士乐，它们对你来说太不严肃、太不深刻了，现在你已经看出来了，我们根本不需要把它们当真，但是它们也可以很不错、很迷人。此外，这整个乐队没有帕勃罗就不值一提。他领导着这个乐队，给它注入燃料。"

就像留声机玷污了我书房里那苦行僧般的精神，就像陌生的美国舞曲以令人烦扰又具有摧毁性的方式闯进了我精心维护的音乐世界，新鲜的、可怕的、化解一切的事物也就这样从四面八方闯进了我到目前为止都严丝合缝、密不透风的生活。荒原狼的论文和赫尔米娜那套有关上千个灵魂的理论是对的，每天都有几个新的灵魂出现在我所有旧有的灵魂旁边，提出要求，制造噪音，我现在清清楚楚地看到我迄今为止的个性是多么的虚妄，就像看到了一幅画。我只让我恰好擅长的几种能力和修习发挥作用，绘制出了这样一幅哈里的画像，过着这样一个哈里的人生，而他实际上不过是一个被非常轻柔地虚构出来的诗歌、音乐和哲学的专家——我人格的全部残余，全部剩余下来的能力、冲动和追求的一片混沌都被我当作负担，被我贴上了荒原狼的标签。

在这段时间里，我虚妄的被纠正、我人格的被解体绝对不只是一段舒适而令人愉悦的冒险，与之相反，这个过程经常充满苦涩的痛楚，经常令人几乎难以忍受。留声机在这个原本应该回荡着其他旋律的地方时常听起来真的像是魔鬼的声音。有时候，当我在一家现代风格的餐厅，在所有那些优雅的花花公子和奸诈之人中间跳我的单步舞的时候，我觉得我自己就像是背叛了我之前在生活中认为是可敬和神圣的一切事物。如果赫尔米娜让我独自待上八天，那么我就会立刻再次逃离这费力又可笑的享受生活的实验。但赫尔米娜始终都在，尽管我不是每天都见到她，她也始终在旁观、引导、监视和考察着我——就连我这些愤怒的拒绝和逃离的念头她都能够微笑着从我的脸上读出来。

之前被我称为我的个性的东西正在一步一步地走向毁灭，随着这个过程，我也开始理解，为什么尽管我这么绝望，我还是不可避免地对死亡抱有着如此可怕的恐惧，我开始注意到，就连这种丑恶而可耻的对死亡的畏惧也是我旧日市民的、虚伪的存在的一部分。那位到目前为止的哈勒先生，那位有天赋的作家，那位研究莫扎特和歌德的专家，那位写过有关艺术的形而上学、天才、悲剧还有人性的值得一读的观察作品的作者，那位在汗牛充栋的斗室里忧郁的隐居者，一步一步地走向自我批判，没有任何办法保护自己。这个富有天赋、风趣幽默的哈勒先生尽管在宣扬理性和人性，抗议战争的残暴，但是在战争期间却没有被拉到墙边枪毙，他这种思想实际上的结果本来就应该是这样，但是他找到了某种适应方法，当然是某种最为体面和高贵的适应方法，但也还是一种妥协。此外，他反对强权与剥削，但是却在银行里储存了大量工业企业的债券，吃利息的时候完全没有良心上的负疚。一切都是这样。哈里·哈勒尽管把自己完美地装扮成了一个理想主义者和一个厌世者，一名忧伤的隐士和一位咆哮的先知，但他在本质上还是属于小资产阶级，觉得赫尔米娜要过的那种生活是值得谴责的，为在餐厅里虚度的夜晚、在那里挥霍掉的塔勒而感到气恼，他良心不安，绝对不渴望自己的解放与圆满，而是相反，渴望迅速地退回舒适的时光里，那个时候，精神的游戏还能够给他带来一点乐趣和荣誉。那些为他所蔑视、所嘲笑的报纸读者也正是这样渴望着回到战前的理想时光，因为那段时光比在受难中学习的时光更为惬意。呸，见鬼，真是令人作呕，这个哈勒先生！但我还是牢牢地抓住他，或者是抓住他已经开始溶解的假面具，抓住他精神层面的卖弄风骚，抓住他那市民一般的对无序和偶然的畏惧（死亡也属于这些事物），与这个逐渐成形的新的哈里做比较，这个有些羞怯又滑稽的舞厅新手，讥讽而又满怀嫉妒地在那个昔日的、虚伪的理想主义的哈里的形象中发现了那时教授家里那幅曾经令他感到那么困扰的歌德铜版画上面的特质。他自己，这个旧日的哈里，正是这样一个符合市民理想的歌德，正是这样一个精神英雄，有着过于高贵的眼睛，尊严、精神和人性就像发蜡一样闪闪发光，几乎比自己灵魂的指针还要高尚！见鬼，无论如何，这个美丽的形象现在出现了可怕的缺口，理想化的哈勒先生被悲惨地拆解了！他看起来就像是一个尊贵的人，被街上的抢劫犯抢得只剩下一条撕碎的裤子一样，如果他聪明，他现在就应该学会扮演一个被抢劫的人的角色，但是他穿着自己的破衣烂衫，就好像那上面还挂着勋章，继续可悲地展示着他那失落的尊严。

  我不断地遇到乐手帕勃罗，我对他的判断不得不因此而改变，因为赫尔米娜非常喜欢他，热情地寻求着他的陪伴。我在记忆中把帕勃罗标记成一个漂亮的"零"，一个微不足道、有点虚荣的纨绔子弟，一个热爱享乐、无忧无虑的孩子，快乐地吹着他在年度集市上购买的小号，用赞赏和巧克力就可以轻易地制服。

但是帕勃罗没有问过我对他的评价，这些评价对他来说就像我的音乐理论一样无关紧要。他礼貌而友善地听着我说话，永远在微笑，但是从来没有给过我一个真正的回答。尽管如此，我似乎还是激起了他的兴趣，他显然是在努力喜欢上我，向我证明他的好意。当我有一次在这样毫无结果的谈话中受到了刺激，几乎变得粗鲁起来的时候，他震惊而悲伤地看着我的脸，牵起了我的左手，抚摸着它，递给我装在一个小小的镀金盒子里的鼻烟粉，说它对我有好处。我用一个眼神询问赫尔米娜，她点头表示可以，我拿过来吸了吸。事实上，我确实立刻就感到了清爽和振奋，这些粉末里可能加了一点可卡因。赫尔米娜告诉我，帕勃罗有许多这种药剂，是通过秘密途径获得的，偶尔会分发给朋友们，而且他在调制药剂方面是一个大师：镇痛药剂、安眠药剂、美梦药剂、开怀药剂和催情药剂。

有一次，我在街上遇见了他，在码头那边，他二话不说地就开始与我同行。这一次我终于成功地和他说上了话。

"帕勃罗先生，"我对他说道，他正把玩着一根纤细的银黑色小手杖，"您是赫尔米娜的朋友，这就是我对您感兴趣的原因。但是我不得不说，我和您交谈的时候很困难。我尝试过几次和您谈论音乐——如果能听听您的意见、您的反驳、您的判断，那么我会觉得很有趣。但是您却拒绝给我最简短的回答。"

他真挚地对着我大笑，这一次没有寻找托词，而是非常淡漠地说道："您看，我认为谈论音乐根本就没有价值。我从来都不谈论音乐。那么如果是这样的话，我又该怎么回答您那些非常机智和正确的话呢？您这些话说得都非常正确。但是您看，我是乐手，不是学者，我不认为在音乐领域有道理的事情有任何价值。在音乐中，重要的不是人们是不是正确的，也不是人们有没有品位和教养以及诸如此类的东西。"

"好吧。那么重要的是什么呢？"

"重要的是，要演奏音乐，哈勒先生，要尽可能好、尽可能多、尽可能密集地演奏音乐！这才是重要的，先生[①]。如果我脑子里有巴赫和海顿的所有作品，可以对它们发表最机智的言论，这对任何人都没有用。但是如果我拿起我的乐器，吹奏一段流畅的西迷舞曲，无论这段西迷舞曲吹得是好是坏，它都能够给人们带来欢乐，它都会注入他们的双腿和血液里。只有这才

[①] 原文为法文。

是重要的。您只要看看在一段较长的间隙以后音乐重新响起的时候舞厅里的那些脸——那些眼睛是如何闪动,双腿是如何抽动,脸孔是如何展露笑颜!这就是人们奏乐的理由。"

"非常好,帕勃罗先生。但是不仅仅有感官层面的音乐,也有精神层面的音乐。不仅仅有在此时此刻演奏的音乐,而且也有不朽的、会继续留存下去的音乐,即便这一刻没有人演奏它们。一个人可以独自躺在自己的床上,在自己的脑海里唤醒一段《魔笛》或者《马太受难曲》[①]的旋律,然后音乐就会演奏起来,而不需要有任何一个人吹笛子或者是拉小提琴。"

"当然,哈勒先生。《渴望》[②]和《瓦伦西亚》[③]也会在每天晚上被许多孤独的梦想者默默地在心里重演,就连最贫穷的打字女孩在她的办公室里也在脑海里演奏着上次听到的单步舞曲,伴随着它的节奏来打字。您说得对,所有这些孤独的人,我很高兴他们都有自

[①]巴赫作品,为清唱剧受难曲。
[②]这首歌的历史原型对应着马蒂·诺曼于1925年灌制的唱片《只渴望你》。
[③]瓦伦西亚原为西班牙城市名,位于西班牙东部,在20世纪20年代,以"瓦伦西亚"为主题的西班牙情歌风靡欧美国家。

己默默吟唱的音乐，无论是《渴望》还是《魔笛》，还是《瓦伦西亚》！但是这些人到底是从哪里得到他们那孤寂、沉默的音乐的？他们是从我们这里得到的，从乐手这里得到的，音乐必须首先得到演奏，得到倾听，然后进入血脉，之后才能在自己家的小房子里被人思考和被人梦想。"

"我同意，"我冷漠地说道，"但这并不意味着要把莫扎特和最新的狐步舞放到同一个等级。您给人们演奏神性的永恒音乐，还是廉价的流行音乐，这也不是一回事。"

当帕勃罗感觉到我声音里的激动的时候，他就立刻做出了最令人喜爱的表情，他爱抚般地抚摸着我的手臂，他的声音也带上了难以置信的柔情。

"唉，亲爱的先生，关于等级的问题您说得对。我并不反对您把莫扎特、海顿和《瓦伦西亚》放在任何一个您喜欢的等级上！对我来说这都是同一回事，我不去判定等级，我不会问这种问题。莫扎特也许在一百年后还会有人演奏，《瓦伦西亚》也许在两年后就不再有人演奏——我觉得，这件事我们可以尽管交给亲爱的上帝，他是公正的，手里握着我们所有人的生死大限，也包括每首华尔兹舞曲和狐步舞曲，他肯定会做正确的事情。但我们这些乐手,我们必须做我们的事情,这就是我们的义务和使命:我们不得不演奏人们在此时此刻所渴望的东西,我们不得不演奏得尽可能地好,尽可能地美,尽可能地动人。"

我叹息着放弃了。我没有办法对付这个人。

在有些时刻,旧事与新事、痛苦与愉悦、恐惧与欢乐非常奇妙地交织在一起。我时而身在天国,时而身在地狱,大多数时候也同时在这两个地方。旧日的哈里和新的哈里时而陷入激烈的争吵,时而和平相处。那个旧日的哈里有时候看起来完全就像是死了一样,已经被埋葬,然后他突然又出现了,下达命令,像暴君一样统治一切,对一切都更了解,而那个新的、年轻的小哈里则自惭形秽,沉默地任由自己被挤到墙角。在其他一些时刻,年轻的哈里勇敢地扼住了旧日的哈里的咽喉,于是产生了许多呻吟,许多垂死搏斗,许多关于剃须刀片的思想。

但是苦难和幸福常常会在一瞬间里同时涌向我。在我第一次尝试公开跳舞几天以后,有一天黄昏,我在我的卧室里经历了这样的瞬间,我带着难以言喻的惊奇、诧异、恐惧和迷醉发现,美丽的玛丽亚正躺在我的床上。

在目前为止赫尔米娜给我制造的所有惊喜中，这是最猛烈的一个惊喜。因为我没有一瞬间怀疑过不是她把这只天堂鸟送到了我的身边。那天黄昏我很例外地没有和赫尔米娜在一起，而是去大教堂听了一场出色的古老教堂音乐的演奏——这是一次前往我过往生活的美丽而忧伤的郊游，前往我青年的郊野，前往理想化的哈里的领域。在哥特式教堂高大的空间里，美丽的交叉拱顶在烛光里幽灵般活跃地晃动着，我听了布克斯特胡德[①]、巴哈贝尔[②]、巴赫和海顿的几首作品，重温了过去喜爱的老路，又听了一位女歌手演唱巴赫的作品，她曾经是我的朋友，我听过许多次她超凡脱俗的表演。古老音乐的音调以及它无尽的尊严与圣洁唤回了我所有青春时期的升华、陶醉和振奋的经历，我悲伤而又沉醉地坐在教堂音乐那高昂的合唱声中，在这个曾经是我故乡的地方，在这个高贵、幸福的世界里做了一个小时的客人。在一首海顿的二重奏响起

---

①迪特里克·布克斯特胡德(1637—1707)，德国巴洛克音乐代表作曲家。
②约翰·巴哈贝尔(1653—1706)，德国巴洛克时代作曲家，擅长管风琴乐。

的时候，我潸然泪下，我没有等到音乐会结束，放弃了再次与那位女歌手见面的机会（哦，我曾经在这样的音乐会结束后和那些艺术家度过了多少熠熠生辉的夜晚啊！），我溜出了大教堂，在夜晚的街巷上疲惫地奔跑着，在这里或者那里的餐厅窗子后面有爵士乐队在演奏着音乐，那就是我当今生活的旋律。哦，我的生活已经变成了多么阴暗的错误！

我在这次夜行中也思考了很久我与音乐的奇特关系，再次将这既动人又致命的与音乐的关系当作整个德意志精神的命运。在德意志精神里，起到支配作用的是母权，是以音乐霸权为形式的与自然的连接，这在其他民族那里都不曾有过。我们这些具有精神的人没有用男性化的姿态做出反抗，服从并倾听精神、逻辑和话语，而是都梦想着一种没有言辞的话语，可以说出不可言说的事情，可以展现无法塑形的事物。具有精神的德意志人没有尽可能忠诚而诚恳地演奏自己的乐器，而是始终在反抗言辞，反抗理性，与音乐眉目传情。而在音乐中，在这奇妙而极乐的声调造型中，在这神奇而美好的感受与情绪之中，这一切都无法变为现实，因此德意志精神纵情挥霍，荒废了它大量的真正使命。我们这些具有精神的人实际上并不以现实为家，而是与现实格格不入，与现实为敌。因此，在我们德意志的现实里，在我们的历史、政治和我们的公众舆论里，精神所扮演的角色都如此可悲。好吧，我经常反复思索这个念头，偶尔也能够感受到一种强烈的渴望，想要塑造一次现实，想要认真而负责地做点事情，而不是仅仅忙于审美和精神上的艺术编造。但是最终永远是妥协，永远是灾难性地放弃。将军和重工业家先生们说得很对：我们这些"具有精神的人"没有办法做事情，我们只是一群可有可无、漠视现实、缺乏责任感的人，说着富有精神性的废话。呸，见鬼！剃须刀片！

我被这个念头和音乐的回想充盈着，内心因为悲哀和对生活、对现实、对意义、对不可失而复得的事物的孤注一掷的渴望而变得沉重，最终回到了家里，踏上了我的楼梯，在起居室里点亮了灯，徒劳地试着读了一会儿书，想起了一个约定，这个约定强迫我明天傍晚去塞西尔酒吧喝威士忌和跳舞，不仅对自己，也对赫尔米娜感到了一种愤怒与苦涩。也许她是出于发自内心的好意，也许她是一个奇妙的灵魂——但她那时候最好还是让我走向灭亡，而不是把我拽进这个混乱、陌生、炫目的游戏，让我越陷越深，我在这里永远都会是一个陌生人,而我心里最好的部分却在腐烂和受难!

我就这样悲伤地关上了灯,悲伤地去往我的卧室,悲伤地开始更衣,这时一缕不寻常的香气令我心生疑窦,那是香水的气味,我环顾四周,看到了美丽的玛丽亚躺在我的床上,微笑着,有一点担忧,眨着大大的蓝眼睛。

"玛丽亚!"我说道。我的第一个念头是,如果我的女房东知道了这件事,她会将我赶走的。

"我来了,"她轻声说道,"您生我的气吗?"

"不,不。我知道,是赫尔米娜把钥匙给您的。好吧。"

"哦,您生气了。我这就走。"

"不,美丽的玛丽亚,您留下来吧!只是我今天傍晚刚好非常难过,我今天没有办法开心起来,也许我明天就好了。"

我向她稍稍俯身,这时她用两只坚定的大手抱住我的头颅,把我的头拉到她面前,长久地亲吻着我。然后我坐到床上,坐在她身边,握着她的手,请求她轻声说话,这样就没有人能听得见我们说话了,我注视着她美丽、丰满的面孔,那就像一朵巨大的花一样陌生而奇异地躺在我的枕头上。我慢慢地把我的手移到她的唇上，伸到被子下面，放在她温暖的、静静地呼吸着的乳房上。

"你不需要开心，"她说道，"赫尔米娜已经对我说了，你有烦恼。每个人都能理解这一点。那么你还是喜欢我，是吧？你在不久之前跳舞的时候就深深地爱上了我。"

我亲吻她的眼睛、嘴唇、脖颈和乳房。刚刚我还在想着赫尔米娜，心里苦涩而充满责备。现在我手里握着她的礼物，心怀感激。玛丽亚的爱抚使今天我听过的美妙音乐不再刺痛我，反而与它相衬，使它圆满。我慢慢地掀开这个美丽女子的被子，直到我的亲吻抵达了她的双脚。当我躺在她身边的时候，她如花的脸庞蕴含着全知和善意的感觉向我微笑。

在这天晚上，在玛丽亚的身边，我没有睡上太久，但是我睡得像个孩子一样又沉又香。在睡眠的间隙里，我饮下了她美丽而欢畅的青春，在轻声闲聊中了解到了她和赫尔米娜的生活中许多值得了解的事情。我以前对这一类的事情和生活所知甚少，只是早年间偶尔在剧院里见到过类似的人物，这样的男人和女人，半是艺术家，半属于俗世生活。现在我才有点看清楚了这种奇特的、惊人的无辜和惊人的堕落的生活。这些女孩大部分来自贫穷的家庭，太过聪明，太过漂亮，没有办法在整个生命中唯独指望某份薪水很低、毫无乐趣的工作糊口，她们所有人都时而依靠临时的工作为生，时而依靠她们的优雅与可爱度日。她们有时会在一台打字机前面坐上一两个月，有时会成为某个生活富庶、热爱享乐的男人的情人，得到零花钱和礼物，有时候身穿皮草，乘坐汽车，住进豪华酒店，有时候又住在阁楼房间里，尽管在有些情况下也会因为高昂的价码而步入婚姻，但是总体上却绝对不贪恋婚姻。她们中间的一些人在爱情中毫无渴求，只是违心地施加恩惠，而且是在讨价还价后得到高昂的报酬才会这么做。另一些人却具有非比寻常的爱的天赋和爱的需求，玛丽亚就属于这种人，她们中间的大多数和两种性别的人都有过爱情经历。唯独她们依靠爱情维生，永远在正式的、付费的客人之外还有着许许多多的情爱关系。这些蝴蝶热情而忙碌，忧虑而率性，机智却又不假思索地过着这种和她们一样天真、一样精美的生活，遗世独立，不会被任何人收买，期待着幸福和好天气，热爱生活，却远远没有像市民那么依附于生活，始终准备好跟随一位童话中的王子走进他的宫殿，始终怀有着朦胧的意识，预料到了某个沉重而又哀伤的结局。

玛丽亚教给了我——在奇妙的第一晚和接下来的几天里——许多东西，不仅仅是感官层面的优雅新游戏和幸福享受，而且也有新的理解、新的观点、新的爱情。这个舞厅和享乐场所的世界，这个电影院、酒吧和旅馆大堂的世界对我这个过往的隐士来说依然还是有些缺乏价值，有些禁忌和缺少尊严，但是对玛丽亚、对赫尔米娜和她们的女战友们来说就是世界本身，无论好坏，无论值得渴望还是应该憎恨，她们短暂而满怀热望的生命就在这个世界里盛放，她们就在这个世界里安身为家，经历一切。她们热爱一瓶香槟或者是烧烤餐馆里的一道特色烤肉，就像我们这种人热爱一位作曲家或者是一位诗人，她们赞美一首新的舞曲或者是一位爵士乐歌手那多愁善感的甜腻歌曲，就像我们这种人以同样的激情、震撼和触动赞美尼采或者是汉姆生[1]一样。玛丽亚向我讲述那位俊美的萨克斯手帕勃罗，说起了一首他偶尔会唱起的美国"歌曲"[2]，

---

[1] 克努特·汉姆生(1859—1952)，挪威著名作家，1920年获得诺贝尔文学奖。
[2] 原文为英文。

她谈论的时候怀着一种沉浸、一种惊叹和爱意，令我触动，远远比那些受过高等教育的人谈论精挑细选的高雅艺术的时候包含更多的陶醉。我已经准备好加入这种狂热，无论这首"歌曲"是什么样。玛丽亚那可爱的话语，她那绽放着热望的目光在我的美学之上撕开了一道宽阔的裂隙。苦难蕴含着一些美，蕴含着一些少量的精挑细选的美，对我来说毫无疑问具有崇高的地位，莫扎特就高高在上，但是界限在哪里呢？难道我们这些行家和批评家所炽热地爱过的事物在我们今天看来都已经变成了可疑的和致命的？难道我们不是在面对李斯特、瓦格纳，甚至很多贝多芬的乐曲的时候都经历过这样的事情？难道玛丽亚对这首美国"歌曲"那盛放的孩子一般的感动不是就像毫无疑问的崇高艺术体验一样纯洁、一样美丽，就像某位学校顾问对《特里斯坦与伊索尔德》①的感动或者是某位指挥家对《第九交响曲》的陶醉？难道这不是奇特地与帕勃罗先生的观点一拍即合，证明了他的正确性？

这个帕勃罗，这个美男子，就连玛丽亚似乎也很爱他！

---

①瓦格纳的著名歌剧，以中世纪的同名骑士史诗为蓝本。

"他是一个很俊美的人，"我说道，"我也很喜欢他。但是告诉我，玛丽亚，你怎么可能在他之外也对我怀着爱意？而我是一个无聊的老家伙，并不俊美，头发已经白了，不会吹萨克斯，也不会唱任何一首英文歌。"

"不要说这么恶毒的话！"她斥责道，"这倒也非常自然。我也喜欢你，你身上也有美丽、可爱和特别的地方，你不可能是你以外的任何样子。我们不应该谈论这种事情，不应该要求这种申辩。你看，当你亲吻我的脖颈或者是耳朵的时候，我就察觉到你喜欢我，我让你钟情，你可以用这样的一种方式来亲吻，好像有一点羞怯，这样的亲吻告诉我：他喜欢你，他感激你，因为你很美。这一点我非常、非常喜欢。而在另外那个男人那里我喜欢的刚好是相反的东西，他似乎不喜欢我，亲我的时候就好像这是他的恩赐。"

我们再一次入睡。我再一次醒来，却始终都将她拥抱在臂弯里，我那美丽、美丽的鲜花。

真是奇妙！——这朵美丽的鲜花始终都是赫尔米娜送给我的一个赠礼！她始终站在赫尔米娜的身后，像面具一样罩在她的脸上！在这段时间里，我突然想起了埃丽卡，想起了我那遥远的、生气的恋人，想起了我可怜的女朋友。她几乎就像玛丽亚一样漂亮，尽管不像她这么怒放，这么洒脱，在情爱的小小天赋方面也更贫乏一些，在片刻之间，她的形象伫立在我的面前，清晰而令人痛心，我爱过她，并且深深地将她编织进了我的命运之中，然后她再次沉落，沉入睡眠，沉入遗忘，沉入我半心半意地哀悼着的远方。

我生命中的许多图景就这样在这个美丽温柔的夜晚升起在我的面前，而我长久以来的生活都空虚贫乏，缺乏画面。此刻，在爱神的启发之下，这些图像的源泉深邃而丰盈地喷涌着，一瞬间，我的心静静地面对着它们，充满了陶醉和哀悼，我生活的画廊曾经是多么的丰盈，这匹可怜的荒原狼的灵魂曾经充满了多么高贵、多么恒久的星辰和星宿。我的心望见了温柔澄明的童年还有我的母亲，像望到了一片渺远的、带有无尽的迷人青碧的山峦，回想着我朋友的合唱团那铿锵而清亮的声音，领头的是那位传奇一般的赫尔曼，赫尔米娜灵魂的兄弟。许多女人的图像浮现出来，馥郁而超凡脱俗，就像湿漉漉的湖区鲜花探出了水面，我曾经爱过她们，渴求过她们，歌颂过她们，却只接近了其中很少几位，试图拥有过其中很少几位。我的妻子也出现了，我和她一起生活了许多年，她教会了我战友情谊、争吵还有妥协,但尽管有许多这些生活中的缺憾,我的心里却始终对她怀有一种鲜活的、深刻的信任,直到她陷入迷乱,变得病态,怀着疯狂的抗拒从我的身边突然逃离——我认识到我必定有多么爱她,我对她的信任必定有多么深刻,因为她打破信任的行为如此沉重地打击到了我和我的生活。

这些图景——有成百上千个,有名或者是无名——全都再次重现,从这个爱情之夜的泉源里以全新的面目升起,而我再次知道了我在苦难中早已忘记的事情,也就是这些东西就是我生活的财富与价值,将会不可摧毁地持续存在下去,这些经历变成了星辰,我忘记了它们,却还是不能销毁它们,它们的序列是我生活的传奇,它们的星光是我的存在那不可摧毁的价值。我的生活是辛劳、迷失和不幸的,它通向放弃与毁灭,散发着全人类的命运之盐的苦涩,但它是丰盈的,骄傲而丰盈,即便在苦难中也依然是一种国王的生活。即便通往末日的这一小段路还要如此可悲地荒废,这段生命的核心也是高尚的,它有颜面和个性,它并不锱铢必较,它关乎星辰。

又过了一段时间,自那以后,又发生了许多事情,有了许多改变,我只能够回忆起那天晚上的少数几个细节，回忆起我们之间的几句话语、几个手势和几个表达深情的动作，回忆起从满怀爱意的疲惫的沉重睡眠中苏醒过来的星辰清朗的瞬间。但是在那天晚上，自从我走向堕落之后，我自己的生活第一次又能以无情地闪烁着的双眼注视着我，我又将偶然认作了命运，又将我存在的废墟认作了神圣的碎片。我的灵魂又开始呼吸，我的眼睛又开始视物，在一瞬间，我的内心火热地预感到，我只需要将这个散乱的图像世界整合起来，将我哈里·哈勒那荒原狼一样的生活作为一个整体提升为图像，我自己就能够也进入这个图像的世界，成为不朽者。难道这不是一个目标吗，每个人的生命相比于它，都意味着一段助跑和一次实验？

早晨，在玛丽亚和我共进早餐之后，我不得不偷偷地把她送出这栋房子，我成功地做到了这一点。就在同一天，我在临近的城区给我和她租了一个小房间，仅仅用于我们的约会。

我的舞蹈教师赫尔米娜尽职尽责地出现了，我不得不学习波士顿舞。她严格而不讲情面，不让我漏掉一节课，因为她已经决定，我要和她参加下一场化装舞会。她找我要钱去买她的化装服，但拒绝透露有关服装的任何详情。我依然被禁止拜访她，甚至也无法得知她住在哪里。

  在化装舞会之前大约有三个星期，这段时间美妙得异乎寻常。玛丽亚似乎是我所拥有过的第一个真正的情人。我总是要求我爱的那些女人拥有精神和教养，却完全没有注意到，即便是最富有精神性、相对来说最有教养的女人也从来都无法回应我内心的逻辑，而是始终与之针锋相对。在过去，我把我的问题和思想带给了这些女人，而且觉得自己完全不可能爱一个几乎一本书都没有读过、几乎不知道什么是阅读、区分不出来柴可夫斯基与贝多芬的女孩超过一个小时。玛丽亚就没有什么教养，她不需要走这样的弯路，不需要这样的替代品世界，她的问题都直接来自感官。以她天生的感官，她别致的形体、她的色彩、她的头发、她的声音、她的皮肤、她的性格尽可能地博取感官方面与爱情方面的幸福，为每一种能力、每一种线条的婉转、身体每一种最为温柔的形态，在恋人那里找到或者是诱发回应、理解，还有鲜活、快乐的游戏，这就是她的技艺与她的天职。在第一次羞怯地与她跳舞之后，我就已经感受到了这一点，已经嗅到了这种天才的、迷人的、精心培育的感官之馥郁，并且已经为之着迷。这当然不是偶然，赫尔米娜知晓一切，将这位玛丽亚带给了我。她的馥郁和她的全部特质都带有夏天的气息，带有玫瑰的芬芳。

我没有福气成为玛丽亚唯一的或者是受到偏爱的恋人，我是许多人中间的一个。她经常没有时间来见我，有时候一个下午只能见一个小时，很少几次可以留给我一个晚上。她不想从我这里拿钱，这背后可能是赫尔米娜的主意。但是她乐于接受礼物，如果我送给她比如一个新的红色漆皮做成的小钱包，我就可以在里面塞两三枚金币。此外，那个红色的小钱包让我受到了她的大肆嘲笑！它非常迷人，但它是个滞销品，已经不流行了。在这些事情上，我迄今为止知道的和明白的都很少，就像面对某种因纽特人的语言一样，我从玛丽亚那里学会了不少。我首先学会的是，这些小玩具，这些潮流用品或者奢侈品不仅仅是不值钱和媚俗的东西，不仅仅是贪婪的工厂主和商人们的发明，而且也是合理的、美丽的、多种多样的，是一个小小的，或者反而是一个巨大的物品的世界，所有这一切都只有一个唯一的目标，就是服务于爱情，使感官变得敏锐，给死气沉沉的周遭世界注入生机，以富有魔力的方式赋予它新的爱情器官，从香粉到香水再到舞鞋，从戒指到烟盒，从腰带扣到手提包。手提包不是手提包,钱袋不是钱袋,鲜花不是鲜花,扇子不是扇子,一切都是爱情、魔法和诱惑那奇幻的材料,是信使,是黑市商贩,是武器,是战场上的呼号。

玛丽亚到底爱的是谁,我经常思索这个问题。我觉得,她最爱的是那个年轻的萨克斯手帕勃罗,他有一双迷茫的黑色眼睛,有着修长、苍白、高贵而忧郁的双手。我本以为这个帕勃罗在这段爱情中表现得有点怠惰、骄纵和被动,但玛丽亚向我保证,尽管他释放出热情的过程非常迟缓,但在这之后却比任何一个拳击手或者是骑手都更激烈,更强硬,更具有男子气概和挑战色彩。我就这样了解和熟悉了这个人和那个人的秘密,那些爵士乐手和演员、有些女人、我们圈子里的女孩和男人,我知道了各种各样的秘密,看到了表面之下的关联和敌意,慢慢地(我,我在这个世界里曾经是个彻底无依无靠的异类)熟悉了这个世界,也被卷入其中。我也知道了许多有关赫尔米娜的事情。但现在我尤其频繁地和玛丽亚非常喜爱的帕勃罗待在一起。她时不时地也需要一些他的秘密药方,也一次又一次地给我带来这种享受,而帕勃罗总是怀着特别的热情为我服务。有一次他毫不拐弯抹角地对我说道:"您太不幸了,这不好,我们不应该这样。我感到遗憾。您用一点轻微的鸦片烟吧。"我对这个快活、机智、天真却也深不可测的人的成见不断地产生变化，我们成了朋友，我经常服用一点他的药剂。他抱着些许取乐的心态旁观着我对玛丽亚的钟情。有一次，他在自己的房间里安排了一场"庆典"，那是在一家城郊旅店的阁楼间里。那里只有一把椅子，玛丽亚和我不得不坐在床上。他给我们喝了一点东西，那是一种用三小瓶液体调配成的利口酒，神秘而奇特。然后，当我的情绪极佳的时候，他闪烁着双眼建议说，我们三个人应该来一场情爱狂欢。我立刻拒绝了，要我做这样的事情是不可能的，但无论如何，我还是偷偷瞥了一眼玛丽亚，想看看她对此有何态度，尽管她立刻对我的拒绝表示赞同，我还是在她的眼睛里看到了一丝闪光，察觉到她对放弃此事怀有遗憾。帕勃罗对我的拒绝感到失望，但是并没有受到伤害。"可惜，"他说道，"哈里在考虑太多道德层面的事情。没有办法。这本来应该会多么美妙啊，非常美妙！但我知道一个替代的方法。"我们每个人都抽了几口鸦片，然后一动不动地坐着，睁大眼睛，我们三个人都经历了他所建议的那个场景，在这期间，玛丽亚还在迷醉地颤抖着。当我在这之后觉得稍微有点不适的时候，帕勃罗帮我躺到床上，给我喝了几滴药水，在我闭上眼睛的几分钟里，我察觉到两侧眼皮上各有一个飞掠的、呼吸一般轻盈的亲吻。我接纳了它们，好像我觉得它们来自玛丽亚。但我很清楚，它们来自他。

有一天傍晚，他使我感到更加惊奇。他出现在我的住所，告诉我说，他需要二十法郎，请我把这笔钱给他。他给我开出的条件是，这天晚上由我替代他去享用玛丽亚。

"帕勃罗，"我震惊地说道，"您不知道您刚刚说了什么。把自己的恋人出价转让给别人，这对我们来说是最应该责备的事情。我就当没听见您的建议，帕勃罗。"

他满怀同情地看着我。"您不想这么做，哈勒先生。很好。您总是在给自己制造麻烦。那么，既然您今天晚上不想在玛丽亚身边睡觉，那么您就不要去了，您把钱给我吧，我会还给您的。我急需用钱。"

"那么是用来做什么的？"

"给阿古斯蒂诺——您知道，那个矮小的第二小提琴手。他已经病了八天了，没有人照看他，他一分钱也没有，现在我的钱也花完了。"

出于好奇，也有一点出于自我惩罚的因素，我也跟着去了阿古斯蒂诺家,帕勃罗把牛奶和药品送到了他的阁楼间里,那真是一个非常凄惨的阁楼间。帕勃罗把床铺抖干净,给房间通风,给对方发烧的额头上裹了一层漂亮的堪称艺术品的冷敷布,一切都处理得迅速、温柔而又专业,就像一位出色的护士。在同一天傍晚,我观赏他在"都市酒吧"①里奏乐直到天明。

我经常和赫尔米娜长久而客观地谈论玛丽亚,谈论她的手、她的肩、她的臀,谈论她发笑、亲吻和跳舞的方式。

"她已经给你表演过这个了吗?"赫尔米娜又一次问我,向我描述了亲吻的时候一种特殊的舌尖游戏。我求她亲自向我展示一下,但是她严肃地拒绝了我。"这个以后再说,"她说道,"我还不是你的恋人。"

我问她,她是怎么知道玛丽亚的亲吻技巧,以及许多只有她生活中爱她的男人才熟悉的她的秘密特点的。

"哦,"她喊道,"我们是朋友啊。难道你以为,我们彼此之间还有秘密吗?我经常躺在她身边睡觉,和她玩过很多次。是啊,你现在捕捉到了一个美丽的女

---

①原文为英文。

孩，她比别人能做的事情更多。"

"但我还是相信，赫尔米娜，即便是你们之间也有秘密。还是说你把你知道的有关我的一切事情也都说出去了？"

"没有，这是另一回事，这些事情她无法理解。玛丽亚是个神奇的女孩，你也非常幸运，但是你和我之间有些事情，她对此完全不能理解。我对她说过很多有关你的事情，这是当然，远远多于你那时候愿意告诉她的——我的确不得不为你把她引诱过来！但是理解你，朋友，像我这样理解你，玛丽亚是绝对做不到的，其他任何人也做不到。我也从她那里知道了一些事情——我知道了玛丽亚对你所了解的一切。我太了解你了，就好像我们经常一起睡觉一样。"

当我再次和玛丽亚见面的时候，我心里觉得非常奇妙和神秘，因为我知道她的心里就像牵挂着我一样牵挂着赫尔米娜，因为她曾经感受、亲吻、爱抚和审视过她的四肢、头发和皮肤，就像对我做过的一样。新的、隐秘的、复杂的关系和连接在我的面前浮现出来，新的恋爱与生活的可能性，我想起了荒原狼的论文里提到过的上千个灵魂。

在那段短暂的时间里，在我与玛丽亚熟悉起来和盛大的化装舞会到来之前的时间里，我堪称幸福，却还是从来没有感觉到现在就已经是救赎，已经抵达了极乐，而是非常清楚地察觉到，这一切都只不过是序幕和准备，因为一切都在激烈地向前推进，这样事实上的事情才会到来。

关于跳舞我已经学了非常多，我现在已经有能力参加舞会了，我们也每天都越来越多地谈到这场舞会。赫尔米娜有一个秘密，她坚持不肯向我泄露她要穿什么样的假面礼服。我会一眼就认出她来，她说，如果我没有认出她来，她就会帮助我，但是在这之前我什么也不应该知道。她对我的假面计划也完全不好奇，而我决定根本就不化装。当我想要邀请玛丽亚参加舞会的时候，她向我解释说，已经有一位骑士邀请她参加这个活动了，她也的确已经有了一张入场券，我有些失望地发现，我不得不独自一人奔赴这个活动。这是城市里最豪华的化装舞会，艺术界人士每年都会在环球舞厅里举办这个活动。

在这几天里我很少见到赫尔米娜，但是在舞会前一天她和我一起待了一会儿——她来是为了取我为她购买的入场券——平静地和我一起坐在我的房间里，这时我们交谈了片刻,这次交谈让我觉得非常奇特,给我留下了深刻的印象。

"其实你现在过得真的不错,"她说道,"你学会了跳舞。如果有谁一个月没有见到你,那么他就几乎没有办法再认出你来了。"

"是的,"我承认道,"我已经有好几年没有过得这么好了。这一切都是因为你,赫尔米娜。"

"哦,不是因为你美丽的玛丽亚?"

"不。就连她也的确是你馈赠给我的。她真是奇妙。"

"她是你所需要的恋人,荒原狼。美丽、年轻、兴致高昂,在爱情方面非常机智,没有办法每天拥有。如果你不是不得不和其他人分享她,如果她在你这里不仅仅是一个来去匆匆的过客,那么事情就不会这么美好。"

是的,我也不得不承认这一点。

"也就是说,现在你其实已经拥有了你所需要的一切?"

"不,赫尔米娜,不是这样。我拥有了某种非常美丽和迷人的东西,拥有了莫大的欢愉,拥有了莫大的安慰。我简直可以说是幸福的……"

"那不就得了！你还想要什么更多的东西？"

"我想要更多的东西。我不会对幸福的状态感到满意，我不是为此而生的，这不是我的使命。我的使命是它的相反面。"

"也就是不幸吗？好吧，你已经有了许许多多的不幸，那个时候，在你因为剃须刀片不再能够回家的时候。"

"不，赫尔米娜，这还不一样。那时候，我承认，我非常不幸。但那是一种愚蠢的不幸，是一种没有成果的不幸。"

"那又是为什么呢？"

"因为如果不这样的话，我就不必对死亡抱有这样的恐惧了，我的确是渴望死亡的！我需要并且渴求的不幸是完全不同的，它会使我怀着渴望受难，怀着欲念赴死。这就是我所期待的不幸或者是幸福。"

"我理解你。在这一点上我们是兄弟姐妹。但你有什么理由反对你现在通过玛丽亚找到的幸福呢？为什么你还是不满足呢？"

"我没有什么要反对这种幸福的，哦不，我爱它，我感激它。它美得就像一个多雨的夏季里的一个晴天。但是我察觉到它不会持久。就连这种幸福也不会有成果。它使人满足,但满足不合我的胃口。它会让荒原狼昏然入睡,它会把荒原狼喂饱。但这不是可以为之赴死的幸福。"

"也就是说,你不得不死,荒原狼?"

"我认为,是这样的!我对我的幸福感到非常满意,我还可以再承受很长一段时间。但是如果这种幸福有时候给了我一个小时的时间,让我清醒过来,让我拥有了渴望,那么我所有的渴望都不会是永远保有这样的幸福,而是再次去受苦,只是比之前更美,没有之前那么可怜。我渴望能够让我做好准备能够面对甘愿赴死的痛苦。"

赫尔米娜温柔地注视着我的眼睛,她的眼神突然变得黯淡。美丽又可怕的眼睛!慢慢地,她一个字一个字地组织着话语,一字一顿地说道——那么轻,我不得不努力听清她在说什么:

"今天我想对你说一些我早就知道,你也已经知道,但也许你还没有对自己说过的话。我现在要告诉你,我对我自己、对你和我们的命运都知道些什么。你,哈里,曾经是一名艺术家和一位思想家,是一个充满了欢愉和信仰的人,永远在追随伟大和永恒之物的踪迹,从来都不满足于浮夸和渺小的事物。但是生活越是唤醒你,越是使你走向你自己,你的困境就越大,你就在苦难、忧惧和绝望之中陷得越深,直到深水没顶,你曾经认为是美好和神圣的一切事物,你曾经爱过和崇敬过的一切事物,你曾经对人类、对我们高尚使命的所有信仰都无法帮助你,都失去了价值,散落成碎片。你的信仰让你已经找不到可以呼吸的空气。而窒息是一种严酷的死亡。不是吗,哈里?这就是你的命运吗?"

我点头,点头,又点头。

"你的心里有一幅生活的图景,一种信念,一种要求,你已经准备好做出行动,准备好受难和做出牺牲——然后你渐渐地意识到,这个世界根本就不要求你做出类似的行动和牺牲,因为生活不是英雄主义的诗篇,有英雄角色或者之类的东西,生活是市民舒适的房间,人们在里面有吃有喝,有咖啡和针织袜,有纸牌游戏和收音机音乐就可以达到完美的满足。如果谁想要不一样的东西,如果谁心中怀有英雄主义的美好因素,对伟大的诗人或者是圣徒怀有崇敬,谁就是傻瓜,是骑士堂吉诃德。好吧。我所经历的也是这样,我的朋友!我是一个天赋出色的女孩,注定要按照一种高尚的榜样生活,对自己提出高要求,成为一位具有尊严的人物。我可以为自己选择一种伟大的命运，成为一位国王的妻子，一位革命者的恋人，一位天才的姐妹，一位殉道者的母亲。而生活偏偏只允许我做一个还算品位良好的妓女——这对我来说已经足够艰难了！我所经历的就是这样。有一段时间里我失去了慰藉，很长一段时间里我都在自己身上寻找问题。生活，我那时想道，最终肯定还是公正的，如果生活对我的美梦加以讥讽，我当时这么想，那么我的梦想就是愚蠢的和不公正的。但这没有任何帮助，因为我有敏锐的眼睛和耳朵，也有点好奇心，我就仔细看了看这所谓的生活，我的熟人和邻居，五十多个人和他们的命运，于是我看到，哈里：我的梦想是公正的，千百倍的公正，就像你的梦想一样。但是生活，也就是现实是不公正的。一个像我这样的女人没有其他的选择，要么悲惨地充当为一个能挣钱的人服务的打字机器，要么为了钱而和这样的一个能挣钱的人结婚，要么成为某种形式的妓女，这就像一个像你这样孤寂、羞怯和绝望的人不得不握住剃须刀片一样错误。在我这里，困难也许更多是物质和道德层面的，在你那里则更多是精神层面的——道路是一样的。难道你觉得，我没有办法理解你对狐步舞的恐惧，你对酒吧和舞池的抗拒，你对爵士乐和所有这些垃圾所感到的烦扰吗？我非常理解它们，也同样理解你对政治的厌恶，你对党派和报纸的一派胡言和毫无责任心的愚忠所感到的悲哀，你对战争的绝望，对过去的和将来的战争，对人们今天思考、阅读、建筑、奏乐、庆祝节日、组织教育的方式的绝望！你是公正的，荒原狼，千百倍的公正，但你还是不得不走向灭亡。对于今天这个简单、舒适又如此易于满足的世界来说，你要求得太多了，太饥渴了，它唾弃你，你对它来说多了一层维度。如果谁生活在当今的时代，想要他的生活变得欢乐，那么他就不能成为你和我这样的人。如果谁要求音乐而不是喧嚣，欢愉而不是享乐，灵魂而不是金钱，真正的工作而不是劳碌，真正的激情而不是儿戏，那么对他来说，这个美丽的世界就不是他的家乡……"

她看着地板沉思着。

"赫尔米娜，"我轻柔地喊道，"姊妹，你有一双多么敏锐的眼睛！但你还是教我跳了狐步舞！你这是什么意思呢：我们这样的人，多了一层维度的人，在这里无法生活？问题出在哪里呢？只是在我们当今的时代是这样吗？还是永远都是这样呢？"

"我不知道。出于对世界的崇敬，我想要假设，仅仅是在我们的时代是这样,这仅仅是一种病态,是一种暂时的不幸。领袖们严格而卓有成效地面对着下一场战争开展工作,我们其他人在这段时间里跳狐步舞,挣钱,吃法式果仁糖——在这样的一个时代里,世界看起来一定非常简陋。让我们希望,另外一些时代的情况曾经更好,也将会更好、更富足、更广阔、更深刻。但是这对我们没有什么帮助。也许一直以来都是这样……"

"一直像今天这样?一直都只有一个留给政客、掮客、用人和享乐之人的世界,而没有留给人类的空气?"

"好吧,我不知道,没有人知道这一点。这都无所谓。但我现在想起了你的宠儿,我的朋友,你有时候会向我讲起他,也为我阅读他的书信,也就是莫扎特。那么他又经历了什么呢?在他那个时代,是谁在统治世界,吸尽油脂,给出基调,行之有效:是莫扎特还是那些商人,是莫扎特还是那些平庸的乌合之众?他是怎么死的,是怎么被埋葬的?就是这样,我就是这么认为的,也许过去一直都是这样,未来也将会一直是这样,学校里所谓的'世界史',人们不得不为了富有教养而熟练背诵的那些东西和它所有的英雄、天才、丰功伟绩还有情绪感受——这都只是一个骗局，是学校教师发明出来的，是为了教育的目的，为了让孩子们在规定的年纪里的确还有什么事情可以做。过去一直都是这样，也将会一直这样，时代和世界、金钱和权势属于平庸的小人物，而其他人，真正的人类一无所有。除了死亡，一无所有。"

"此外就一无所有吗？"

"也还有别的，永恒。"

"你是指后世的声名和荣誉？"

"不是，小狼，不是荣誉——那到底有没有价值？难道你相信所有真正和圆满的人类都享有名誉，得到了后世的认可？"

"不，当然不是。"

"也就是说，荣誉什么都不是。荣誉仅仅是为了教养而存在，是一桩学校教师的事务。荣誉什么都不是，什么都不是！但是我称之为永恒的东西，虔诚者称之为上帝之国。我心里想的是：如果不是在这个时代之外还有永恒存在，我们所有这些人，我们这些高要求的人，我们这些心怀渴望的人，我们这些多了一层维度的人根本就不能生活，因为除了这个世界的空气，根本就没有其他的空气可供我们呼吸，这就是真实者的国度。莫扎特的音乐和你那些伟大的诗人的诗就属于这个世界,那些圣人也属于这个世界,他们创造过奇迹,经历过殉道者的死亡,为人类做出了伟大的榜样。但是每个真实行动的图景、每种真正感受的力量也属于永恒,即便没有人知道,没有被看见、被写下、被保存给后世。在永恒中没有后世,只有此世。"

"你说得对。"我说道。

"那些虔诚者,"她沉思着继续说道,"的确对此有最多的了解。他们因此才设立了那些圣人,建立了他们所谓的'圣徒会'。那些圣人是真正的人类,是救世主的弟兄。我们终其一生都走在通往他们的路上,通过每一次善举、每一种勇敢的思想、每一段爱情。圣徒会在更早的年代里被画家们呈现在一片金色的天空中,闪闪发光,美丽而平和——他们不是其他事物,就是我之前提起过的'永恒'。这是时代与表象彼岸的国度。我们属于那里,那里是我们的家乡,我们的心追求着去往那里,荒原狼,因此我们渴求死亡。你会在那里再次找到你的歌德、你的诺瓦利斯和莫扎特,我会再次找到我的圣徒，克里斯托弗[①]、斐理伯·耐理[②]和所有其他人。有许多圣徒在一开始都是邪恶的罪人，就连罪孽也可以成为一条通往圣洁的道路，包括罪孽和恶行。你会嘲笑我，但我经常想，也许我的朋友帕勃罗也有可能是一个隐蔽的圣徒。唉，哈里，我们不得不摸索着穿过这么多的污秽与无意义，才能够回家！没有人来引领我们，我们唯一的引路人就是乡愁。"

她说最后几句话的时候声音又变得非常轻柔，现在房间里出现了一片平静的安宁，夕阳西下，让我的许许多多藏书的书脊上的金字闪出光芒。我用双手托住赫尔米娜的头颅，亲吻她的额头，把她的脸颊贴到我的脸颊上，就像一对兄妹，我们就这样停留了片刻。我真想一直就这样待下去，今天不再出门。但是这一晚，盛大舞会之前的一晚，玛丽亚曾经许诺说要留给我。

但是在去找玛丽亚的路上我没有在想她，而是一

[①]克里斯托弗，据传是公元3世纪罗马帝国的殉道者，被罗马天主教与东正教认定为圣徒。
[②]斐理伯·耐理(1515—1595)，天主教改革派人士，死后被教皇追认为圣徒。

心想着赫尔米娜所说过的话。所有这一切在我看来，也许不是她自己的思想，而是我的思想，这个目光敏锐的女孩读出了这一切，吸吮了这一切，又把它们返还给我，于是这个思想现在有了形态，耳目一新地立在我的面前。我需要它，没有它我就无法生活，也无法死去。这个神圣的彼岸，这种对时间的脱离，这个永恒价值的世界，这种神性的实质在今天又经由我的朋友和我的舞蹈教师再次赠予了我。我不得不想起我有关歌德的那个梦，想起那位年老的智者的形象，露出了如此非人的笑容，与我开着他那不朽的玩笑。现在我才理解了歌德的笑容，那是不朽者的笑容。那个笑容没有对象，只是光束，只是圣洁，它是一个真实的人类在经历过人世的苦难、恶习、错误、激情和误解进入永恒、渗透进世界的幻梦之后还余下来的东西。而这"永恒"除了摆脱时间也一无所求，在某种程度上它是要回归到清白无辜的状态，是空间里的退化过程。

　　我在我们经常共进晚餐的地方寻找玛丽亚，但是她还没有来。我坐在那个寂静的城郊小酒馆里一张铺好桌布的桌前等待着，心里依然还想着我和赫尔米娜的交谈。所有这些在赫尔米娜和我之间浮现出来的思想在我看来都非常熟悉，我非常了解它们，就好像它们是用我内心最深处的神话和图像世界创造出来的！不朽者在无时间的空间里生活，抽身隐退，变成图像，水晶般的永恒如同以太在他们周围奔流，而这个超凡脱俗的世界那冰冷、闪烁如星的欢愉——这一切为什么在我看来如此熟悉？我沉思道，突然想起了莫扎特的《遣兴曲》的一些片段，巴赫的《平均律钢琴曲集》的一些段落，我觉得在这些音乐里到处都辉映着这种清冷如星的圣洁感，回荡着以太的澄澈。是的，就是这样，这些音乐就像是冻结为空间的时间，像一个永恒的、神性的笑容。哦，这和我梦中的老年歌德也是那么的互相吻合！我突然听到我身边传来了那深不见底的笑声，听到了不朽者的笑声。我着魔一般地坐在那里，着魔一般地从我马甲的口袋里找出了我的铅笔，寻找着纸张，找到了我面前的酒水单，把它翻了过来，在它的背面写字，写了一首诗，之后我才在我的口袋里再次找到它。这首诗是这样的：

不朽者

一而再地从大地的深谷，

生命的胁迫沉闷地升向我们，
野蛮的困苦，陶醉的放浪，
千百台绞刑架血腥的烟雾，
欲望的痉挛，无穷的贪婪，
屠夫之手，放贷者之手，乞讨者之手，
被恐惧与欲望鞭答着的人群
呼吸闷湿而腐败，粗俗而温热，
呼吸着极乐与野蛮的情欲，
咬噬自己再吐出来，
孵化战争和优美的艺术，
用妄想装饰燃烧的欢愉之屋，
缠绵消耗又淫乱地穿过他们，
孩童世界那刺眼的新年集市上的欢乐，
让每一个人重新从波涛中挺立，
又让每个人堕入粪水。

我们相反已经找到自我，
在以太星光辉映的寒冰之中，
不知晓日子，不知晓时辰，
不是男人也不是女人，不年轻也不苍老。
你们的罪孽和你们的恐惧，

你们的谋杀和你们贪婪的陶醉，
对我们就像恒星旋转的戏剧，
每一天对我们来说都是最长的一天。
默默地向你们跳闪的生活点头，
默默地注视旋转的星辰。
我们呼吸着世界空间里的冬天，
与天上的龙结为朋友，
我们永恒的存在冰冷而恒常不变，
我们永恒的笑容冰冷而如星明熠。

然后玛丽亚来了，在愉快的用餐时间结束后，我和她走进了我们的小房间。她在这天晚上比哪一天都美丽、温暖和亲切，让我品尝到了柔情与游戏，我感觉她已经倾注了极致。

"玛丽亚，"我说道，"你今天就像一位女神一样慷慨。不要让我们两个完全醉生梦死，明天就是化装舞会了。明天你会拥有一位什么样的骑士呢？我害怕，我的小花，那会是一位童话中的王子，你会被他诱拐而去，再也不会回到我的身边。今天你爱我的方式几乎像是热恋的情人在诀别的时候一样，像是最后一次。"

她将双唇紧贴在我的耳边,低语道:

"别说了,哈里!每一次都有可能是最后一次。如果赫尔米娜接纳了你,你就不会再来找我了。也许她明天就会接纳你。"

我从来没有过像那几天里那么典型的情感,像在舞会之夜前的那几天里那么激烈地感受到这种神奇的既苦又甜的双重情绪:玛丽亚的美与献身,享受、触碰、呼吸,上百种我这么晚才作为一个上了年纪的人学到的精致柔美的感官愉悦,在一片温柔、摇摆的享受之波浪中拍溅着。但这仅仅是外壳:内部的一切都充满意义、张力和命运,当我满怀爱意和柔情地忙于这些甜蜜而又感人的琐碎情事的时候,在表面上浮游于明媚温热的幸福之中的时候,我察觉到,在我的内心,我的命运是如何奋力昂起了头颅,像一匹畏缩的马一样踢打惊逃,满心恐惧,满心渴望,满心想要献身于死亡。就像我在不久之前还怀着羞怯和惧怕抵抗那种纯粹是感官层面的爱情那种惬意的率性,在玛丽亚那欢笑的、自我奉献的美面前察觉到了恐惧,我现在也察觉到了死亡的恐惧——但是这种恐惧已经被我知晓,它很快就会化作献身与解脱。

当我们默默地沉浸于我们那忙碌的爱情游戏,并且比以往更加亲密地彼此相属的时候，我的灵魂就在与玛丽亚告别，与她对我来说所意味着的一切告别。我通过她学会了一些事情，在终结之前再一次以天真的方式熟悉了表面上的游戏，寻找到了转瞬即逝的欢愉，在性的无辜状态之下成了孩子和动物——这种状态我在此前的生活中只有少数的例外情况，因为感官生活和性对我来说几乎一直都散发着罪恶那苦涩的附加味道，散发着禁果那甜蜜却令人忧惧的味道，一个具有精神性的人不得不在它面前把自己保护起来。如今赫尔米娜和玛丽亚向我展示了这座花园清白无辜的状态，我曾经心怀感激地在其中做客——但很快又到了我继续前行的时刻，这座花园太漂亮、太温暖了。而我注定要继续争取生活的桂冠，继续为生活中无穷无尽的罪责感到悔悟。轻松的生活，轻松的爱情，轻松的死亡——这不是为我准备的。

女孩的暗示令我得出结论，在明天的舞会上，或者在舞会结束后，已经安排了非常特别的享受和放纵活动。也许这就是终结，也许玛丽亚的预感是正确的，今天是我们最后一次躺在一起，也许明天就会开启一条新的命运之路。我的心里充满了燃烧的渴望，充满了窒息的恐惧，我狂热地紧紧抓住玛丽亚，再一次火炽地、贪婪地穿行她花园所有的小径与密林，再一次咬噬着天堂树上那甜美的果实。

这一夜失去的睡眠，我在白天补足了。我在早晨走进浴室，然后来到家中，累得半死，我拉上卧室的窗帘，在更衣的时候发现了放在衣袋里的我的那首诗，然后又忘记了它，立刻躺了下来，忘记了玛丽亚、赫尔米娜和舞会，睡掉了一整个白天。当我在傍晚醒来的时候，我才在剃须的时候想起来，还有一个小时化装舞会就开始了，我不得不找出一件配燕尾服的衬衫。我怀着好情绪把自己收拾停当，出了门，准备先吃点东西。

这是我参加的第一个化装舞会。尽管我在早年间也时不时地旁观类似的庆典，偶尔也觉得它们很美，但是我从来没有跳过舞，只是作为观众出席，当别人对我讲起他们对舞会的期待的时候，他们的那种振奋总是令我觉得有点滑稽。而今对我来说，舞会也成了一件大事，我紧张而又不无恐惧地期待着它。既然我没有一位要带进场的女伴，我就决定晚一点再进去，赫尔米娜也这样建议我。

"钢盔"酒馆一度是我的避难所，失望的男人们在那里打发自己的傍晚，喝着他们的酒，扮演单身汉的角色，我最近一段时间已经很少去那里了，它与我目前生活的格调已经不再相符。但今天傍晚我又非常自然地走到了那里。在这种命运与诀别的喜忧参半的情绪之下，在这种笼罩了我一段时间的情绪之下，我生命中所有的驿站和纪念地都再一次闪现出了往昔那种令人心痛的美丽辉光，这家烟雾缭绕的小酒馆也是一样，不久之前，我还是它的常客，不久之前，我还满足于用一瓶本地红酒作为原始的麻醉剂，在接下来的夜晚回到我那孤寂的床上，在下一个白天可以对生活加以容忍。在那以后，我品尝过了其他的药剂，品尝过了更猛烈的刺激，饮下了更甜蜜的毒药。我微笑着走进这家老店，得到了老板娘的问候和那些沉默寡言的常客的点头欢迎。他们向我推荐了一份烤小鸡，然后把鸡肉给我端了上来，乡村风格的厚重酒杯里倒满了新酿的颜色清亮的阿尔萨斯葡萄酒，整洁的白色木桌和陈旧的黄色镶木板友善地注视着我。在我吃饭喝酒的时候，我心里油然升起一种枯萎和告别的感觉，这种甜蜜而又带有发自内心的痛苦的感受绝对不会完全消解，只是发展和变得圆熟，成了一种解脱，化解了我此前生活中所有的舞台和事物。"现代人"称这种感受为多愁善感，他们不再爱事物，即便是对他们来说最为神圣的事物，他们的汽车，他们也希望能够尽快换成更好的牌子。这样的现代人机敏、能干、健康、冷静而紧绷，是一个杰出的典范，会在下一场战争中奇迹般地保全下来。这一切都和我没有关系，我不是现代人，也不是旧时代的人，我从时代中坠落，一路追赶，靠近死亡，渴望死亡。我并不反对这种多愁善感，我很开心，也很感激，因为我燃烧殆尽的心里还能够有某种感受。于是我沉浸在对这个老旧酒馆的回忆之中，沉浸在我对这些敦实的椅子的眷恋之中，沉浸在烟和酒的气味之中，沉浸在习惯、暖意和类似家乡的感觉的光闪之中，这一切都是我曾经拥有的。告别很美，有着温柔的基调。我坚硬的座位、我乡村风格的酒杯是亲切的，阿尔萨斯葡萄酒那清凉的水果味道是亲切的，这个空间里所有事物和所有人的熟悉感是亲切的，梦游一般蜷蹲着的饮酒者的面孔是亲切的，这是一些失望的人，我许久以来都是他们的兄弟。我在这里所感受到的是一种市民化的多愁善感，微微掺杂了一种来自少年时代的老式餐馆的浪漫气息，在那种餐馆里，酒和烟还都是被禁止的，是陌生的美好事物。但是荒原狼没有站起身来，露出牙齿，把我的多愁善感撕成碎片。我平静地坐在那里，被往昔映照着，那颗已经没落的星辰还能散发出一点衰弱的光芒。

一个街头小贩带着烤栗子走了过来，我买了一捧。一位老妇带着花走了过来，我买了两朵康乃馨，想要送给酒馆老板娘。直到我想要付钱，把手徒劳地伸进惯常放钱的大衣口袋里，我才再次意识到，我穿的是燕尾服。舞会！赫尔米娜！

但时间还非常早，我没有办法下定决心，现在就去环球舞厅。我也察觉到，就像我最近从事所有娱乐活动的时候一样，我有一点抵触，感到一些障碍，有点反感踏入那个巨大的、拥挤的、喧嚣的空间，在面对这种气氛、这个寻欢作乐之人的世界的时候，在面对跳舞的时候有种学生气的羞涩。

我在闲逛的时候经过了一家电影院，看到灯束和色彩缤纷的巨型广告灯牌在闪闪发光，我往前走了几步，又回来了，然后走了进去。这样一直到十一点我都可以安静地坐在黑暗里。我被手提电灯的"门童"[①]引领着，跌跌绊绊地穿过门帘，走进黑暗的大厅，找到了一个位置，突然置身于《旧约》之中。这部电影

[①]原文为英文。

属于那种据说不是为了盈利的目的而拍摄的,而是为了更高尚和更神圣的目标耗费大量资金精心制作的,在下午,甚至会有中小学生被他们的宗教课教师带来观看这种电影。这部电影讲的是摩西和以色列人在埃及的故事,炽热的荒沙上布满了大量的人、马匹、骆驼和宫殿,显示出法老的荣光和犹太人的艰苦。我看到了摩西,他的发型有一点效仿沃尔特·惠特曼的式样,这是一个华丽的剧院摩西,持着长长的手杖迈着沃登①式的步子火热而又饥渴地漫游穿过荒漠,走在犹太人的前面。我看到他在红海之滨向上帝祈祷,看到红海分开,放出一条道路,被阻拦的流水之山中间出现了一条空空荡荡的道路(拍电影的人是如何制造的这幅景象,那些被神父带来受坚信礼的孩子倒是可以争论很久),我看到那位先知带着畏惧的人民穿过红海,看到法老的战车出现在他们身后,看到埃及人站在岸边,感到胆怯,然后勇敢地冲上去,看到流水之山在衣着华丽、披着黄金盔甲的法老和他所有的车马之上倒塌,不自觉地想起了亨德尔一段精彩的男低音二重唱,在那段歌曲里,这件事情得到了庄严的吟唱。

---

① 又称奥丁,北欧神话中的主神。

我继续看到摩西登上西奈山,阴沉的岩石荒野里一位阴沉的英雄,我看到他在那里从骤雨、雷鸣和电闪中领受耶和华传递的十诫,而与此同时,他那些缺乏尊严的人民却在山脚下立起了金牛雕塑,相当激烈地寻欢作乐。注视着这一切,我觉得非常神奇和不可思议,这些神圣的故事,它们的英雄和奇迹,在我们的童年时代,它们给了我们来自另一个世界、来自一个超人世界的最初的朦胧预感,在这里,在心怀感激的观众面前,在这些静静地吃着自己带来的小面包的人面前,只需要购买电影票就能够看到它上演,看到这个时代巨大的劣质品和文化售卖行业中美丽的、小小的一幕。上帝啊,为了防止这样的愚蠢,那时候不仅仅是埃及人,犹太人和所有其他人类也都同样宁可走向毁灭,宁要一种暴力而体面的死亡,也不想像我们今天这样死去,只是在表面上死去,只是半死不活。就这样吧!

我对化装舞会所感受到的隐秘的障碍,我秘而不宣的畏怯没有因为这部电影和它所引发的激动而弱化,反而令人不适地增长了,我不得不想着赫尔米娜,让自己振作起来,最终才能够前往环球舞厅,走了进去。已经很晚了,舞会早就已经开始,我还没有来得及脱下大衣,就冷静而羞怯地陷入了狂欢的假面人潮中,被熟悉的人们捶打着,被女孩们要求去小房间里喝香槟,被小丑敲打着肩头,并且以"你"相称。我都没有和他们继续聊下去,费力地挤过满满当当的空间来到衣帽间,拿到存衣号码以后,我非常小心地把它塞进口袋里,心里想着我很快就又要用到它了,等到我受够了这种喧嚣。

这栋庞大建筑的所有房间里都在举办庆祝活动,所有的大厅里都有人跳舞,甚至在地下室、走廊和台阶上也都挤满了面具,充满舞蹈、音乐、笑声和追逐。我心情压抑地悄悄穿过人群,从黑人音乐走进乡村音乐,从巨大的流光溢彩的主厅走到走廊里、台阶上、吧台前、自助餐区和喝香槟的小隔间中。墙上挂的大部分是新锐的画家那些狂野又有娱乐性质的画作。所有人都在场,艺术家、记者、学者、商人,当然还有全城喜欢享受生活的人们。有一个乐队里坐着帕勃罗"先生"①,兴高采烈地吹着他那弧形的管乐器。当他认出我的时候,他高声唱着歌向我致意。我被人群推挤着,来到一个又一个房间,上楼梯,又下楼梯。地下室里的一处走廊被艺术家们布置成了地狱,一个魔

---

① 原文为英文。

鬼乐队在那里像疯了一样敲着鼓。我渐渐开始搜寻着赫尔米娜，搜寻着玛丽亚，沉浸地搜寻着，几次努力挤进主厅，但每一次都失败了，或者是遇到了向我涌来的人流。到了午夜时分，我还是没有找到她们两人中的任何一个。尽管我还没有跳舞，我却已经觉得又热又晕眩了，于是跌坐在最靠近的一把椅子上，置身于喧闹的陌生人中间，要了一杯酒，觉得参与这种喧嚣的节日真的不是我这种老年人应该做的事情。我怀着妥协的心态喝着我的酒，盯着女人们裸露出来的手臂和脊背，看到许多古怪的假面形象从身边飘过，任由着别人推挤，默默地打发走了几个想要坐到我怀里或者是和我跳舞的女孩。"老笨熊。"一个女孩这么喊道，她说得也对。我决定通过喝酒来壮壮胆，振奋一下心绪，但是就连酒的味道我也觉得不怎么好，我几乎没有办法喝下第二杯。我渐渐察觉到，荒原狼在我身后站了起来，伸出了舌头。我什么也无法做，我来错了地方。我来这里的时候怀着最美好的意图，但是我没有办法在这里高兴起来，而这种喧嚣嘈杂的欢乐、这种笑声和周围的所有疯狂在我看来都非常愚蠢，都具有某种强迫性。

于是到了一点左右，我失望而气恼地悄悄溜回到衣帽间,准备穿上大衣,然后离开。这是一次失败,是荒原狼的一次反击,赫尔米娜几乎不会宽恕我。但我别无选择。我在艰难地穿过人群挤向衣帽间的路上再一次仔细地环顾四周,想要看看是不是还是找不到我的朋友们。一切都是徒劳。这时我站到了柜台前面,围栏后面那个彬彬有礼的男人已经伸出手来拿我的号码了,我在马甲的口袋里摸索着——号码不见了!见鬼,这个也弄丢了。在我悲伤地穿行各个大厅的时候,在我坐在那里喝着淡酒的时候,我有好几次在口袋里摸索,一直都能摸到那个扁平的小圆牌还在自己的位置上。现在它不在了。一切都在和我对着干。

"号码丢了?"一个红黄颜色的小魔鬼在我身边用尖厉的声音问道,"拿着,朋友,你可以用我的号码。"然后她就把号码牌塞给了我。在我机械地把它接过来,在指尖转动的时候,这个敏捷的小家伙已经再次消失了。

但是当我把这个小圆纸牌举到眼前,想要看清楚号码的时候,上面根本就没有号码,而是一行潦草的小字。我请衣帽间的工作人员等一等,走到最近的灯下面读着。上面是一些小小的、起伏的字母,难以卒读,有些潦草地写着:

今晚四点在魔法剧院开始

——只为疯狂者——

入场费是理智。

不为每个人。赫尔米娜在地狱里。

　　就像一个木偶，它有一瞬间从牵线人的手中松脱，在一阵短暂的、僵硬的死亡和迟钝之后又站立了起来，又进入了角色，跳着舞、活动着，我也被魔法的线络牵动，再次走进了喧嚣，我刚刚那么疲惫、扫兴和老迈地从中逃离，现在却活跃、年轻而热情地走了回去。从来没有一个罪人这么匆忙地走向地狱。漆皮鞋刚刚还让我觉得挤脚，浸满香水的空气刚刚还令我反感，热气刚刚还令我昏昏欲睡，现在我却迈着轻盈如羽毛的双脚，以单步舞的节奏匆匆穿过大厅，走向地狱，感觉空气里充满了魔力，被暖意、被所有喧嚣的音乐、被迷醉的色彩、被女人肩上的芬芳、被几百个人的迷醉、被笑声、被舞步、被所有燃烧着的眼睛的闪光触动和裹挟。一个西班牙女舞者飞进我的怀里："和我跳舞！"——"不行，"我说道，"我得去地狱。但是我乐于带走你的一个吻。"面具下的红唇迎向了我，直到亲吻的时候我才认出她是玛丽亚。我紧紧地拥她入怀,她丰满的嘴唇像一朵成熟的夏日玫瑰绽放着。这时我们已经跳起舞来了,彼此的双唇依然紧贴着,跳着舞经过了帕勃罗,他正深情地沉浸于自己正在发出柔声低吼的铜管乐器,动物一般的美丽双眼熠熠发光,心不在焉地注视着我们。但是我们还没有跳满二十步,音乐就中断了,我不情愿地松开了握着玛丽亚手臂的双手。

"我还想和你再跳一曲,"我说道,陶醉于她的暖意,"再和我跳几步,玛丽亚,我爱上了你美丽的手臂,让我再握住它片刻!但是看啊,赫尔米娜在召唤我。她在地狱里。"

"我想到了这一点。再见,哈里,我会一直爱着你。"她在和我告别。夏日玫瑰所散发出来的那么成熟和馥郁的气味其实是告别,是秋天,是命运。

我继续奔跑着,穿过挤满了柔情蜜意的人们的走廊,走下台阶,来到地狱。那里漆黑的沥青墙面上燃烧着刺眼而凶恶的灯,那个魔鬼乐队狂热地演奏着。在一把高高的吧台椅上,坐着一个俊美的没有戴面具的年轻人,他穿着燕尾服,用嘲讽的目光匆匆地打量了我一下。我被舞蹈的旋涡挤到了墙边,在这个非常狭窄的空间里有将近二十对舞伴在跳舞。我贪婪而恐惧地观察着所有女人，她们大部分都还戴着面具，有几位冲着我发笑，但是赫尔米娜不在其中。

那位俊美的年轻人坐在高高的吧台椅子上嘲讽地俯视着。在下一次跳舞的间隙，我想到，她会来呼唤我。舞蹈结束了，但是没有人来。

我走向吧台，它位于这个矮小房间的一个角落里。我站在那位年轻人的椅子旁边，叫了威士忌。喝酒的时候，我注视着这位年轻男子的侧面，他看起来是那么的熟悉和迷人，像一幅来自遥远时代的图像，因为蒙上了过往的寂静纱幕而显得珍贵。哦，这时一阵战栗贯穿了我：这是赫尔曼，我青年时代的朋友！

"赫尔曼！"我犹豫地说道。

他露出了微笑。"哈里？你找到我了？"

这是赫尔米娜，只是稍微改变了发型，化了点淡妆，她机智的脸孔从时尚的硬领里伸出来，显得别致而苍白，她的双手从宽大的黑色燕尾服衣袖和白色袖口里伸出来，纤小得惊人，在黑白两色的男士西装裤下面，她的双脚穿着长长的黑袜子，显得出奇地娇小。

"这就是你想让我借助它爱上你的装束吗，赫尔米娜？"

"到目前为止，"她点点头，"我已经让几位女士爱上了我。但是现在轮到你了。我们先喝一杯香槟吧。"

我们喝了香槟，蜷坐在我们高高的吧台椅子上，身边的舞蹈还在继续，激烈的弦乐还在奔涌。赫尔米娜没有费多少力气，我就很快爱上了她。因为她身穿男装，我没有办法和她跳舞，没有办法表现出任何柔情，采取任何攻势，而当她因为男性的装扮显露出疏远和中性风格的时候，她又在用目光、用话语、用手势向我散发着她所有的女性魅力。我都没有触碰到她，就屈服于她的魔力，这种魔力本身就存在于她的角色之中，是一种雌雄同体的魔力。因为她和我谈起了赫尔曼，谈起了童年，谈起了性成熟之前的年月，在那段日子里，青春的爱欲不仅仅能够指向两种性别，也包含了一切，包含了所有感官和精神层面的内容，包含了所有被赋予了爱情魔力和童话一般的变幻能力的力量，在之后的年月里，只有精挑细选出来的人们和诗人才能够感受到它们的重返。她彻头彻尾地扮演着一个年轻男子，抽着烟，轻声聊着具有精神性的话题，经常有一点讽刺表情，但这一切都闪烁着爱神的光彩，这一切都在通往我的途中变幻成柔情的引诱。

我曾经以为我对赫尔米娜是多么的一清二楚，而在这天晚上,她在我面前表现得焕然一新!她是多么温柔和悄然地在我的身边编织我所渴望的罗网,像仙女一样嬉戏着赐予我最甜蜜的毒酒!

我们坐着闲聊,喝着香槟。我们端详着彼此,漫步穿过大厅,我们是冒险的发现者,找寻着爱侣,窃听他们的情爱游戏。她指给我一些女人,要求我和她们跳舞,给我关于引诱技巧的建议,可以用在这个人或者是那个人身上。我们作为情敌登场,偶尔为一个女人争吵,轮流和她跳舞,双方都试图赢得她。但这一切都只不过是假面游戏,只不过是我们两个之间的一场游戏,将我们连接得更紧密,点燃了我们对彼此的热情。一切都是童话,一切都多了一层维度,多了更深刻的意义,成了游戏和象征。我们看到了一个非常漂亮的年轻女人,看起来有点痛苦和不满,赫尔曼和她跳舞,让她盛放,和她消失在一个喝香槟的小房间里,之后她告诉我,她不是作为男人征服了这个女人,而是作为女人,以勒斯波斯[①]的魔力。但我逐渐觉得这整栋充满了喧嚣的舞厅的震荡的房屋,这些陶醉的戴着面具的人已经将之变成了一个疯狂的梦之乐园,

---

① 古希腊诗人萨福的故乡,据传有大量女同性恋者居住。

我用试探的手指采撷一朵又一朵充满香气的鲜花,把玩一颗又一颗果实,蛇群在绿叶的浓荫下引诱式地瞥视着我,莲花在黑暗的沼泽上闪着光,魔法之鸟在树枝间诱惑着,这一切都引领着我去往一个我渴望已久的目标,一切都怀着新的渴望引领我走向那唯一的目标。有一次,我和一个陌生的女孩跳舞,热情洋溢,努力追逐,把她拽进陶醉和痴迷,当我们在虚幻的氛围中摇摆的时候,她突然笑了,说道:"我已经认不出你了。今天傍晚的时候你是那么的愚笨和疲惫。"我才认出她是几个小时前对我说"老笨熊"的那个女孩。现在她以为自己拥有了我,但是在跳下一支舞的时候我已经在另一个人身边了,也同样热情似火。我跳了两个小时或者更久,每支舞都跳,包括我从来没有学过的舞。赫尔曼总是在我的身边出现,这个微笑的年轻人,向我点头,又消失在人潮里。

这是一种我在五十年里都非常陌生的经历,尽管每个少女和每个大学生都熟悉这种经历,而我在这个舞会之夜也体验到了这种经历:节日的经验、节日共同的陶醉、人类在群体之中堕落的秘密、欢乐的"神秘联盟"①。我经常听人说起这些事情，每个女用人都熟悉这些事情，我经常在讲述者的眼睛里看见闪光，半是优越、半是艳羡地报以微笑。一个入迷者眼中的光亮、一个从自身解脱的人眼中的光亮、一个在集体的陶醉之中浮起的微笑和半迷乱的沉醉，我在一生中曾经作为高贵和庸常的例子见过几百次，在喝醉的水手和新兵身上，也在伟大的艺术家身上，在某种盛大的表情所包含的热情之中，更多的是在被牵扯进战争的年轻士兵身上，我最近还为这种幸福陶醉的光芒和微笑感到惊叹，对我的朋友帕勃罗感到深深喜爱、满心嘲讽又非常嫉妒，当他在交响乐队里快乐地陶醉于自己的萨克斯，或者是凝视着指挥、鼓手和班卓琴手的时候，他感到入迷，欣喜若狂。这样的微笑，这样天真的光芒，我有时候认为只有非常年轻的人才能够拥有，或者是那些不允许出现强大的个体与分化的民族才能够拥有。但是今天，在这个被祝福的夜晚，我自己也焕发出这样的微笑，荒原狼哈里，我自己也游弋于这深厚的、天真的、童话一般的幸福之中，我自

---

① 原文为拉丁文，是犹太教和基督教的一个神秘传统，讲述的是人与神之间的结合。

己也呼吸着这甜美的梦境，呼吸着共同体、音乐、节奏、美酒和性欲所组成的陶醉，而我曾经多么频繁地怀着嘲讽与可怜的优越感听着某个大学生对舞会的赞美。我已经不再是我，我的人格在节日的陶醉里被消融，就像盐在水里溶解。我和这个或者是那个女人跳舞，但不仅仅是我揽在怀里的这个女人，这个发丝掠过我的女人，这个我吸吮着香气的女人，而是所有的女人，这个大厅里的所有女人都在跳我正在跳的同一支舞，在同一支乐曲里像我一样浮游，她们容光焕发的面孔就像巨大的奇幻花朵从我身边飘过，所有人都属于我，我也属于所有人，我们所有人都彼此相属。就连那些男人也是一样，我也属于他们，他们对我来说也并不陌生，他们的微笑就是我的微笑，他们的追逐就是我的追逐，我的追逐也是他们的追逐。

一支新的舞曲，一首狐步舞曲在那个冬天征服了世界，它的名字叫作《渴望》。这首《渴望》一而再地反复被演奏，反复被人渴求，我们所有人都浸透了它，饮醉了它，我们所有人都一起哼唱着它的旋律。我一刻不停地跳着舞，和每个刚好从我身边路过的女人跳着舞，和非常年轻的女孩跳着舞，和盛放的年轻女人跳着舞，和夏日一样完全成熟的女人跳着舞，和忧伤的、枯萎的女人跳着舞：被所有人吸引，发出大笑，感到幸福，容光焕发。当帕勃罗看到我这个一直被他视为非常可悲的可怜魔鬼的人也有如此容光焕发的时候，他的眼睛就幸福地向我闪烁着光芒，他兴高采烈地从自己乐队的椅子上站了起来，猛烈地吹奏着乐器，然后站到椅子上，站在上面鼓着面颊吹奏，同时随着《渴望》的节拍狂野而幸福地摇晃着自己和他的乐器，而我和我的舞伴向他飞吻，高声跟着一起唱。唉，我在这时想道，无论我会经历什么都无所谓，我也有一次经历了幸福，焕发出了光彩，解放了我自己，成了帕勃罗的兄弟，成了一个孩子。

我已经失去了时间感，我不知道这些充满沉醉的幸福的时辰或者是瞬间持续了多久。我也没有察觉到，庆祝活动越是如火如荼，人们就越是挤进狭窄的空间。大部分人已经走了，走廊里已经安静了下来，许多灯已经熄灭了，楼梯间一片死寂，在楼上的大厅里，一个又一个乐队安静下来，离开了现场。只有"地狱"的主厅里还是一片喧嚣，热度不断上升，呈现出斑斓多彩的节庆氛围。既然我没有办法和扮成年轻男人的赫尔米娜跳舞，我们就只能一直在短暂的舞蹈动作间隙匆匆碰面，打个招呼，最终她完全在我身边消失了，不仅仅消失在视野里,也消失在思想里。已经不再有任何思想。我溶解了,漂游在沉醉的跳舞的人潮里,感到香气、音调、叹息和话语的触动,受到陌生眼睛的问候和取悦,被陌生的脸孔、嘴唇、面颊、手臂、胸膛和膝盖环绕,被海浪般的音乐有节奏地抛来抛去。

在一个略微清醒的瞬间,我突然出现在当时挤满了最后一个大厅的那些留下来的客人里面,在最后一个还回响着音乐的大厅里看到了——我突然看到了一个穿黑衣的女丑角,脸孔涂白,一个美丽清新的女孩,唯一一个脸上还戴着面具的人,一个迷人的形象,我在这整个夜晚还没有见过这样的形象。当所有其他人在深夜里都显得面颊红热、衣衫起褶、衣领与领口不再挺括的时候,这个黑衣女丑角却焕然一新地站在那里,面具后面是一张涂白的脸孔,穿着平整的化装服,领口没有受到一点挤压,蕾丝袖口白白亮亮,发型也很清新。我被她吸引过去,我拥住她,拉她加入舞蹈,她芬芳的衣领搔着我的下颌,她的头发拂过我的面颊,她挺拔的年轻身躯比这天晚上的任何一位舞者都更温柔、更亲密地迎合着我的动作,避开这些动作,又嬉游着强迫和引诱它们产生新的触碰。突然间,当我在舞蹈中俯下身去,用我的双唇寻找她的双唇的时候,那副嘴唇以一种得意和非常熟悉的方式对我露出了微笑，我认出了那坚定的下颌，幸福地认出了这对肩、这双手。这是赫尔米娜，不再是赫尔曼，已经换过了衣服，焕然一新，喷着淡香水，化着淡妆。我们的双唇火热地贴在一起，一瞬间，她把整个身躯都贴到我身上，直到膝盖，要求着我，献身于我，然后她把双唇从我的唇上移开，矜持而匆忙地跳着舞。当音乐中断的时候，我们依然相拥而立，所有激情洋溢的伴侣都围绕着我们鼓掌、跺脚、尖叫，催促筋疲力尽的乐队再演奏一遍《渴望》。现在我们突然都感到了清早已经来临，看到了窗帘后面惨淡的光线，察觉到欢愉已经接近尾声，预感到了即将到来的疲惫，于是再一次盲目、欢笑而绝望地投身到舞蹈、音乐和光流之中，喧闹地踏着舞步，一对对舞伴紧贴在一起，再一次幸福地感受到巨大的波涛如何在我们的头上拍合。在这支舞中，赫尔米娜放弃了她的得意、她的嘲讽和她的冷淡——她知道，她已经不需要再做更多的事情来让我爱上她了。我属于她。她也奉献出了自己，在舞蹈中，在目光里，在亲吻的时候和微笑的时候。这个狂热的夜晚里的所有女人，所有和我跳过舞的女人，所有被我点燃了的女人，所有点燃了我的女人，所有我追求过的女人，所有我心怀渴望地紧贴过的女人，所有我怀着爱情的热望凝视过的女人都溶解在了一起，变成了唯一的一个女人，在我怀中盛放的这个女人。

这场婚礼一般的舞蹈持续了很久。音乐有两三次变得疲软，管乐手们放下了他们的乐器，钢琴手从琴边站起身来，首席小提琴手拒绝地摇着头，每一次他们都被这些舞者最后的恳请的狂潮点燃，再次开始演奏，演奏得更快，更狂野。然后——我们依然拥抱着站立，因为最后那支贪婪的舞蹈而气喘吁吁——钢琴盖啪的一声合上了，我们的手臂像管乐手和小提琴手的手臂一样疲倦地垂下，长笛手眨着眼睛，把自己的长笛收进了乐器匣，各扇门都打开了，冷空气涌了进来，用人们拿着大衣出现了，吧台服务生拧灭了灯。一切都像幽灵一样恐怖地飞散惊逃，刚刚还明媚又热情的舞者们战栗着挤进大衣，把衣领高高竖起来。赫尔米娜苍白地站在那里，但是却在微笑。她慢慢地举起了手臂，向后梳理着头发，她的腋窝在晨光中闪烁，一抹微弱的、无尽温柔的阴影从那里飘向她被遮掩起来的乳房，这一线小小的、摇摆的阴影对我展现出了她的全部美丽，集合了她美丽的躯体全部的游戏与可能性，就像一个微笑。

我们站在那里，注视着彼此，我们是大厅里最后的人，是这栋房屋里最后的人。我听到楼下某处有一扇门砰然关闭，一只玻璃杯摔得粉碎，一声窃笑渐渐消隐，掺杂着启动的汽车那邪恶的、匆忙的噪音。在某个地方，在某个不确定的远处和高处，我听到了一阵大笑，非常清亮和欢乐，但却是一种可怕和陌生的笑声，像是水晶和冰凌的笑声。但我为什么又对这种奇妙的笑声如此熟悉？我想不明白。

我们两个站在那里，注视着彼此。有一瞬间，我清醒过来，感觉到莫大的疲惫从背后侵袭着我，感觉被汗水浸透的衣服又湿又热地挂在我的身上，令人反感，看到我的双手一片通红，青筋毕露，从挤压出褶皱、浸泡了汗水的大衣袖口里伸出来。但这种感觉很快就过去了，赫尔米娜的一个眼神就使它消散了。我自己的灵魂似乎在她的目光中注视着我自己，一切现实全部沉落，包括我对她真实的肉欲层面的渴望。我们痴迷地注视着彼此，我可怜、渺小的灵魂注视着我自己。

"你准备好了？"赫尔米娜问道，她的微笑飘逝了，就像那片影子从她胸前飘逝了一样。从高高的远处某个未知的空间里传来了那陌生的笑声。

我点点头。是的,我准备好了。

这时乐手帕勃罗出现在门口,他欢乐的双眼冲着我们闪闪发光,那其实是一双动物的眼睛,但是动物的眼睛永远都是严肃的,而这双眼睛总是在笑,而它们的笑又让它们变回了人类的眼睛。他无比友好而真挚地向我们眨着眼睛。他穿着一件彩色丝绸做成的家居服外套,红色的翻领上露出了湿透的衬衫衣领,他那苍白的脸孔显露出了惊人的衰萎和惨白,但那双炯炯有神的黑眼睛消解了这种印象。它们也消解了现实,对现实施了魔法。

我们跟随他的暗示,在经过那扇门的时候,他轻声对我说道:"哈里老兄,我请您参加一场小小的娱乐。只有疯狂者才能进入,入场费就是理智。您准备好了吗?"我再次点了点头。

可爱的小伙子!他温柔体贴地牵起我们两个的手臂,右手牵着赫尔米娜,左手牵着我,带领着我们走上一道楼梯,走进一个圆形的小房间,天花板上闪烁着蓝色的灯光,里面几乎是空空荡荡的,除了一张小圆桌和三把给我们坐的椅子,里面什么也没有。

我们是在哪里?我睡着了吗?我是在家里吗?我是坐在一辆行驶中的汽车里吗?不,我坐在一个蓝光闪烁的圆形房间里，置身于非常稀薄的空气里，置身于一种已经变得非常薄弱的现实层面。那么赫尔米娜为什么如此苍白？帕勃罗为什么要说这么多的话？让他说话，通过他说话的那个人也许是我自己？难道用他那双黑眼睛注视着我的不正是我自己的灵魂，那只迷失的、忧惧的鸟儿，而赫尔米娜用她那双灰色的眼睛注视着我的也是一样的东西？

我的朋友帕勃罗用这种满怀好意却有些装腔作势的友善注视着我们，说着话，说了很多的话，说了很长时间。我之前从来没有听过他连续不断地讲话，他对辩论和阐释都没有兴趣，我几乎无法相信他具有某种思想，但此刻他在讲话，用他善意、温暖的声音流畅而毫无偏差地讲着话。

"朋友们，我邀请你们参加一场娱乐，哈里早就希望参加这样的娱乐了，早就梦想参加这样的娱乐了。现在有点晚了，而且我们可能都有点累了。因此我们就在这里先休息一下，养精蓄锐。"

他从一只壁橱里取出了三个小玻璃杯和一个滑稽的小瓶子，取出一只用彩色木材做成的具有异国风情的小匣子，拿着瓶子倒满了三个小玻璃杯，从匣子里拿出三根细长的黄色香烟，从丝绸外套里取出一只打火机，给我们点火。这时我们每个人都开始慢慢地抽烟，倚靠在自己的椅子上，香烟的气味就像教堂里的香烛一样，然后我们一小口一小口地慢慢喝着这种有着药草甜味的、非常陌生的液体，它实际上给我们带来了无穷的振奋与幸福，就好像我们被充了气，失去了重量。我们就这样坐着，小口吸着烟，休息着，啜饮着杯中的液体，感觉自己变得轻盈和快乐起来。这时帕勃罗用他温暖的声音轻轻说道：

"我真高兴，哈里，您今天允许我来款待您。您在您的生活中经常感到非常压抑，您努力要离开这里，不是吗？您渴望抛弃这个时代、这个世界、这种现实，进入另一种不同的、更适合您的现实，进入一个没有时间的世界。您就这样做吧，亲爱的朋友，我邀请您这样做。您也的确知道这个不同的世界藏在哪里，这个世界就是您自己的灵魂，您正在寻找它。只有在您自己的内心里才有另一种现实，才有您所追求的事物。我不能赋予您任何在您的内心里尚不存在的东西，我没有办法打开您灵魂之外的任何其他画廊。我什么也不能赋予您，除了一个契机、一种推动力、一把钥匙。我帮助您看到您自己的世界，唯此而已。"

他又将手伸进彩色外套的口袋里，拿出一面可以随身携带的小化妆镜。

"您看看：您到目前为止看到的自己就是这样！"

他把小镜子举到我的眼前（我突然想起了一首儿歌："小镜子，手里的小镜子。"①），我看到了一幅有点模糊和朦胧、有点神秘、不断晃动、不断激荡和发酵的图像：那是我自己，哈里·哈勒，这个哈里的内心是一匹荒原狼，一匹羞怯、美丽，但是眼神迷乱而又惊恐的狼，双眼时而发出凶狠的光芒，时而发出悲伤的光芒，这匹狼的形象在贯穿了哈里的生生不息的激荡中奔涌着，就像一条颜色不同的支流在汇入主干道以后就腾云驾雾、翻涌搅乱、不断奋战、饱受痛苦，两条河流彼此吞噬，被无法平息的想要重获形体的愿望占据。这匹流动的、半成形的狼就这样无限悲哀地用那双美丽而羞怯的眼睛凝视着我。

"您就是这样看自己的。"帕勃罗温柔地重复道，把镜子放回了口袋里。我感激地闭上了眼睛，啜饮着那仙药。

"我们现在已经休息好了，"帕勃罗说道，"我们的

---

①出自童话《白雪公主》，在儿歌中变为："小镜子，手里的小镜子。有没有把自己认个够？"

精力已经恢复了,也聊了一会儿天。如果你们已经不觉得疲惫了,那么我现在就带你们去我的观光室,给你们展示一下我的小剧院。你们同意吗?"

我们站起身来,帕勃罗微笑着走在前面,打开一扇门,拉开一道帘幔,然后我们站到了一座剧院那马蹄形的环形走廊里,恰好在中间,两侧弯曲的走廊通往许许多多、多到难以置信的狭长小包厢门。

"这就是我们的剧院,"帕勃罗解释道,"一个非常能够使人享受的剧院,希望你们能够在这里找到各种可笑的事情。"说这话的时候他笑了起来,只笑了几声,却强烈地击穿了我,这次又是我之前听到过的楼上那种清亮、陌生的笑声。

"我的小剧院有这么多的包厢门,如果你们愿意,可以找到十扇、一百扇或者一千扇门,每扇门后面都有你们正在寻找的东西等待着你们。这是一间漂亮的画廊,亲爱的朋友,但是像您这样从头到尾走上一遍对您来说没有什么益处。您会被您习惯于称之为自己个性的东西阻碍、蒙蔽。毫无疑问,您早就已经猜到了,克服时间、挣脱现实或者您给自己的渴望起的其他名字,都只不过意味着摆脱您的个性的愿望。您的个性就是囚禁着您的监牢。如果您就这样以您现在的样子走进剧院，那么您就会用哈里的眼睛来看待一切，透过荒原狼那副陈旧的眼镜来看待一切。因此我邀请您摘下这副眼镜，友善地把这种非常可敬的个性保存在衣帽间里，您可以随时根据自己的愿望再取回来。您刚刚度过的那个舞蹈之夜，有关荒原狼的论文，最后还有我们刚刚喝过的小小的兴奋剂应该已经为您做好了充分的准备。您，哈里，在放下了您珍贵的个性以后可以享用左侧剧院，赫尔米娜可以享用右侧剧院，你们可以在里面随意碰面。请吧，赫尔米娜，你先暂时退到帷幕后面，我想要先引领哈里入场。"

赫尔米娜经过了一面巨大的镜子，它遮盖了整面后墙，从地板直到拱顶，然后她消失在右侧。

"那么，哈里，现在您过来吧，保持好情绪。让您有好情绪，教会您笑，这就是这整个活动的目的——我希望，您可以让我轻松一些。您感觉还好吧？真的？有没有一点害怕？那么很好，非常好。您现在不要害怕，要发自内心地享受，进入我们的虚构世界，您需要通过一场小小的虚幻的自杀完成入场，这是规定。"

他又拿出了那面便携的小化妆镜，把它举到了我的面前。我又看到了那个迷乱、朦胧、被搏斗的狼的形象所贯穿的哈里，我非常熟悉这个形象，却显然对它没有什么好感，要毁灭它不会给我造成任何困扰。

"这个镜像已经变得可有可无了，您现在要抹除它，亲爱的朋友，别的就不需要了。只要在您心情允许的情况下，带着发自内心的欢笑看着这幅镜像，这就够了。您在这里就是进入了一所幽默的学校，您应该学会笑。好吧，所有更高的幽默都始于不再严肃认真地对待自己这个人。"

我紧紧盯着这面小镜子，手里的小镜子，哈里之狼正在里面全身抽动。有一瞬间我的内心也抽动了一下，在非常深的内心，很轻，但很痛苦，像是回忆，像是乡愁，像是悔悟。然后这种轻微的压抑让位给了一种新的情感，有点像从被可卡因麻醉的下颌里拔出一颗蛀牙时的感觉，是一种轻松的感觉，一种深呼吸，与此同时还有一种惊叹，因为完全没有那么痛苦。在这种感觉之外，还有一种非常清新的焕然一新的感觉，一种我无法抵抗的想要大笑的欲望，于是我爆发出一阵解脱的笑声。

这幅忧郁的小镜子里的镜像跳闪着熄灭了，圆形的小镜面突然就像被烧毁了一样，变得灰暗粗糙，不再透光。帕勃罗笑着把这个碎片抛到了一旁，它滚动着消失在了走廊无穷无尽的地板上。

"笑得好,哈里,"帕勃罗喊道,"你还要学会像不朽者一样发笑。现在你终于杀死了荒原狼。用剃须刀片是不行的。注意,它已经死了!你马上就可以离开愚蠢的现实了。下次有机会,要为我们的兄弟情谊喝一杯,亲爱的朋友,你从来没有像今天这样令我喜爱。如果那时候你还觉得那些事情有价值,那么我们也可以一起进行哲学思考,讨论莫扎特或者是格鲁克的音乐,讨论柏拉图或者是歌德,你愿意讨论多久就讨论多久。你现在将会明白为什么以前不能这样做。——希望你今天享有幸运,你将从今天起摆脱掉荒原狼。因为你的自杀当然不是最终的行为。我们现在是在一座魔法剧院里,这里只有图景,没有现实。你去给自己找出美丽和欢快的图景,证明你真的不再留恋你那值得质疑的个性了!但是如果你在这之后还是渴望它,你只需要再看一看我现在展示给你的这面镜子。但是你肯定知道那句有智慧的古话:手中的一面小镜子胜过墙上的两面镜子。哈哈!(他的笑容又变得那么美丽,那么可怕。)——那么,现在只有一个非常小的、很有趣的仪式要完成了。你现在已经抛弃了你个性的眼镜,现在来看一看真正的镜子!这会给你带来乐趣。"

他大笑着,用几个轻微的、滑稽的爱抚动作让我转过了身,我面对着巨大的墙镜。我在其中看到了我自己。

在非常短暂的一瞬间里,我看到了那个我所熟悉的哈里,只是带着非同寻常的好情绪,有着一张明朗的、大笑的面孔。但是我刚一认出他来,他就瓦解了,分解出第二个、第三个、第十个、第二十个形象,整个巨大的镜子里都充满了纯粹的哈里或者是哈里的碎片,无数个哈里,每一个我都在电光石火般的瞬间被瞥见和认出来了。这许多个哈里中间有几个和我一样大,有几个更老,有几个带有原始性的古老,还有几个非常年轻,还是年轻人,还是少年,还是学校里的孩子,还是顽皮的小伙子,还是孩童。五十岁的哈里和二十岁的哈里交错着奔跑、跳跃,三十岁的哈里和五岁的哈里,严肃的哈里和有趣的哈里,庄重的哈里和滑稽的哈里,衣冠整齐的哈里和衣衫褴褛的哈里,也有赤裸着的哈里,没有头发的哈里和留着长鬈发的哈里,所有这些都是我,每一个都以闪电般的迅疾被我看到和认出,然后消失,四散奔逃,向左,向右,向镜子深处,从镜子里出来。其中一个年轻又优雅的小伙子大笑着跳到帕勃罗的面前,拥抱他,和他一起跑开了。我尤其喜欢的是一位俊美迷人的少年,大概

十六七岁,他像一道闪电一样跑进了走廊,贪婪地阅读着所有门上的铭文,我跑在他身后,他在一扇门前站住了,我读着门上的铭文:

> 所有的女孩都是你的!
> 投入一马克

这个可爱的少年迅速向上一跃,头冲前方,自己跌入了投币的地方,消失在门后。

帕勃罗也消失了,那面镜子似乎也消失了,连带着所有那些数不尽的哈里的形象。我察觉到我现在已经把自己交付给了这座剧院,于是好奇地从一扇门走到另一扇门前,阅读着每一扇门上的铭文,它们都是一种诱惑、一个许诺。

这个铭文

> 加入欢快的狩猎!
> 汽车狩猎

吸引了我,我打开这扇狭窄的门,走了进去。

我被卷入了一个喧闹而激动的世界。汽车在街道上驰骋,有一部分带有装甲,追猎着行人,把他们碾压成泥,把他们挤到房屋的墙上进行着羞辱。我立刻就明白了:这是人类与机器的斗争,早就已经在酝酿,早就已经被预料到,早就已经令人惧怕,现在终于爆发了。四处都横陈着死者和被撕碎的人,四处都散布着砸碎的、扭曲的、几乎被烧毁的汽车,在这片荒芜的混乱之上盘旋着飞机,它们也被机枪和屋顶和窗口扔出的许多罐头攻击。野蛮、刺眼的海报贴在所有的墙壁上,用火焰般燃烧的大写字母呼吁整个民族最终投身于这场人类与机器的斗争,最终打死那些脑满肠肥、衣着华丽、气味芬芳、借助机器从别人身上挤出油水的富人,连同他们那些巨大的、咳嗽的、邪恶地嗡嗡叫的、魔鬼一样发出低鸣的汽车,最终点燃那些工厂,稍微清理一下这被损害了的地球,减少人口,让青草再度生长,让蒙尘的水泥世界再次有可能变为森林、草地、荒野、溪流和沼泽。这里还挂着其他的海报,画工非常精妙,风格非常华丽,色彩温柔而不那么幼稚,设计得非常别致,它们反过来以非常动人的方式警告所有有产者和所有深思熟虑的人,他们受到了一场无政府主义的混乱的威胁,它们以非常感人的方式描绘出秩序、工作、财产、文化和法律所带来的福音，赞美机器是人类最高和最终的发明，在机器的帮助之下，人类将会成为上帝。我沉思着阅读这些海报，为之发出惊叹，这些红红绿绿的海报，它们那火热的说辞和令人信服的逻辑对我产生了某种神奇的影响，它们都有道理，我时而对这一方深信不疑，时而又被另一方说服，总是明显受到身边相当稠密的枪声的干扰。好吧，主要的事情已经弄清楚了：这是一场战争，一场激烈、火热而又非常吸引人的战争，它所涉及的并不是皇帝、共和国、国家疆土、旗帜和颜色这一类更多是装饰和戏剧化的事务，不是这些东西，而是每个觉得空气变得太过稀薄、生活变得不再合理的人都让自己的压抑以攻击性的方式表达出来，人们普遍追求摧毁这个苍白的文明世界。我看到摧毁和杀戮的乐趣在所有人的眼睛里真挚地发出笑声，在我自己心里，那野蛮的红色花朵高高盛放，无比茁壮，也在以同样的热情发笑。我愉快地加入了战争。

但是所有这些事情里最美妙的是，我身边突然出现了我的中学同学古斯塔夫，他已经从我身边销声匿迹几十年了，曾经是我早年间的朋友里面最野蛮、最强壮、最渴望生活的一个。当我再次看到他向我眨着他那双淡蓝色的眼睛的时候，我的内心在微笑。他向我挥手，我立刻开心地跟上了他。

"天哪，古斯塔夫，"我幸福地喊道，"我又见到你了！那么你现在在做什么？"

他气恼地笑了起来，就像在少年时代一样。

"小牛犊，难道我们马上就要开始互相询问、一派胡言了吗？我当上了神学教授，那么，现在你知道了，但幸好现在已经没有什么神学了，年轻人，现在只有战争。那么来吧！"

有一辆小卡车正在嗡嗡叫着开向我们，他把司机推了下去，像一只猴子一样飞速地跳上了车，踩了刹车，让我上车，然后我们就像魔鬼一样飞速地穿行在榴弹和倾倒的卡车之间，开出了城市，来到了城郊。

"你站在工厂主的那一边？"我问我的朋友。

"唉，这是品位问题，我们可以到了外面再考虑一下。但是不，等一等，我其实更希望我们选择另一派，虽然说到底这完全无所谓。我是个神学家，我的前辈路德一辈子都在帮助选帝侯和富人反对农民，我们现在想要纠正一下这一点。这辆车不怎么样。希望它还能再撑几公里！"

我们就像风——天空的孩子——那样迅捷，咯咯嗒嗒地开走了，开进了一片青绿的、安宁的风景，一连好几里，穿过一片大平原，然后慢慢地驶上了一座险峻的山丘。我们停在了一条平滑的、反光的道路上，这条路在陡峭的岩壁和低矮的护墙之间急转而上，高悬在一个蓝光闪烁的湖面之上。

"美丽的地方。"我说道。

"非常漂亮。我们可以称呼它为轴心之路，有许多不同的轴在这里相撞，小哈里，当心！"

路边立着一棵大松树，我们看到松树上面有一个用木板搭成的小屋一样的东西，是一个瞭望台和一个制高点。古斯塔夫明朗地对着我大笑，蓝眼睛狡诈地眨着，我们两个匆匆走下了我们的卡车，沿着树干往上爬，藏在这个我们非常喜欢的瞭望台里，气喘吁吁。我们在那里找到了猎枪、手枪和弹药匣。我们刚在那里乘了一会儿凉，进入了狩猎状态，在最近的弯道里就传来了一辆巨型的豪华轿车那嘶哑而霸道的喇叭声，它低声鸣叫着，高速驰骋在空荡荡的山路上。我们已经拿起了猎枪。这种紧张的感觉真是值得惊叹。

"瞄准司机！"古斯塔夫快速下令道，这时，这辆沉重的汽车经过了我们。我已经瞄准了，扣下了扳机，对准了司机的蓝色帽子。那个人滑了下去，车还在继续呼啸前行,撞到了墙壁,弹了回来,像一只巨大的肥胖胡蜂一样重重地、愤怒地摔到了矮墙上,翻了过来,发出一声短促又清脆的碎裂声,越过墙壁坠入了深渊。

"解决掉了!"古斯塔夫笑道,"下一辆我来。"

又有一辆车开了过来,小小的车里有三个或者四个乘客坐在软垫上,一个女人的头上有一块面纱僵硬地沿着水平的方向飘动,那是一块浅蓝色的面纱,我实际上有点为它感到遗憾,谁知道在它下面发笑的会不会是最美丽的女人的面孔呢。天哪,如果我们已经在扮演强盗了,那么也许更正确和更漂亮的方式就是遵循那些伟大强盗的典范,不要把我们勇敢的杀戮欲望扩展到漂亮的女士头上。可是古斯塔夫已经开了枪。司机抽动了一下,滑了下来,汽车撞在一块垂直的岩石上,飞到了高处,然后噼啪一声,轮子朝上落回了街道上。我们等待着,没有任何动静,一切都无声无息,车上的人就像是落入了一个陷阱。车还在轰鸣和窸响着,轮子还滑稽地在空中转动着,但突然之间它就发出了一声可怕的巨响,然后升起了明亮的火焰。

"这是一辆福特车,"古斯塔夫说道,"我们得下去把道路再次清空。"

我们爬了下来,查看那个火堆。火很快就燃尽了,我们在这段时间里用新长出来的小树做了一根杠杆,把车撬到一侧,翻过路沿推入深渊,两个死者在翻动车子的时候掉了出来,躺在那里,衣服有一部分烧坏了。其中一个人的外套保存得相当好,我摸了摸他的口袋,想要看看我们能不能查出来他是谁。我发现了一个皮夹,里面有一些名片。我拿了一张,读上面写的字:"梵我同一。"[①]

"真好笑,"古斯塔夫说道,"实际上,我们在这里杀死的人叫什么名字是无关紧要的。他们都是像我们一样可怜的魔鬼,名字不重要。这个世界一定会毁灭,我们也会随之毁灭。把他们放到水里浸泡十分钟,这是最不痛苦的解决方案。好了,开始工作!"

我们把死者抛到车外。一辆新车已经突突地开了过来。我们立刻从街道上一起向它射击。它就像喝醉了一样疯狂地旋转了一段路,然后倒了下去,气喘吁吁地躺在那里,一个乘客依然静静地坐在里面,但是一个没有受伤的年轻漂亮的女孩爬了出来,尽管她面色苍白,剧烈地颤抖着。我们友善地向她打招呼,提

[①]原文为梵文,出自《奥义书》。

出愿意为她服务。她已经被吓坏了，说不出话来，像疯了一样盯着我们看了一会儿。

"好吧，我们先去看一看那位老先生。"古斯塔夫说，然后转向那位还坐在死去的司机后面的乘客。那是一位留着花白短发的先生，一双聪慧的、浅灰色的眼睛大睁着，但看上去受了重伤，至少他的嘴里在流血，脖子呈现出可怕的歪斜和僵直。

"抱歉，老先生，我的名字是古斯塔夫。我们冒昧地开枪打死了您的司机。我们可以问一问，我们有幸是在和谁说话吗？"

老人用灰色的小眼睛冷漠而悲伤地注视着他。

"我是首席检察官罗林，"他慢慢说道，"你们不仅仅杀死了我可怜的司机，而且也杀死了我，我觉得我的生命就要走到尽头了。你们到底为什么要冲我们开枪？"

"因为驾驶速度太快了。"

"我们是按正常速度行驶的。"

"昨天还是正常的东西，今天就不再是了，首席检察官先生。我们今天的观点是，一辆汽车可以行驶的任何速度都太快了。我们现在要毁掉汽车，也要毁掉其他机器。"

"也包括您的猎枪?"

"也会轮到它们,如果我们还有时间的话。也许我们明天或者后天就都死了。您也知道,我们的地球上已经住了太多人,已经变得丑恶了。好吧,现在来通通风吧。"

"那么您对每个人都开枪吗,毫无差别?"

"当然。但是对有些人还是毫无疑问会有些惋惜,比如这位年轻漂亮的女士就令我惋惜——她会不会是您的女儿?"

"不是,她是我的速记员。"

"这样更好。现在请您下车,或者请您允许我们扶您下车,因为这辆汽车要被毁掉。"

"我宁可被一起毁掉。"

"如您所愿。请您允许我再问一个问题!您是国家检察官。我一直都无法理解,一个人怎么能够成为国家检察官?您依靠指控那些大多数是可怜的魔鬼的人,给他们定罪来维生。不是吗?"

"就是这样。我在履行我的职责。这是我的职务,就像刽子手的职务是杀死被我判死刑的人。您自己也担任了同样的职务。您也的确在杀人。"

"没错。只是我们并非出于职责而杀人,而是为了享乐，或者不如说：是出于无法享乐，是出于对这个世界的绝望。因此杀戮给我们带来了某种乐趣。难道杀戮从来就没有给您带来过乐趣吗？"

"您让我感到无聊。您发发善心，做完您的工作吧。如果您对职责这个概念感到陌生……"

他沉默了下来，撇了撇嘴唇，好像想要啐上一口，但是只流出了一点血，沾在了他的下巴上。

"您等等！"古斯塔夫彬彬有礼地说道，"无论如何，我不理解职责这个概念，已经不再理解了。之前我的职务和它有很多关系，我曾经是一位神学教授。此外，我还作为士兵参与了战争。对我来说曾经是职责的东西，权威机构和上级命令我做的事情全都非常不好，我一直都宁可做正相反的事情。但是当我不再理解职责这个概念以后，我却认识了罪责这个概念——也许它们两个是一回事。一位母亲生下了我，我就有了罪，我就被判决要生活，就有了责任，属于了一个国家，成了士兵，杀了人，为军备上交了税款。而现在，在这一刻，生活的罪责又让我不得不去杀戮，就像之前在战时一样。这一次我不是违心地杀戮，我将自己奉献给罪责，我完全不反对将这个愚蠢的、拥挤的世界分裂成碎片，我很愿意帮着毁灭它，很愿意和它一起毁灭。"

检察官付出了很大努力,才让自己沾了血的嘴唇稍微露出了一点微笑。他没有办法笑得非常灿烂,但可以看出善良的意图。

"这样很好,"他说道,"那我们就是同道中人了。请您现在尽您的职责吧,同道人。"

在这段时间里,那个漂亮的女孩在路沿上坐了下来,晕了过去。

在这一刻,又有一辆汽车突突地开了过来,全速行驶。我们把那个女孩稍微往侧边拽了一点,挤到山岩边,让这辆驶来的汽车冲进另一辆汽车的残骸。它猛地刹住了车,高高地竖了起来,但是没有受到损伤。我们很快就把武器拿到手里,准备好面对这几个新人。

"下车!"古斯塔夫命令道,"举起手来!"

从车里下来的是三个男人,都顺从地举起了手。

"你们中间有医生吗?"古斯塔夫问道。

他们表示没有。

"那么你们就发发善心,把这里的这位先生小心地从他的座位上抬下来,他受了重伤。然后把他放进你们的车里,开到最近的城市去。前进,行动!"

老先生很快就被抬上了另一辆车,古斯塔夫指挥着他们，这些人都开车走了。

在这段时间里，我们的女速记员醒了过来，看到了这个过程。我很高兴我们得到了这个漂亮的战利品。

"小姐，"古斯塔夫说道，"您已经丢了您的工作。希望那位老先生和您的关系不是很亲近。您被我雇用了，请做我们的好战友！那么，现在的状况有一点紧张。很快这里就会变得令人不适了。您可以爬树吗，小姐？可以？那么就出发吧，我们让您待在我们中间，我们来帮助您。"

现在我们三个都尽快爬到了我们的树屋里。这位小姐在上面感觉很不舒服，但是她得到了一杯白兰地，很快就恢复了过来，对湖泊与山丘的壮丽景色表示了认可，并且告诉我们她叫作朵拉。

下面立刻又来了一辆车，小心翼翼地绕过了倒地的汽车，没有停顿，然后立刻加速。

"偷奸耍滑！"古斯塔夫大笑着向司机开枪。那辆车摇摆了一会儿，向墙壁冲了过去，压在墙上，然后斜挂在深渊之上。

"朵拉，"我说道，"您会用猎枪吗？"

她不会，但是她跟着我们学习怎么给猎枪上子弹。在一开始她非常笨拙，把一只手指弄破了，流了点血，大叫着索要英式创可贴。但是古斯塔夫向她解释,现在是一场战争,她要展现出自己是一个顺服和勇敢的女孩。这话派上了用场。

"但是我们会变成什么样的人呢?"然后她问道。

"我不知道,"古斯塔夫说道,"我的朋友哈里喜欢漂亮女人,他会成为您的男朋友。"

"但是他们会带着警察和士兵来把我们打死。"

"警察之类的东西已经不存在了。我们拥有选择权,朵拉。我们要么安安静静地待在这上面把所有经过这里的汽车都打坏,要么自己找一辆汽车,开着它离开,让别人对我们开枪。选择哪一派都一样。我想留在这里。"

下面又来了一辆车,它的喇叭声响亮地向着上方震响。很快它就被打坏了,轮子朝上,躺在那里。

"真滑稽,"我说道,"射击能够给人带来这么大的乐趣!我以前还是个反战人士呢!"

古斯塔夫露出了微笑:"是的,这个世界上就是有太多人了。之前人们没有察觉到这一点。但是现在每个人不仅仅想要呼吸空气,还想要拥有一辆汽车,所以现在人们就注意到了这一点。当然,我们在这里做的事情是不理智的,这是一种儿戏,就连战争也变成了一场巨大的儿戏。人类之后必须学会用理智的方式限制自己的繁衍。我们目前对这种难以忍受的状况的反应非常不理智，但归根结底还是正确的——我们在减少人口。"

"是的，"我说道，"我们做的事情可能很疯狂，但是可能也很好，也是必要的。对人类要求太高的理性，在面对理智无法解决的事情的时候也寻求理智的帮助是不好的。这样一来就会出现类似那些美国人或者布尔什维克主义者的理想，这两派人都具有异乎寻常的理智，但是因为他们这么天真地把事情简单化了，所以都可怕地强暴了生活，劫掠了生活。人类的图像曾经是一个崇高的理想，现在这个概念却在变成一种陈词滥调。我们这些疯狂者也能够让它再次变得高贵起来。"

古斯塔夫大笑着给出了回答："年轻人，你说话的方式真是非常机智，听着这么智慧的话语真是一种快乐，让人有所收获。也许你甚至有点道理。但是现在听话，把你的猎枪重新装上子弹，我觉得你有点太爱做梦了。每一刻都有可能跑来几只小公鹿，我们可不能用哲学打死它们，枪管里必须有子弹。"

一辆车开了过来，立刻就翻倒了，街道已经被封住了。一个幸存者,一个红头发的胖男人在废墟旁边狂野地手舞足蹈,上下张望,发现了我们的藏身所,怒吼着冲了过来,用一把左轮手枪朝我们打了好几次。

"请您现在离开,否则我就开枪了。"古斯塔夫向下面喊道。那个人瞄准他,又开了一枪。于是我们向下朝他开枪,开了两枪。

又来了两辆车,我们很快就解决了它们。然后街道变得安静和空荡,这条街有危险的消息似乎已经传播出去了。我们有了时间来欣赏美丽的景色。在湖对岸的山谷里有一座小城市,从那里升起了一缕轻烟,我们很快就看到火焰从一个屋顶蔓延到另一个屋顶。我们也听到了枪击声。朵拉哭泣了几声,我抚摸着她被泪水浸湿的面颊。

"那么,我们所有人都不得不死掉吗?"她问道。没有人回答。这段时间里,下面有一个步行的人走了过来,看着坏掉的汽车躺在那里,围着它们嗅来嗅去,弯下身钻进其中一辆,拿出一把彩色阳伞、一个女式皮包、一瓶葡萄酒,平静地坐在护墙上,喝着酒瓶里的酒,吃着从包里取出来的用锡纸包着的食物,他喝完了一整瓶酒,享受地继续向前走,把阳伞夹在臂下。他平静地走远了。我对古斯塔夫说道:"你可以对这个家伙开枪,在他的脑袋上打个洞吗?天知道,反正我做不到。"

"也没有人要求你这样做。"我的朋友嘟哝着,但是他心里还是不舒服。我们刚刚亲眼看到了一个举止依然无害、平静而天真的人,依然生活在清白无辜的状态里的人,我们整个如此值得赞赏又非常必要的行动在我们的眼里突然就变得愚蠢和令人反感了。呸,见鬼,所有这些鲜血!我们为自己感到羞愧。但是在战争中,就连将军偶尔也会有这样的感觉。

"我们不要在这里再继续待下去了,"朵拉抱怨道,"我们下去吧,我们肯定能在车里找到点吃的。难道你们就不饿吗,你们这些布尔什维克分子?"

钟声在下面那座燃烧的城市里敲响了,激动而惊恐。我们爬了下去。当我帮助朵拉爬过护墙的时候,我亲吻了她的膝盖。她明朗地笑了。但这时护墙向后倒,我们两个都坠入了虚空……

我又回到了圆形走廊里,依然因为狩猎的冒险而感到激动。四下所有那些数不尽的门上,那些铭文引诱着我:

木塔波①
变为任意一种动物或植物

爱经②
印度爱情技巧课程
初学者课程:42种不同的性爱练习方式

令人享受的自杀!
你会笑死

您想要精神的升华?
东方的智慧

但愿我有一千条舌头!
只为男士们准备

西方的没落
打折票。始终未被超越

---

①阿拉伯咒语,这种咒语宣称人可以变成任意一种动物,并且懂得这种动物的语言。
②古印度的性爱经典。

艺术典范
通过音乐将时间转化为空间

欢笑的泪水
幽默小屋

隐士游戏
等价替代一切社交

这一排铭文无穷无尽地延伸下去。有一处写着:

建立个性指南
保证成功

这个铭文对我来说非常值得注意,我走进了这扇门。

迎接我的是一个昏暗、寂静的房间,里面按照东方的风格布置,没有椅子,一个男人坐在地上,面前有一个类似大棋盘的东西。乍一看,他似乎是我的朋友帕勃罗,至少这个男人也穿着一件类似的彩色丝绸外衣，也有着一样目光炯炯的深色眼睛。

"您是帕勃罗吗?"我问道。

"我谁也不是，"他友好地解释道，"我们在这里没有名字，我们在这里不是个人。我是一名棋手。您想要参加建立个性的课程?"

"是的，麻烦您。"

"那么请您友善地把您的几十个形象交给我使用。"

"我的形象……?"

"您看到您所谓的个性瓦解以后的那些形象。没有这些形象我就没有办法下棋。"

他把一面镜子举到我面前，我又在里面看到了我个人的统一体瓦解成了许多个自我，它们的数量似乎还一直在增长。但是现在这些形象显得非常渺小，就像可以用手握住的棋子一般大小，棋手用安静的、稳重的手指拿了几十个，把它们布置在棋盘的底部。他用单调的语气说着话，像一个人在重复一份经常阅读的讲稿或者是一本教科书一样：

"有一种错误的、招致不幸的看法，就是认为人类是一个持续的统一体，这件事情您已经知道了。您也知道，人是由一大群灵魂组成的，由许多个自我组成的。个人表面上的统一体瓦解成许多的形象会被视为发疯，科学为此发明了一个名字，就是'精神分裂症'。科学到这一步为止都还是正确的，当然，没有统帅的多样性和没有某种特定秩序的群组都无法控制。但科学的不正确之处在于，它相信对于许多潜在的自我只可能有一种一劳永逸、具有强制性、持续一生的秩序。科学的这个错误已经造成了一些令人不适的后果，它的全部价值仅仅在于，国家雇佣的教师和教育者的工作得到了简化，省去了思考和实验的过程。这种错误导致许多人被视为'正常的'，对社会具有极高的价值，但是却疯得不可救药，反之亦然，一些人被视为疯人，实际上却是天才。因此我们就用我们称为建立个性的艺术的这个概念来弥补有缺陷的科学层面的灵魂理论。我们展示给那些经历了自我瓦解的人，他的碎片随时都可以组成一种新的秩序，他可以借此完成无穷无尽的生活游戏。就像诗人用一小撮人物创造出一部戏剧，我们也用我们分解出来的自我形象不断地创造新的集群，进行新的游戏，制造新的张力，应对不断更新的状况。您看！"

他用他那安静、聪慧的手指抓起了我的形象，所有那些老人、年轻人、孩子、女人，所有这些欢快的和悲伤的、强健的和娇柔的、轻捷的和笨拙的形象，将它们迅速地在棋盘上摆成了一个棋局，立刻出现了群组和家庭，出现了游戏与斗争，建立起了友谊与敌对关系，一个微型世界形成了。他让这个小世界在我迷醉的眼前自行运转了片刻，玩闹或者是打斗，结盟或者是开战，彼此追求，互相结婚，繁衍后代。实际上，这是一部角色众多、紧张激动的戏剧。

然后他以更欢快的手势拂过棋盘，推倒了所有的形象，把他们堆成一堆，像一个精挑细选的艺术家一样，用同一批形象构建全新的棋局，形成了一组完全不一样的集群、关系和交织。第二场棋局和第一场有着关联：将他们建立起来的还是同一个世界，还是同一种材料，但是基调已经改变，节奏已经改换，主题得到了另外的改变，场景做出了不同的布置。

这个聪慧的建造师就用这些全部来自我自己的碎片的形体制造了一场场不同的游戏，从远处看，一切都是相似的，可以认出一切都来自同一个世界，拥有着同一个起源，但每场游戏都是全新的。

"这就是生活的艺术，"他谆谆教导式地说道，"您自己在未来也可以继续随意塑造和唤醒、编织和丰富您生活的这种游戏，这掌握在您的手里。就像疯狂在更高的意义上是所有智慧的开端，精神分裂也是所有艺术和所有幻想的开端。甚至博学多识的人也已经隐约感觉到这一点了，比如就像你可以在《王子的神奇号角》①里读到的那样，那是一本迷人的书，一位学者勤奋努力地工作，因为得到了一群被关在疯人院里的疯狂艺术家作为天才的帮手而变得高贵。——拿着，您只需要带上您的这些形象，这个游戏会经常给您制造乐趣。他们这些形象今天还形成了让人难以忍受的巨大规模，破坏了您的游戏，明天就会被贬为毫无伤害力的次要角色。如果有一个可怜又可爱的小形象，有一段时间被宣判为瘟神和灾星，在下一场游戏里您就可以让她成为公主。我希望您充分享受，我的先生。"

我心怀感激地对这位富有天赋的棋手深深鞠了一躬，将那些小小的形象放进了自己的衣袋里，退出了那扇狭窄的门。

其实我本来想现在就立刻坐在走廊的地板上，玩弄几个小时这些形象，甚至是永远玩下去，但是我刚一回到明亮的圆形剧院走廊里，就有一股比我更强大的洪流拽着我离开了。一张海报刺眼地在我眼前燃

---

①原型为浪漫派作家布伦塔诺和阿尔尼姆编写的民间童话集《男童的神奇号角》。

烧着：

　　驯服荒原狼的奇迹

　　这则铭文在我心里激发了千头万绪。我过去生活中所有的恐惧和强迫都从已经被抛下的现实涌过来，我的心痛苦地挤在了一起。我用颤抖的手打开了门，来到了一个新年集市的小摊上，我看到里面有一排铁栅栏，将我和简陋的舞台分隔开来。但是我看到台上站着一位驯兽师，看起来有点像市场上的大声叫卖者，是个装腔作势的男人，尽管留着大胡髭，尽管生着肌肉发达的上臂，穿着纨绔子弟一般的马戏团演出服，却仿佛以一种阴险的、非常令人反感的方式和我本人有点相似。这个强壮的男人牵着——多么可悲的一幕！——一匹高大、美丽，但瘦削得可怕，眼神怯懦得像奴隶一样的狼，就像用绳子牵着一条狗。看着这位残暴的驯兽师让这只高贵却如此屈辱地已被驯顺的猛兽做出一连串的花招和惊人的表演，既令人恶心，也令人紧张；既让人觉得可憎，也让人感受到了某种隐秘的乐趣。

　　无论如何，这个男人，我那值得诅咒的孪生兄弟以一种魔法般的方式驯服了他的狼。那匹狼专注地顺从于每一个命令，对每一声呼叫和每一次皮鞭作响都表现得像狗一样臣服，跪下来，装死，站起来扮演小人，顺从而灵巧地用嘴叼住一条面包、一只鸡蛋、一块肉、一个小篮子，是的，它不得不把驯兽师扔下的皮鞭衔在嘴里举起来，在这时候还露出令人难以容忍的谄媚，摇着尾巴。有一只兔子被带到这匹狼前面，然后是一只白色的绵羊，它尽管露出了闪闪发光的牙齿，怀着颤抖的贪婪流着口水，但是却没有碰任何一只动物，而是顺从命令，越过了这两只瑟瑟发抖地蜷在地上的动物，那是优雅的一跃，是的，它躺在了兔子和绵羊中间，用前爪抱住了它们两个，和它们组成了一个感人的家庭组合。这个时候，它从那个人的手里吃到了一块巧克力。看到这匹狼已经在否认自己的天性这个领域学习到了这么魔幻的地步，这真是一种折磨，我看得毛骨悚然。

但是激动的观众在演出的第二部分为这种折磨得到了补偿，那匹狼也是一样。因为在这场精妙的驯兽节目表演结束后，在驯兽师因为绵羊和狼这种组合感到得意扬扬并且带着甜美的微笑鞠躬之后，角色更换了。这个长得很像哈里的驯兽师突然深弓着背，把自己的皮鞭放到了狼的脚下，开始颤抖，就像这只动物之前看起来一样畏缩和痛苦。而那匹狼大笑着舔了舔嘴唇，痉挛与掩饰都从它身上消失不见，它的目光炯炯有神，整个身体绷直了，释放出失而复得的野性。

现在那匹狼发出指令，那个人不得不听从。那个人根据命令跪了下来，扮演着狼，让舌头伸出来，用镶补过的牙齿把自己身上的衣服撕下来。他依照这个驯人师的命令行进，双腿前进或者是四脚着地，站起来装小人，装死，让狼骑在自己的身上，为它叼来皮鞭。他卑贱又富于天赋地以充满想象力的方式做出了所有屈辱和扭曲的动作。一个美丽的女孩走到舞台上，靠近这个被驯的人，抚摸他的下巴，将自己的脸颊贴着他的脸颊摩挲着，但他还是一只四肢着地的动物，还是一头畜生，他摇着头，开始对这个美丽的女孩露出牙齿，最后变得非常咄咄逼人，非常像狼，她直接逃跑了。巧克力也被放到了他的面前，他轻蔑地嗅了嗅，推到了一边。最终那只白绵羊和那只被喂得胖胖的兔子又被带了上来，这个好学的人使出了扮演狼的杀手锏，也就是显露出了一种欲望。他用手指和牙齿抓住那些尖叫的小动物，撕掉它们的皮毛，咬下肉来，咧嘴笑着，咀嚼着它们的生肉，沉醉地饮着它们温暖的鲜血，充满淫欲的双眼紧紧闭着。

我震惊地夺门而逃。我看出这个魔法剧院不是纯粹的天堂，所有的地狱都藏在它漂亮的外表之下。天哪，难道这里也没有任何救赎？

我恐惧地跑来跑去，察觉到嘴里有鲜血的味道和巧克力的味道，这两种味道都非常丑恶，我热切地渴望着要挣脱这种浑浊的波浪，热情洋溢地在我自己的心里索求着某种更能忍受、某种更加友善的图景。"朋友啊，不应该这样做！"我心里有一个声音唱道，我惊恐地回忆起那张在前线拍摄的丑陋照片，我们在战时偶尔能看到这样的脸孔，在那互相堆叠的尸堆之上，那些面孔因为戴了防毒面具而变成了狞笑的鬼脸。那时我作为一个与人为善的理性反战主义者，被这些照片吓到的时候，我是多么的愚蠢和天真啊！今天我已经知道，没有哪个驯兽师、没有哪个部长、没有哪个将军、没有哪个疯人能够在自己的头脑里孕育出并不比寓居在我内心里的图景更恶心、更狂野、更邪恶、更粗鲁和更愚蠢的图景。

我气喘吁吁地回忆起了我之前刚进剧院的时候看到那个俊美的青年如此迅猛地冲进去的那扇门的铭文：

所有的女孩都是你的

对我来说，总体而言，实际上已经没有什么比这更值得追求的了。我很高兴能够再次逃脱那个被诅咒的狼的世界，于是我走了进去。

奇妙的是——如此传奇的同时又具有如此深厚的亲切感，令我一阵战栗——我青年时代的芬芳扑面涌来，我少年和青年时代的气氛，我心里再度涌流着当时的热血。我刚刚还在做的、还在想的、还所思的都在我身后沉落，我又变得年轻了。在一个小时之前，在一瞬间之前我还以为我非常清楚，什么是爱情，什么是贪恋，什么是渴望，但那是一个老男人的爱情与渴望。现在我又变得年轻了，我感觉到我内心里流淌着炽烈的火焰，燃烧着猛烈地牵引着我的渴望，这种如同三月暖风一般使人销蚀的激情如此年轻、新鲜和真实。哦，那已经被遗忘的火焰是如何再度燃起，那些昔日的音调是如何幽暗地回响，如何在血液里盛放和跳闪，如何在灵魂里呐喊和高歌！我曾经是一个少年，十五岁或者是十六岁，我的头脑里曾经满是拉丁语、希腊语还有诗人们美丽的诗篇，我的思想里曾经满是追求与野心，我的幻想里曾经满是成为艺术家的梦想，但是比这一切熊熊燃烧的火焰都深刻、强烈和可怕的是我心里燃烧和跳动的爱情之火，是对性的饥渴，是消磨人的对淫欲的预感。

我站在我小小的家乡城市的一座岩石山丘上，空气中散发着暖风和第一批紫罗兰的气味，从小城里，河水闪耀着顺流而下，我父亲的家宅的窗户也在闪闪发光，而所有这一切看起来、听起来和闻起来都是那么的令人陶醉，如此饱满，如此新鲜，充满了创世的沉醉，闪烁着深浓的色彩，在春风里如此虚幻、如此澄净地飘扬着，就像在我最初的青年时代，在我诗兴最浓的时候曾经看到过的世界。我站在山丘上，风拂过我的长发。我沉湎于梦幻般的对爱情的渴望，不知用哪一只手从刚刚转绿的灌木上摘下了一片只有一半舒展开来的嫩叶芽，将它举到眼前，嗅着它的气味（这种气味就已经使当时的一切再次在我的心里燃烧起来），然后我用还没有吻过任何一个女孩的嘴唇咬住这片翠绿的东西，玩弄着它，开始咀嚼它。这种药草般的带有芳香的苦涩使我突然清清楚楚地意识到我正在经历着什么，一切又回来了。我再一次经历着我最后的少年时光里的一个片刻，一个初春的星期天午后，在那一天，我在独自散步的时候遇到了罗莎·克莱斯勒，非常羞怯地问候了她，无比痴迷地爱上了她。

那时，我看到了这个美丽的女孩，她独自一人，梦游一般地走上山来，还没有看到我，我满心都是忧惧的期待，我看到了她的头发，扎成两条粗粗的辫子，但是在脸颊两侧还散落了几缕发丝，在风中嬉戏、飘散。我在一生中第一次看到这个女孩有多么美，风在她柔顺发间的游戏是多么的美丽和梦幻，她年轻的身体外面套的薄薄的蓝色裙子下垂的样子是多么的美丽和撩人，就像这片咀嚼过的叶芽所散发出来的苦涩芳香，我也被这个春日所有忧惧而又甜蜜的欲望与恐惧浸透，在看到这个女孩的一瞬间，我的心里就盈满了所有致命的对爱情的预感，对女人的预感，对可怕的可能性与承诺的震慑人心的预感，无名的陶醉，难以设想的迷惘、恐惧和痛苦，最深切的救赎与最深厚的罪责。这种苦涩的春日滋味是怎样在我的舌尖上燃烧啊！嬉戏的风是怎样穿行在她红润脸颊旁边松散的发丝中啊！然后她靠近了我，抬起眼睛，认出了我，脸颊顿时有点微微泛红，稍微偏了偏目光。然后我向她问好，摘下了坚信礼的礼帽，而罗莎很快就镇定了下来，微笑着以略带小姐风范的方式向我问好，然后缓慢、坚定而优雅地继续走了下去，她周围环绕着几千种爱情的希冀、请求和崇拜，那是我在目送的时候赠给她的。

那时就是这样，在那个三十五年前的星期天，所有的过往都在这一瞬间回返：山丘和城市，三月的风和叶芽的香气，罗莎和她棕褐色的头发，汹涌的渴望和甜美以及令人窒息的恐惧。这一切都和当时一样，在我看来，我从未在我的生命里像我那时爱罗莎一样爱过另一个人。但是这次我有了机会，以另一种不同于以往的方式来迎接她。我看出她在认出我的时候脸红了，看出她在努力掩饰这种红晕，我立刻就知道她也喜欢我，这次相遇对她来说和对我来说有着相同的意义。我没有再一次摘下帽子，庄严地拿着帽子站在那里，直到她从那里走过，尽管这一次我也非常恐惧和紧张，但是我却热血澎湃地喊道："罗莎！谢天谢地，你来了，你这个无比美丽的女孩。我是那么的爱你。"这也许不是应该在这一刻说出的最机智的话，但是在这件事情上不需要机智，这句话就已经很完美了。罗莎没有摆出小姐的风度，也没有继续往前走，罗莎站住了，注视着我，脸颊比之前更红了，她说道："你好，哈里，那么你真的喜欢我吗？"说这话的时候，她强健的面孔上那双棕褐色的眼睛在闪闪发光，我察觉到：我全部的生活和爱情都是虚伪的、混乱的，充满了愚蠢的不幸，就从我让罗莎在那个星期天从我身边擦肩而过的时候开始。但是现在这个错误被纠正了，一切都非比寻常，一切都变好了。

我们把手交给彼此，手牵着手慢慢地往前走，感到难以言喻的幸福，又非常尴尬，不知道该说些什么、该做些什么，出于尴尬，我们越走越快，小跑了起来，直到我们都喘不上气来，不得不站住，但还是没有松开彼此的手。我们两个都还是孩子，还不知道该怎么正确地对待彼此，我们在那个星期天甚至没有交换我们的初吻，但是我们都感到莫大的幸福。我们站在那里，呼吸着空气，我们坐在草地上，我抚摸着她的手，她用另一只手羞涩地抚过我的头发，然后我们又站起来，试着量一量我们两个谁更高，事实上我比她高出一根手指的宽度，但是我不承认，而是说我们两个完全一样高，是亲爱的上帝注定了我们两个为彼此而存在，在日后将结为夫妻。这时罗莎说，她嗅到了紫罗兰的气味，我们跪在低矮的春草中搜寻着，找到了一两株短茎紫罗兰，我们把它们送给了彼此，然后天气变冷了，阳光已经在山岩上西斜，罗莎说她必须回家了，这时我们两个都变得非常悲伤，因为我没有办法陪伴她回去，但是现在我们之间有了一个秘密，这就是我们所拥有的最美好的事物。我留在山岩上面，嗅着罗莎送给我的紫罗兰，跌落在地上，面朝着山谷，俯视着下面的城市，潜伏着，直到她甜美纤细的身影出现在下面，经过了水井，过了桥。这时我知道她走进了她父亲的家宅，在那里她穿行过一个个房间，而我躺在这里，离她很远，但是从我到她之间存在着一根纽带，奔涌着一股激流，飘荡着一个秘密。

我们又见面了，在这一处或者是另一处，在山岩上，在花园的篱笆旁边，度过了一整个春天，当丁香花开始绽放的时候，我们给了彼此一个胆怯的初吻。我们两个孩子能给彼此的东西不多，我们的亲吻还不够灼热，不够充实，而我只敢轻轻抚摸垂在她耳边的散落的发丝，但是这一切都属于我们，我们在爱情和欢愉方面所能做的所有事情，每次羞涩的触碰、每句稚嫩的情话、每次忧虑的互相等待都教给我们一种新的幸福，我们在爱情的天梯上攀登了一小步。

我就这样再次经历了一遍我的全部爱情生活，从罗莎和紫罗兰开始，被幸运之星笼罩。罗莎消失了，伊尔姆嘉德出现了，日光变得更加灼热，星光变得更加沉醉，但罗莎和伊尔姆嘉德都并不属于我，我不得不一级一级地向上攀登，经历许多事情，学会许多事情，也不得不失去伊尔姆嘉德，还有安娜。我在我的青年时代爱过的每一个女孩我都重新爱了一次，我可以给其中的每一个女孩注入爱意，给每一个赠予某种东西，又从她那里得到某种东西。我曾经只在幻想中经历过的愿望、梦想和可能性现在都成了现实，都在被我经历。你们所有这些美丽的鲜花啊，伊达和罗蕾，你们所有这些被我爱过一个夏天、一个月和一天的女孩！

我明白了，此刻的我就是那个我之前看到的如此热烈地奔赴爱情之门的俊美热情的少年，此刻我正在体验这一部分的我，让它成长，尽管这一部分在我的本质里只有十分之一、千分之一，我让它摆脱我所有其他自我形象的负累，不受思想家的干扰，不受荒原狼的折磨，不受诗人、幻想家和道学家的贬低。不，此刻我什么都不是，只是一个恋爱者，除了爱情并不品尝其他的幸福和苦难。伊尔姆嘉德已经教会了我跳舞，伊达已经教会了我亲吻，而最美丽的爱玛已经第一个在秋日黄昏纷飞的榆树落叶下让我亲吻了她棕褐色的乳房，将欲望的金杯递给我畅饮。

我在帕勃罗的小剧院里经历了许多事情，能够用言语表达的还不到千分之一。所有我曾经爱过的女孩现在都属于我,每个人都赠予我只有她能够赠予我的东西,我则赠予每个人只有她能够拿走的东西。我品尝了许多爱情、许多幸福、许多欲望,也有许多迷惘与苦痛,我一生所错失的爱情都在这个如梦如幻的时刻在我的花园里魔幻地盛开,贞洁娇柔的花朵、炫目燃烧的花朵、迅速枯萎的暗淡的花朵,跳动的欲望,亲密的梦幻,燃烧的忧郁,恐惧的死灭,璀璨的新生。我发现一些女人只能匆忙地在激流中赢取,而漫长且小心翼翼地追求另一些女人却是一种幸福。我生命中每一个朦胧的暗示都重新浮现出来,尽管有些在过去只持续了一分钟,性的声音呼唤着我,一个女人的目光点燃了我,一个白皙少女皮肤的闪光引诱了我,一切错失的东西都得到了弥补。每个女孩都属于我,各有各的方式。一个亚麻色头发下面长着奇特的深褐色眼睛的女人出现了,我曾经在一辆快速列车的走廊窗边,在她的身边站了一刻钟,后来她多次出现在我的梦里——她没有说话,但是她教会了我那难以预料、令人恐惧、几乎致命的情爱艺术。还有马赛港口那个皮肤平滑、安静而有着玻璃一般的微笑的中国女子,有着顺滑的鸦黑色头发和游移不定的眼睛,她也知道某种我闻所未闻的事情。每一个都有自己的秘密，散发着自己国度的馥郁，用自己的方式亲吻和发笑，用自己独特的方式感到羞耻，又用自己独特的方式抛弃了羞耻。她们来了又去，激流把她们带到我的身边，将我推到她们中间，又把我从她们身边推开，我在性的激流中像孩子一样嬉戏着游泳，充满了刺激，充满了危险，充满了惊喜。我感到震惊，我的生活是多么的丰富，我那看起来如此可怜、如此缺乏爱意的荒原狼的生活竟然拥有这么多的恋爱、机遇与诱惑。我几乎完全荒废了它们，从它们面前逃离，跌跌撞撞地掠过了它们，迅速地遗忘了它们——但是它们全部保存在这里，几百次经历，毫无遗漏。现在我也看到了它们，献身于它们，开放地站立在它们的面前，沉入了它们玫瑰色的、目光蒙眬的地下世界。帕勃罗曾经对我提出的诱惑也再次出现了，还有其他之前我在那个时候还无法完全理解的三人或者是四人的奇幻游戏，它们都微笑着接纳我加入它们的轮舞。出现了许多事物，玩了许多游戏，这些都无法用言语表达。

我又从这无穷无尽的诱惑、罪恶和窒息的激流里浮了上来，宁静、缄默，得到了武装，饱食了知识，有了明智和深刻的体验，成熟到为赫尔米娜做好了准备。当我那千姿百态的神话中的最后一个形象出现的时候，当最后一个名字从无穷无尽的序列里浮出水面的时候，那就是赫尔米娜，我就立刻恢复了意识，结束了这个爱情童话，因为我不想在这里，在这面魔镜的暮光中与她相逢，她不仅仅是我棋局中的一个棋子，全部的哈里都属于她。哦，我现在想要重建我的形象棋局，这样一切都会与她相连，走向圆满。

激流将我推到了岸上，我再次站立在剧院沉默的包厢走廊里。现在做什么呢？我在我的衣袋里摸索着那些小小的形象，但是这个冲动也再次消散了。这个包厢门、铭文和魔镜的世界无边无际地包围了我。我毫无意志地读着下一扇门上的铭文，感到不寒而栗：

人们如何以爱杀人

上面写的就是这样的话语。记忆中的一幕飞快地在我的脑海里闪过，只持续了一秒：赫尔米娜坐在一家餐厅的桌边，突然不再喝酒吃饭，谈话陷入了深渊，目光里是可怕的严肃，她对我说，她让我爱上她，只是为了用我的手杀死她。一波沉重的恐惧与黑暗涌上我的心头，突然一切又都浮现在我的眼前，我在内心深处突然又察觉到了困厄与命运。我绝望地在口袋里摸索，想要把那些形象拿出来，运用一点魔法，重新设置我棋盘上的秩序。那里已经没有那些形象了。我从口袋里拿出来的不是那些形象，而是一把刀。我吓得半死，跑过走廊，经过了那些门，突然站在了那面巨大的镜子面前，我望向镜子。镜子里面站着一匹和我一样高的狼，巨大而美丽，静静地站在那里，躁动的眼睛闪烁着羞怯的光芒。它用火焰般跳动的目光向我眨了眨眼，笑了笑，上下颌张开了片刻，可以看到血红色的舌头。

帕勃罗在哪里？赫尔米娜在哪里？关于个性建设说了那么多漂亮胡话的那个聪明家伙又在哪里？

我再一次望向镜中。我已经疯了。高高的玻璃后面站着的不是舌头在嘴里打转的狼。镜子里站着的是我，是哈里，面色苍灰，被所有游戏抛弃，为所有恶习感到疲倦，苍白得吓人，但无论如何都是一个人，无论如何都是某个可以与之交谈的人。

"哈里，"我说道，"你在那里做什么？"

"什么也不做，"镜中人说道，"我只是在等待。我在等待死亡。"

"那么死亡在哪里呢？"我问道。

"它来了。"对方说道。我听到从剧院内部的空房间里传来了某种音乐声,那是一种美丽而骇人的音乐,是《唐璜》里伴随着石化的客人上场的音乐①。那冰冷的声响在闹鬼一般的房屋里惊悚地回荡着,来自彼岸,来自不朽者。

"莫扎特!"我想道,这样一来,我就呼唤出了我内心生活中最钟爱与最高尚的图景。

这时一阵笑声在我身后响起,一阵明朗而冰冷的笑声,诞生自人类闻所未闻的受难者与众神的幽默的彼岸世界。我转过身来,因为这阵笑声而感到通体寒栗,但也感到幸福。这时莫扎特走了进来,笑着从我身边走过去,镇静地向着一扇包厢门踱着步,打开门走了进去,我急切地跟上他——我青年时代的上帝,我一生爱戴与尊崇的目标。音乐声被继续奏响。莫扎特站在包厢的护栏前,剧院里什么也看不到,无边无际的空间一片漆黑。

"您看,"莫扎特说道,"没有萨克斯也可以。尽管我当然不想和这种著名的乐器靠得太近。"

---

① 《唐璜》是莫扎特的歌剧作品,石化的客人上场是一个重要的情节。

"我们在哪里?"我问道。

"我们在《唐璜》的最后一场,列普雷罗①已经跪下来了。一个杰出的场景,音乐也还可以听听,是这样的。如果音乐里有各种非常人性的东西,我们还是能够从中察觉到彼岸世界,那种笑声——不是吗?"

"这是人们所写的最后一部伟大的音乐了,"我像个中学教师一样庄重地说道,"当然,后来还有舒伯特,后来还有胡戈·沃尔夫②,还有那个可怜却才华出众的肖邦,我也不能忘记他。您在皱眉,大师——是啊,还有贝多芬,他也很出众。但是这一切尽管非常美,却都已经是碎片了,已经是自身的解体了,自《唐璜》以后就没有人再创造出这么一部浑然天成的完美作品了。"

"您别费力气了,"莫扎特大笑着说道,显露出可怕的嘲讽,"您自己可能也是一位音乐家?好吧,我早就放弃了我的行当,我已经退休了。我只是为了取乐才偶尔来看一看这个行业的状况。"

他举起双手,好像是在指挥,一轮月亮或者是一

---

① 唐璜的用人,因为看到了石化的客人,吓得跪倒在地。
② 胡戈·沃尔夫(1860—1903),奥地利作曲家,晚期浪漫主义代表作曲家。

颗其他的苍白的星星在某处升起,越过护栏。我看到了无穷无尽的宇宙深处,云雾在那里浮现,山峦和海岸在那里隐约闪现,在我们脚下,一片接近荒漠的平原辽阔地铺展开来。我们在这个平原上看到了一个外表非常可敬的老先生,留着长长的胡须,有着一张忧郁的面孔,率领着一支由几万个黑衣男人组成的强大的队伍。这幅景象看起来令人难过,毫无希望,莫扎特说道:

"您看,这是勃拉姆斯。他追求着解脱,但是还要等上很久。"

我了解到,这几万个身穿黑衣的人都是乐手,演奏了乐谱上被上帝判定为是多余的声调和音符。

"乐器堆砌得太稠密了,浪费了太多素材。"莫扎特点着头说道。

我们很快又看到了一列规模同样庞大的队列在进军,领头的是理查德·瓦格纳,感觉到那几万个沉重的人在拖动着他,吮吸着他。我们看到他也迈着忍辱负重的步伐,疲惫地拖着步子向前走。

"在我的青年时代,"我悲伤地评论道,"这两位音乐家被视为截然相反的两个极点。"

莫扎特笑了。

"是的，一直以来都是这样。从更远的距离来看，这样的反差经常会变得相似。此外，乐器堆砌的问题既不是瓦格纳也不是勃拉姆斯个人的失误，这是他们时代的错误。"

"怎么会呢？而且现在他们不得不为了这个错误承受如此沉重的惩罚？"我控诉般地喊道。

"当然。这就是审查的方式。只有当他们赎清了他们时代的罪过的时候，他们才能看出来，自己是否还有这么多个人的罪过需要赎还，进行一次清算是否是值得的。"

"但是他们两个人对此都没有责任！"

"当然没有。对于亚当吃了禁果这件事，他们也没有责任，但还是不得不为此而悔罪。"

"这真可怕。"

"当然，生活永远都是可怕的。我们可能没有责任，却又要负责任。人们生下来就已经是有罪的了。如果您不知道这一点，那么您上的一定是一种非常奇特的宗教课。"

我变得非常痛苦。我看到我自己，一个累得半死的朝圣者，穿过彼岸的荒野，背负着如此多的我所写过的可有可无的书籍，所有的论文，所有的文艺刊物，跟随着我的队伍，它由曾经为此付出工作的印刷工组成，由不得不吞咽这一切的读者组成。天哪！除此以外还有亚当和禁果，还有所有余下的原罪。也就是说，所有这一切都需要赎还，要经受无穷无尽的地狱之火，在所有这些之后是不是还有一些个人的问题，还有一些自己的问题，或者说我所有的行动和它们的后果是不是只不过是海上空幻的泡沫，只不过是世界进程之流中毫无意义的游戏！

当莫扎特看到我拉长了脸，他就开始高声大笑。他笑得在空中翻了个跟头，用双腿敲出了颤音。这时他对着我喊道："嗨，年轻人，你的舌头在咬你，你的肺叶在掐你吗？你是不是在想你的读者，那些食客，那些可怜的酒囊饭袋，在想你的印刷工人，那些异教徒，那些可恶的煽动者，那些舞刀弄枪的家伙？这真的很可笑，你这条恶龙，真是引人大笑，要笑到开裂，笑到尿裤子了！你这颗虔诚的心啊，还有你身上的黑色油墨，还有你灵魂的痛苦，我要送你一根蜡烛，只是为了开开玩笑，说说废话，贪吃两口，制造轰动，玩恶作剧，摇摇尾巴，别再犹豫。上帝下令，让魔鬼把你带走，因为你写作和胡说八道的事情对你拳打脚踢，所有这一切都是在偷窃！"

这些话对我的冲击力太强了，怒火让我没有时间再沉湎于忧愁。我抓住莫扎特的发辫，他飞了起来，辫子变得越来越长，像彗星的尾巴，我挂在末端，旋转着穿行整个世界。见鬼，这个世界是多么的冰冷啊！这些不朽者可以承受稀薄得可怕的冰冷空气。但这种冰冷的空气令人满足，我在失去知觉前那一个短暂的瞬间里还察觉到了这一点。一种雪亮如钢、冷冽如冰的苦涩的欢愉贯穿了我，那是一种欲望，想要像莫扎特一样发出明朗、狂野和超凡脱俗的大笑声。但这时呼吸和意识都走向了中断。

我迷茫而疲惫地发现自己又回到了白色灯光在地板上反光的走廊里。我没有和不朽者待在一起，还没有。我依然置身于谜团、苦难、荒原狼和充满折磨的纠葛的此岸。这不是一个好地方，在这里停留令人难以忍受。我必须做个了断。

在巨大的墙镜里，哈里站在我的对面。他看起来不太好，并不比那天拜访完那位教授以后出现在黑鹰酒馆的舞厅里的样子要好上多少。但那已经是很久以前的事情了，是几年前、几百年前的事情了。哈里变老了，他学会了跳舞，造访了魔法剧院，听到了莫扎特的笑声，不再惧怕跳舞、女人和剃须刀片了。即使天赋平平，但是在奔跑了一两百年以后，他也变得成熟了。我长久地注视着镜中的哈里：我还清清楚楚地认得他，他还有一点点像那个十五岁的哈里，那个在一个三月的星期天的山岩上遇见了罗莎并脱下了自己坚信礼的礼帽的哈里。但是自那以后他又变老了几百岁，研究过了音乐和哲学，感到了厌倦，在"钢盔"酒馆里饮醉了阿尔萨斯葡萄酒，和那位谦逊的教授在有关奎师那的问题上进行过争论，爱过埃丽卡和玛丽亚，和赫尔米娜成了朋友，射击过汽车，和那位皮肤平滑的中国女子睡过，见过了歌德和莫扎特，在他始终被囚禁的时间与表象的罗网上撕出了许许多多的孔洞。尽管他丢失了那些漂亮的棋子形象，但是口袋里却有了一把不错的刀。前进，老哈里，老迈疲惫的家伙！

呸，见鬼，生活的味道是多么的苦涩！我向镜中的哈里啐了一口，我用脚踩上他，把他踏成了碎片。我慢慢地穿过回荡着声音的走廊，专注地观察着那些门，它们原本许诺了那么多美好的事物：所有的门上都不再有铭文了。我慢慢地经过魔法剧院的几百扇门。难道我今天不是参加了一场化装舞会吗？从那以后已经过去了几百年。很快就不再有年岁了。还可以做点事情，赫尔米娜还在等着我。那将是一场特殊的婚礼。我在一股浑浊的浪潮中向那里游去，受到浑浊的牵引，我是奴隶，我是荒原狼。呸，见鬼！

我站在了最后一扇门前。那股浑浊的浪潮牵引着我走了进去。罗莎啊，遥远的青春啊，歌德与莫扎特啊！

我打开门。我在门后发现的是一幅简单而又美丽的景象。我发现有两个赤裸的人躺在地毯上，是美丽的赫尔米娜和美丽的帕勃罗，他们肩并着肩，陷入了深深的睡眠，因为情爱的游戏而精疲力尽，那种游戏看起来让人不知餍足，实际上却很快就令人厌倦。美丽、美丽的人，美好的画面，精美的身躯。赫尔米娜的左乳下面有一处新鲜的圆形痕迹，颜色暗淡，是帕勃罗用那闪闪发光的美丽牙齿满怀着爱意留下的咬痕。在那里，在那处圆形的痕迹上，我把我的刀插了进去，把整个刀锋都捅了进去。鲜血流过赫尔米娜白皙柔嫩的皮肤。我本该将这些鲜血吻去，如果一切都是另一种样子，一切都以另一种方式进行。现在我不会这样做。我只是注视着鲜血的奔流，注视着她将眼睛睁开了片刻，充满痛苦，深深地感到惊讶。"她为什么感到惊讶?"我想道。然后我想起我得为她合上双眼。但是她的眼睛已经又自己合上了。事情做完了。她只是稍稍转到了一侧,我看到从腋下到乳房有一道细腻而温柔的阴影在嬉戏,它想要提醒我想起什么事情。忘了吧!然后她就一动不动地躺在那里。

我长久地注视着她。最终我如梦初醒地颤抖起来,想要离开。这时我看到帕勃罗转过了身,看到他睁开了眼,舒展着肢体,看到他俯身面对美丽的死者,露出了微笑。这个小伙子永远也不会变得严肃起来,我想道,一切都只能让他微笑。帕勃罗小心翼翼地掀起地毯的一角,盖至赫尔米娜的胸部,这样就看不到伤口了,然后他悄无声息地走出了包厢。他去哪里?所有人都留下我独自一人吗?我留在那里,独自和这个被地毯遮盖了一半的死者待在一起,我爱过她,也嫉妒过她。少年一般的鬈发从她苍白的额头上垂下来,嘴唇在一片惨白的脸上闪烁着鲜红,微微张开,她的头发散发着温柔的香味,小小的、形状精巧的耳朵似乎在闪烁着微光。

现在她的愿望实现了。现在,在我的恋人完全属于我之前,我就杀死了她。我做出了最难以想象的事情,现在我跪在地上盯着她,不知道这一行为意味着什么，甚至不知道这是好的、正确的还是恰恰相反。那位聪明的棋手会对此说些什么，帕勃罗又会对此说些什么？我不知道，我无法思考。在那张生命之光即将熄灭的脸上，涂了口红的双唇越来越嫣红，红得发烫。我的整个人生也是如此，我的那一点幸运和爱情就像这张僵硬的嘴唇：一点嫣红，画在一个逝者的脸上。

从这张死去的面孔上，从这个死去的白皙肩头上，从这对死去的白皙双臂上渐渐地、悄悄地散发出一阵寒意，一种冬天的荒凉和孤寂，一种异常缓慢地滋长着的凛冽，我的双手和双唇在这种凛冽中逐渐开始冻僵。我使太阳走向熄灭了吗？我杀死了所有生命的心吗？宇宙空间那死亡的寒冷闯进来了吗？

我打着寒战凝视着那石化的额头，凝视着那僵硬的鬈发，还有耳郭处那苍白冰冷的闪光。从它们那里散发出来的寒意可以置人于死地，却又非常美丽：它发出响动，它摇曳生姿，它是音乐！

难道我不是在过去、在更早的时候也已经感受过一次这样的寒栗了吗？它同时也是一种幸福。难道我不是已经听到过一次这样的音乐了吗？是的，在莫扎特身边，在不朽者那里。

一些诗行出现在了我的脑海里,是我在更早的时候不知道怎么想起来的诗句:

> 我们相反已经找到自我
> 在以太星光辉映的寒冰之中,
> 不知晓日子,不知晓时辰,
> 不是男人也不是女人,不年轻也不苍老……
> 我们永恒的存在冰冷而恒常不变,
> 我们永恒的笑容冰冷而如星明熠……

这时包厢门打开了,我又看了一眼,才认出走进来的人是莫扎特,没有了发辫,没有穿及膝短裤和带有搭扣的鞋子,而是穿着现代服装。他紧挨着我坐了下来,我几乎要碰一下他,制止他的行为,以免他身上沾到从赫尔米娜的乳房上流到地板上的血污。他坐下来就非常沉浸地摆弄着四周放着的几个小器械和小工具,他把这个看得很重要,在这些东西上又推又拧,而我惊叹地看着他那双灵巧又敏捷的手,我曾经宁可看到它们演奏钢琴。我深思熟虑地看着他,或者说也并不是深思熟虑,而是宛在梦中,迷失在他那双美丽、聪慧的手上,因为他就在身边而感到温暖,但是也有一些恐惧。他到底在忙什么，他在那里拧紧和组装的东西是什么，我完全没有留意。

可是他组装起来准备使用的是一台收音机，现在他打开喇叭，里面说道："慕尼黑，亨德尔《F大调大协奏曲》音乐会转播。"

我怀着难以言喻的震惊和恐惧发现，这台魔鬼一样的铁皮漏斗的确立刻就吐出了一种支气管黏液和嚼碎了的橡胶的混合物，留声机的主人和收音机的听众则一致称呼它为音乐——在这浑浊的黏液和刮擦声音背后，就像在一层厚重的污泥外壳下面可以看出一幅珍贵的古画一样，真的可以辨认出这神性的音乐高贵的架构，君王一样的构造，冷冽宽广的呼吸，饱满宽厚的弦乐声音。

"天哪，"我惊骇地喊道，"您在做什么，莫扎特？您对自己和我做出这么愚蠢的事情是认真的吗？您给我们搭建了这台丑恶的机器，这个我们时代的战利品，我们在毁灭艺术的战斗中最后的制胜武器？一定要这样吗，莫扎特？"

这个令人恐惧的男人发出了怎样的大笑啊，他的大笑是多么的冰冷和机智，寂静无声，却用他的大笑摧毁了一切！他怀着真挚的享受注视着我的痛苦，旋转着那个该死的旋钮，移动着那个铁皮漏斗。他笑着任由那已被扭曲、已被篡改、已经中毒的音乐继续渗透进这个空间，笑着给了我回答。

"请不要激动，邻居先生！顺便说一句，您注意到这里的渐慢段落了吗？真是一次异想天开，不是吗？好吧，您这个不耐烦的人，现在您仔细听一听这个渐慢段落的思想——您听到低音提琴了吗？它们就像众神一样迈着步伐——让老亨德尔的这份异想天开渗入您那焦躁不安的内心，让您的内心平静下来吧！您再听一听，您这个小人物，不要激动，也不要心怀嘲讽，在这台可笑的机器确实愚蠢到毫无希望的面纱后面，神性音乐那遥远的形态在逡巡！您注意，您在这个过程中能够学到一点东西。您留心，这个不理智的发声管看起来是这个世界最愚蠢、最无用和最该被禁止的东西，将一段在某地演奏的音乐毫无选择地以愚蠢、粗糙而又可悲的方式进行扭曲，注入一个陌生的、与它并不相称的空间——但是它不能摧毁这段音乐原初的精神，而只是被迫通过这段音乐证明了自己那束手无策的技术和缺乏精神的机械运作！您听好，小人物，这对您来说是有必要的！也就是说，竖起耳朵！就是这样。现在您听到的不仅仅是被收音机强暴的亨德尔，他即使在这种丑恶的现身模式里也还是具有神性的——您听到和看到的，尊敬的先生，同时也是所有生命的一个杰出的比喻。当您听收音机的时候，您就听到和看到了理想与显象、永恒与时间、神性与人性之间的原始斗争。正是这样，亲爱的朋友，收音机在十分钟内将世界上最壮美的音乐毫无选择地抛进了市民的沙龙和阁楼里，抛到了正在闲聊、吃饭、打呵欠和睡觉的听众中间，这样一来，尽管它剥夺了音乐感官层面的美感，但是却不能完全杀死它的精神——而生活，所谓的现实也正是这样把世界美好的图景抛到各处，让亨德尔的乐曲紧接着一场中型工业企业掩饰收支情况的巧妙技巧的报告，让魔咒一般的管弦乐队的演奏变成一团倒胃口的音符糨糊，将它的技术、它的忙碌、它杂乱的需求和虚荣都从四面八方挤进理想与现实，插在管弦乐队与耳朵之间。整个生活都是如此，年轻人，我们不得不容许这种情况发生，而且如果我们不是蠢驴，我们就应该报以一笑。您这样的人完全不应该对收音机或者是对生活进行批判。您最好还是先学会倾听吧！您要先学会如何认真对待值得认真对待的事物，然后对其他事物报以嘲笑！或者您本人到底有没有让它们变得更好、更高贵、更聪明和更富有品位了？哦，没有，哈里'先生'①，您没有。您让您的生活变成了一部丑恶的病史，让您的天赋变成了不幸。而且正如我所看到的，您不知道该如何对待一位如此迷人的年轻女孩，除了拿一把刀捅进她的身体，把她杀死！难道您觉得这样是正确的吗？"

"正确的？哦不！"我绝望地喊道，"天哪，所有这一切都非常错误，极其愚蠢和恶劣！我是一个禽兽，莫扎特，我病态又堕落，这您说得无比正确。——但是有关这个女孩的事情是：她自己想要这样，我只不过是实现了她自己的愿望。"

莫扎特无声地笑了，但是却大大地发了善心，关上了收音机。

我的辩护词在我的内心里回响着，我刚刚还真心地相信它，现在却出乎意料地觉得它非常愚蠢。当赫尔米娜在过去——我突然想了起来——谈起时间和永恒的时候，那时我立刻就准备将她的思想看作我自己思想的一个镜像。但是被我杀死的这个想法是赫尔米娜最独特的念头和愿望，没有受到我一分一毫的影响，而我却自然而然地接受了它。但为什么那时我不仅仅

---

①原文为法文。

是接受和相信了一个如此可怕和陌生的想法，而且还预先猜中了它？为什么我恰好在赫尔米娜赤裸地躺在另一个人怀里的时候杀死了她？莫扎特发出了悄无声息的笑容，洞悉一切而又满怀嘲讽。

"哈里，"他说道，"您就是一只学舌的鹦鹉。难道这个美丽的女孩对您真的没有别的愿望，除了让您捅她一刀？您去跟别人装聪明吧！好吧，至少您顺从地捅了她一刀，这个可怜的孩子就静悄悄地死掉了。也许现在是时候让您明白您对这位女士所献的殷勤的后果了。还是说您想要逃避这个后果？"

"不，"我喊道，"那么您根本就没有明白吗？我逃避后果！我渴求的没有别的，除了赎罪、赎罪再赎罪，把头放到刀斧之下，接受惩罚，遭受毁灭。"

莫扎特怀着令人难以忍受的嘲讽注视着我。

"您总是这么慷慨激昂！但是您会学会幽默的，哈里。幽默永远都是绞刑架上的幽默，必要的时候您会在绞刑架上学会幽默。您准备好了吗？好了？很好，那么您就去找国家检察官吧，走一遍审判人员那套毫无幽默的机制，直到清早在冰冷的监狱里走上断头台。所以，您准备好了吗？"

一道铭文突然从我眼前闪过：

哈里的处刑

我点头表示同意。四面墙壁围出了一个荒凉的庭院，上面有着小小的带有铁栏杆的窗户，那里有一个打理得非常洁净的断头台，十几个身穿长袍和礼服的先生，我瑟瑟发抖地站在最中间，在灰暗的清晨，内心缩紧，充满悲惨的忧虑，但是已经做好了准备，表示了同意。我根据命令走上前，根据命令跪下。国家检察官脱下他的帽子，清了清嗓子，所有其他先生也跟着清了清嗓子。检察官将一份庄重的文件在面前展开，开始诵读：

"我的先生们，诸位面前站着的是哈里·哈勒，被控肆意滥用我们的魔法剧院并被确认为有罪。哈勒不仅将我们美丽的画廊和现实世界混淆，用一把镜中的刀杀死了一个镜中的女孩，从而侮辱了高尚的艺术，而且还以毫无幽默感的方式显示出了要将我们的剧院用作自杀机器的意图。我们因此判处哈勒永生，并且在二十小时内不得进入我们的剧院。被告也无法免除一次被尽情嘲笑的惩罚。我的先生们，请诸位开始计数：一——二——三！"

数到三时，全体在场者都用无可挑剔的方式一起投入了一阵笑声中，一阵来自更高尚的合唱团的笑声，对人类来说几乎难以承受的彼岸的笑声。

当我再次醒来的时候，莫扎特像之前一样坐在我的身边，拍着我的肩膀说道："您已经听到对您的判决了。也就是说，您必须习惯继续倾听生活中的收音机音乐。这对您有好处。您的天赋非常微弱，亲爱的笨家伙，但您还是能够渐渐地理解，要求您做的是什么事情。您应该学会笑，您受到了这样的要求。您应该理解幽默，理解生活中绞刑架上的幽默。但是当然，您对世界上的一切都做好了准备，只是对要求您做的事情没有做好准备！您准备好杀死一个女孩，您准备好接受庄严的处刑，您肯定也准备好了进行一百年的禁欲和鞭笞。不是吗？"

"是啊，我在内心深处准备好了。"我痛苦地喊道。

"当然！任何愚蠢和缺乏幽默感的活动您都会参与，您这慷慨的先生，准备好做所有慷慨激昂却并不有趣的事情！好吧，我可不会参与这些事情，我不会为了您这浪漫主义的赎罪给您一分钱。您想要被处刑，您想要被砍头，您这莽汉！为了这个愚蠢的理想，您还得再杀十次人。您想死，您这懦夫，但是您不怕死。

见鬼，但是您偏偏该活着！只有当您受到了最严厉的惩罚，这对您才算合适。"

"哦，那是一种什么样的惩罚？"

"比如我们可以让那个女孩再活过来，让您和她结婚。"

"不，我还没有准备好这么做。那会是一种不幸。"

"就好像您制造的不幸还不够多一样！但是激情和谋杀现在都应该结束了。您最终应该恢复理智！您应该活着，您应该学会笑。您应该学会倾听生活中那该死的收音机音乐，应该学会尊重那背后的精神，应该学会嘲笑那其中的杂乱。好了，也不要求您做更多的事情了。"

我透过咬紧的牙关轻轻问道："那么如果我拒绝呢？如果我否认您，莫扎特先生，可以命令荒原狼，并且干涉它的命运呢？"

"那么，"莫扎特平静地说道，"我就会建议你，再抽一支我这种上好的香烟。"这时他已经从马甲的口袋里变出了一根香烟，递给了我，但他突然不再是莫扎特了，而是用一双乌黑的、带有异国情调的眼睛温暖地注视着我，那是我的朋友帕勃罗，那个教我用小小的形象下棋的男人的孪生兄弟。

"帕勃罗!"我颤抖着喊道,"帕勃罗,我们这是在哪里?"

帕勃罗给了我一支香烟,给我点了火。

"我们,"他微笑着说,"是在我的魔法剧院里,如果你想学探戈或者是成为将军,或者是和亚历山大大帝交谈,这一切都近在手边,供你使用。但我不得不说,哈里,你让我有点失望了。你陷入了很可怕的忘我状态,你破坏了我这个小剧院里的幽默感,做了一件蠢事,你用刀子杀人,用现实的污点玷污了我们这个美丽的图景世界。你这么做真不漂亮。希望你看到我和赫尔米娜躺在那里的时候,至少是出于嫉妒才这么做的。可惜你还不懂如何扮演这个形象——我本以为,你能够学会把游戏玩得更好。现在,我们来纠正一下。"

他拿出了在他指间顷刻微缩成一个小小形象的赫尔米娜,将她放进了马甲的口袋里,那是他之前拿烟的地方。

甜蜜沉郁的烟味令人舒畅,我感觉自己已经被掏空,准备睡上整整一年。

哦,我理解了一切,理解了帕勃罗,理解了莫扎特,听到了我身后不知何处传来的可怕的笑声,知道我的口袋里有成千上万个来自生活游戏的形象，震撼地预感到了其中的意义，想要再来一局这样的游戏，再一次品尝它的折磨，再一次为它的无意义感到战栗，再一次频繁地穿行我内心的地狱。

总有一天，我会将这形象的棋局玩得更好。总有一天，我会学会笑。帕勃罗在等着我。莫扎特在等着我。